BENJAMIN V. STUCKRAD-BARRE
Blackbox

Buch

In »Blackbox« präsentiert Benjamin v. Stuckrad-Barre acht Tragödien unterschiedlichster Art: Jemand wird verlassen und bekommt ein üppiges Schweigegeld, begibt sich damit auf Weltreise und strandet am Ende komplett. In einer Containersiedlung werden eine Gerichtsverhandlung, die Blattproduktion einer Illustrierten und das Fernsehprogramm nachgestellt – oder ist das alles echt? Eine Schauspielerin, ein Rockmusiker, ein Existenzgründer, ein Straßenhändler und ein Fremdenführer erklären sich und mehr. Ein Gästeeinkäufer für Talkshows vergißt auf der Suche nach echten Geschichten die eigene. Eine eßgestörte Person weigert sich, zum Arzt zu gehen, denn sie braucht keine Erklärungen. Eine Gruppe Nachtgestalten navigiert entlang dem Betäubungsmittelgesetz durch ein sogenanntes wildes Leben und landet doch nur im Bett – allein. Ein Mann wagt den Neuanfang, der keiner ist. So verschieden diese und weitere Geschichten sind, so verschieden sind die Textformen, die der Autor verwendet: Protokolle, Erzählungen, Märchen, Gedichte, Dialoge, ein Dramolett – gemeinsam ist allen Texten die Konfrontation eines sicher geglaubten Ordnungssystems mit plötzlich auftauchenden Störungen, mit Problemen, die sich als Systemfehler entpuppen, fehler grundsätzlicher Art oder nur in der Bedienung.

Autor

Benjamin v. Stuckrad-Barre wurde am 27. Januar 1975 als viertes Kind einer Pastorenfamilie in Bremen geboren, lebt in Berlin, schreibt Bücher und arbeitet journalistisch für verschiedene Zeitungen, darunter die »FAZ«, »Die Woche«, »Allegra«, »Stern« und »Welt am Sonntag«. Darüber hinaus moderiert er neuerdings auch für den Fernsehsender MTV.

Von Benjamin v. Stuckrad-Barre außerdem
als Goldmann Taschenbuch lieferbar:

Remix (45167)

Benjamin v. Stuckrad-Barre

BLACKBOX
Unerwartete Systemfehler

GOLDMANN

Umwelthinweis:
Alle bedruckten Materialien dieses Taschenbuches
sind chlorfrei und umweltschonend

Der Goldmann Verlag ist ein Unternehmen
der Verlagsgruppe Random House GmbH.

Genehmigte Taschenbuchausgabe April 2002
Copyright © der Originalausgabe 2000
by Verlag Kiepenheuer & Witsch, Köln
Umschlaggestaltung: Walter Schönauer
Satz: DTP im Verlag
Druck: Elsnerdruck, Berlin
Verlagsnummer: 45166
JE · Herstellung: Sebastian Strohmaier
Made in Germany
ISBN 3-442-45166-3
www.goldmann-verlag.de

1 3 5 7 9 10 8 6 4 2

▽ ◻ inhalt
   ▷ ◻ herunterfahren 9
   ▷ ◻ vom netz 21
   ▷ ◻ speichern unter: krankenakte dankeanke 75
   ▷ ◻ strg s 171
   ▷ ◻ soundfiles 189
   ▷ ◻ standarddokument 221
   ▷ ◻ dialogfelder 251
   ▷ ◻ neustart 271

▶ ☐ **herunterfahren**
▷ ☐ vom netz
▷ ☐ speichern unter: krankenakte dankeanke
▷ ☐ strg s
▷ ☐ soundfiles
▷ ☐ standarddokument
▷ ☐ dialogfelder
▷ ☐ neustart

Herunterfahren

All this talk of getting old
It's getting me down my love
Like a cat in a bag waiting to drown
This time I'm coming down
Richard Ashcroft

Steuerung N: ein neuer Abend. Es stehen verschiedene Programme zur Auswahl. Noch ist alles drin. Der Standpunkt blinkt, wartet auf eine Vorgabe, ein Zeichen. Sie gehen erst mal was trinken, beraten die Lage und öffnen bestehende Dokumente.

Wenn der Abend nicht gleich einen Oberbegriff kriegt, können sie ihn nicht speichern, dann ist er nicht existent. Also abspeichern, aber in welchen Ordner – wie könnte man die Mission nennen? Worum solls denn gehen?

Noch ist das, was vor ihnen liegt, schön frei, somit aber auch schwierig leer. Welche Schrift, welche Sprache, welches Thema? Sie langweilen sich und beginnen, Leerzeichen einzufügen. Nüchtern, erst mal. Müde, bald. Um die Sache grundsätzlich zu klären, gehen sie ins Hauptmenü. Suchen nach: Erinnernswertem. Die nun anwählbaren Möglichkeiten sind zu zahlreich, der Suchbegriff muß weiter eingeschränkt werden. Weiterer Suchbegriff, wenn sie mal ehrlich sind (das sind sie, das ist es): gute Drogen. Jetzt verlassen sie die Sicherheitszone. O.K., egal, Suche starten. Warten. Im Moment können sie nichts anderes tun, der Standpunkt ist gerade eine Sanduhr, alles wartet. Dabei kann das Ding abstürzen, das wissen sie. Der Suchvorgang ist abgeschlossen, das gesuchte Element konnte nicht gefunden werden. Weitersuchen? Unbedingt. Sie holen weitere Suchtips ein, der Explorer brummt.

Der Mann mit den guten Drogen ist nicht zu erreichen, der Mann mit den guten Drogen ist sonstwo. Error. Die Navigation wurde abgebrochen. Sie überprüfen, ob die eingegebene Adresse korrekt ist, ist sie, war sie zumindest einmal, die ändert sich aus Sicherheitsgründen ja laufend, also aktivieren sie andere Server. Option: Suchrichtung abwärts. Männer mit schlechten Drogen sind immer im Standby-Modus. O. K. Die Zweifel werden mit der Symbolleiste ausgeblendet: ganzer Bildschirm. Zoom. Sie öffnen ein neues Fenster.

Verbinden, kontaktiert, Warten auf Antwort. Da ist er, kommt auf sie zu und überprüft das Paßwort. Ist korrekt. Where do you want do go today? Further down the spiral. Wichtiger Hinweis: Bei Eingabe mehrerer Suchbegriffe müssen diese deutlich durch AND, OR oder NOT voneinander getrennt werden. Sie wollen dies AND das. Jenes NOT, nein, auf keinen Fall. Sie schütteln ihm die Hand. Beifügen. Sie gucken sich um, unauffällig, sehr, zu. Die geschüttelten Hände werden zurückgezogen, etwas bleibt darin zurück. Der Transfer ist erfolgreich abgeschlossen, das jeweils Beigefügte wurde vollständig übermittelt. Sie haben ein Briefchen und ein Tütchen im Posteingangsfach. Soll das Briefchen sofort getestet werden? Es soll. Und das Tütchen? Hm. Set up.

Sortieren nach: Wirkung. Was zuerst? Pillen. Ausführen. Plug & Play.

Suchen nach: Freude.

Ersetzen durch: Tempo.

Jetzt wechseln sie von Standard zu Überschrift. Bums –

fett. Alles wird lauter und größer. Die automatische Silbentrennung wird aufgehoben. Sie müssen auf insgesamt 256 Farben erweitern und Bilder einfügen, so gut kommt das jetzt, langsam, aber gut.

Suchen nach: Lieblingsmusik.
Ersetzen durch: Lautstärke.

Sie haben die Schnauze voll von der Sanduhr, wollen jetzt schnurstracks auch noch online gehen, drin sein & drauf, öffnen zwei verschiedene Dokumente und gehen auf Bearbeiten. Die neue Seite wird aufgebaut.

Steuerung Tütcheninhalt: Bilder laden. Dauert. Aber dann, aber dann!

Steuerung Briefcheninhalt: Text laden. Geht schneller. Aber dann?

Jetzt wirkt der Dreck, sie klicken Ja (JA ENDLICH!) und öffnen alle verfügbaren Dateien. Sie sagen und hören

Bier ist gut jetzt
Bier ist schlecht jetzt
Die Wirkungen heben sich auf
Die Wirkungen multiplizieren einander
Für das Geld ist das o. k.
Für das Geld hätte ich mehr erwartet
Mach mal lauter
Mach mal was anderes an
Abhängig ist, wer anderntags Reste ins Klo wirft
Abhängig ist, wer so viel kauft, daß er Reste hat
Abhängig ist, wer erst aufhört, wenn nichts mehr da ist
Abhängig ist, wer darüber nachdenkt, ob ers ist
Gehts euch auch so gut
Gehts euch auch so scheiße
Am besten, wir bleiben den ganzen Abend hier

Am besten, wir hauen jetzt sofort ab

Sie würden gerne einmal für alle Zeiten o. k. klicken. Ist doch eigentlich ALLES o. k. Denken sie jetzt gerade. Und nicht nur das. Die Zeichen beginnen sich selbständig zu machen.

Ein Gedanke kommt, sehr wirr, unformatiert, soll der Gedanke sofort versendet werden? O. K. Jetzt reden sie, reden, reden: Lauftext.

– Ist eine lange Geschichte.

– Ja, mach!

– Ist eine echt komplizierte Geschichte.

– Erzähl ruhig.

– Aber die ist wirklich richtig lang.

– Ich sag schon Bescheid.

– Und die ist auch ein bißchen peinlich. Ich weiß nicht.

– Keiner weiß. Los, jetzt mußt du, sonst ists doof, das war jetzt sone lange Einleitung. Sei nicht feige, gibt keinen Grund.

– Ich bin nicht feige, ist nur, weil, jetzt mit dem Zeug und so, dann, ich mein, ich will dich nicht –

– Jetzt fang an oder laß sein.

– Also –

– Oder wollen wir vorher doch noch –

Suchen nach: Trost.

Ersetzen durch: Mehr Zeug.

Schon wieder vorbei. Das war zwar kurz gut, sehr gut sogar, aber eben viel zu kurz. Noch mal öffnen. Soll Euphorie.doc wiederhergestellt werden? Sie bitten darum. O. K. Wiederholen: Eingabe. Sie stellen sicher, daß noch eine Pille eingelegt wird.

Am besten gleich: Doppelklick.

Sie haben das Gefühl, eine Menge Daten zu löschen. Keine Frage, das Zeug räumt die Festplatte auf – neue Kapazitäten werden frei. Sie klicken die Lupe an und untersuchen die neuen Daten mal genauer, laden sich noch was runter, erstellen neue Linien und vergleichen die Dokumente. Sie fühlen sich frisch, wie neu installiert. Wörter zählen: lieber nicht. Numerierung & Aufzählungen:
– Gibst du mir noch mal?
– Was, schon wieder, du warst doch gerade erst –
Sie denken zwischenzeitlich, denn gerecht muß es sein, wie Bilanzbuchhalter; die Zuteilung hat absolut gleichmäßig zu erfolgen. Vorrat zuletzt geändert: am/um/von. Also anpassen. Sie öffnen einen Blindtext:
– Ist gut, gutes Zeug.
– Nicht wie: Weißt du noch?
– Ja, aber jetzt auch nicht die Offenbarung.
– Mal sehen.
– Ich mein, so toll ist es doch nicht.
– Ist halt speedig.
– Was? Ja. Jaja.
– Hat der uns zerbröselte Es angedreht, das Schwein?
– Besser als Rattengift.
– Sauberes Heroin ist nicht schädlich.
– Zerbröselte Glassplitter aber schon.
– Hauptbahnhof – nie.
– Hauptbahnhof – nur im Notfall.
– Jetzt vielleicht zum Hauptbahnhof?
Die aktuellen Einstellungen ändern sich. Sie klicken ihr Geld an und ziehen es in den Papierkorb. Sie nehmen sich vor, diesbezügliche Warnhinweise bis auf weite-

res zu ignorieren, und lenken vom Thema ab, sagen, Hey, schon mal aufgefallen, daß auf dem Hundertmarkschein neben dem Klavier von Clara Schumann (1819–1896) ein Fächer aus fünf Stimmgabeln abgebildet ist? Darüber lachen sie sehr, aber das Lachen wollen sie nicht speichern, das war nicht echt. Sie haben eine neue Ladung erhalten, soll auch die sofort bearbeitet werden? Wann sonst, sie machen sich daran, die anderen, alle, die noch zu sehen sind, zu aktualisieren: Ladung markieren, rüberkopieren. Steuerung A, Steuerung C, rüber und dann Steuerung V. Download. Allmählich ist der Arbeitsspeicher voll. Jetzt noch was – was? Sie wechseln mal gerade den Browser.

Sie trinken. Erst mal sichern, erst mal setzen. Die Ladezeiten werden länger. Das dauert. Sie können nicht mehr alle neu hinzukommenden Zeichen verstehen und behelfen sich mit dem Programm Simple Text. Ihr aktueller Status: Leerlauf. Es ist keine Lösung, aber ein temporärer Ausweg – sie laden noch mal nach, schon wieder, noch immer. Dabei können Daten verlorengehen. Das ist ihnen klar. Sie sitzen auf der Straße und portionieren sich etwas auf einer Kühlerhaube, als sie ein herannahendes Auto scannen.

Sie sagen Scheiße!

Sie sagen Egal!

Sie sagen Hier, nimm! und Jetzt mach hin!

Sie zittern. Polizei? Das wäre ein berechtigter Zugriff. Soll der Vorgang abgebrochen werden? Nein. Sie klicken den Warnhinweis weg. Die Polizei soll warten, bis der Vorgang ordnungsgemäß beendet ist. Halt, zurück, zu gefährlich. Entfernen.

Suchen nach: Schutz der Dunkelheit.
Ersetzen durch: Panik.
Sie erwägen, die Anwendung zu beenden. Dazu müssen sie auf Abmelden gehen, sonst begehen sie einen schweren Netzwerkfehler.
Suchen nach: den anderen.
Ersetzen durch: ganz andere.
Die ganz anderen überprüfen die Zugangsdaten: Name, Status, Typ, Ort. Sie senden und empfangen. Ziel: Allen antworten. Das geht nicht. Das macht nichts. Sie werden gefragt, ob sie noch was haben, und verneinen, leider seien keine neuen Linien auf dem Server vorhanden. Das ändert die Dokumentstruktur. Beim Reden ist ein Fehler aufgetreten. Sie überprüfen die Anschlüsse und gehen auf die vorherige Seite. Heimlich öffnen sie die verschlüsselte Sicherungskopie, die Notration. All rights reserved. Grundeigenschaft einer Notration: immer zu wenig.
Suchen nach: Geld.
Ersetzen durch: Schulden.
Press any key to continue! Sie müssen jetzt umgehend den Akku wechseln oder ans Netz – noch eine Nase oder ab ins Bett. Die Anwendung kann noch nicht beendet werden. Jetzt sind sie zwischen den Zuständen: nicht mehr drauf, eher drüber – noch lange nicht runter. Sie haben keine Autorität, die Uhrzeit zu ändern, also wenden sie sich an ihren Administrator. Der aber ist zur Zeit nicht erreichbar, sie sollen es zu einer verkehrsschwächeren Zeit noch einmal versuchen, doch jetzt und nicht später benötigen sie Eingabehilfe. Und zwar dringend. Absturz. Sie lallen, sie zucken, es fehlt an allem. Ihr Standpunkt ist wahrlich kein Pfeil nach oben mehr, die Sache hängt, da

geht nichts mehr. In der Menüleiste wird hinter dem Fragezeichen Hilfe angeboten. Da gehen sie jetzt drauf.

Suchen nach: Liebe.

Ersetzen durch: Sex.

Sie verknüpfen sich. Doch Achtung: Dabei können Viren übertragen werden. Sie halten sich so fest, daß das Blut sich staut. Kurzzeitig sind sie kompatibel, aber die Sanduhr wird wieder Pfeil und was dann, dann weg. Sie möchten gerne verliebt sein. Der gewählte Pfad kann nicht geöffnet werden. Eventuell wird er gerade von einem anderen Teilnehmer genutzt. Das wollen sie nicht sicherstellen, davon wollen sie nichts wissen. Sie zoomen weg. Die Seitenansicht ist erschütternd, also trennen sie die Verbindung nach dem Beenden. Sie fragen sich, ob die Änderungen gespeichert werden sollen. Ja, das ist die Frage. Müssen sie wohl. Jetzt möchten sie gerne in den offline-modus wechseln. Sie denken: Absatz. Sie können ihren Mund jetzt ausschalten. Herunterfahren.

Sie atmen kräftig durch die Nase aus, kneifen dabei die Augen halb zu und spannen alle Gesichtsmuskeln an, manchmal hatten sie schon Glück und konnten auf diese Weise losweinen. Das beste inmitten einer Paranoia, glauben sie: Wenn der Schmerz und die Angst zeigbar werden, der Körper den Gedanken recht gibt und wenigstens ein Zweifel widerlegt wird – nämlich der an der aktuellen Wahrnehmungsfähigkeit. Jawohl, es ist zum Heulen, ganz recht, und los, und bitte. In ihren Überlegungen klicken sie flehentlich auf Alles ersetzen. Gehe zu: Sie wissen es nicht. Sie sind jetzt nicht mehr wir, sie sind jetzt Ichs. Schon lange, aber wie lange, das fragen sie sich jetzt und rufen die Statistik auf. Von wem wurden sie zuletzt gespeichert? Wie viele Versionen von ihnen sind im Umlauf? Jetzt suchen sie die Escape-Taste. Sie liegen da auf ihrer Homepage, starr im Blocksatz.

Nun beginnen die Ganzkörperschmerzen, das Betriebssystem kollabiert. Bißchen spät. Sie wollen zurück zur Startseite, das Dokument soll wieder in den Ausgangszustand überführt werden. Rückgängig machen: Eingabe? Ja, bitte! Der Vorgang kann nicht rückgängig gemacht werden. Ach so.

Suchen nach: Schlaf.

Ersetzen durch: eine halbe Valium.

Fenster schließen. Wenn sie sich lange genug nicht bewegen, kommt der Bildschirmschoner. Sie haben eine Menge Text in der Zwischenablage gespeichert und fragen sich, ob dieser Text bei der nächsten Anwendung zur Verfügung stehen soll. Sie glauben: besser nicht. Eine Frage der Datenverarbeitung. Jetzt können sie so langsam ausschalten.

▷ ☐ herunterfahren
▶ ☐ **vom netz**
▷ ☐ speichern unter: krankenakte dankeanke
▷ ☐ strg s
▷ ☐ soundfiles
▷ ☐ standarddokument
▷ ☐ dialogfelder
▷ ☐ neustart

Vom Netz

Über Nacht kam die Erinnerung
an längst vergangenes Glück
und voller Wehmut stell ich mir
die Uhr eine Stunde zurück
Sven Regener

Das wars: END OF BAG stand auf dem Lederkissen, das leicht vibrierend hinter dem Gummilappenvorhang hervor- auf dem Förderband dem jungen Mann entgegenkam. Die Beladung des Kofferbandes jenseits des Vorhangs war abgeschlossen; es kamen keine neuen, nur immer wieder dieselben Gepäckstücke, bis auch der gammeligste Pappkoffer und die rostigste zusammengeklappte Kleinkindkarre von ihren Besitzern erkannt und heruntergehoben wurden.

Niemand sprach ein Wort an diesem Kofferband, die Menschen verharrten in Erwartung und spielten bis zum erleichterten „Das ist meiner, darf ich gerade mal" im Kopf das durch, was der junge Mann nun in der Realität durchspielen mußte. Zunächst dachte er nur ein paar Stunden weiter: Was vom Kofferinhalt brauchte er dringend noch am selben Abend? Und was wäre, was vor allem wäre nicht mehr, wenn der Koffer gar nicht wieder auftauchte, gestohlen oder verschollen wäre?

Manche verreisen nur mit Handgepäck, sie können ohne Angstpause geradewegs durch den Zoll gehen und die verlustängstlichen Gepäckwarter hinter sich lassen. Der junge Mann nahm immer zuviel mit, auch wenn er nur kurz verreiste, kam er nie mit Handgepäck aus. Auf seine Sachen wartend, hatte er stets gerätselt, warum nicht auf Flughäfen pausenlos Gepäck abhanden kam, geklaut oder einfach nur nach Argentinien verschickt wurde, aus Versehen. Daß offenbar allein diese Papieretiketten, mit ihren dem Laien hieroglyph erscheinenden Abkürzungen und Strichcodes, dafür sorgen, daß der Endflughafen des Gepäcks identisch ist mit dem des Eigentümers, das hatte den jungen Mann jedesmal aufs neue erstaunt. Damit war nun Schluß – End of Bag.

Daß einem die für die große Liebe Gehaltene abhanden kommt, das passiert, damit hatte der junge Mann zwar nicht gerechnet, doch das war eindeutig sein Fehler gewesen; als jetzt auch noch sein Koffer weg war, begann er, einmal genau nachzurechnen: Was war eigentlich noch da?

Das ganze Geld war jetzt nahezu aufgebraucht. Für die Frau hatte er wenigstens noch das Geld bekommen, für das Geld allerhand Fluchtmöglichkeiten – doch jetzt war die Flucht zu Ende, Geld und Frau waren für immer fort und sein Gepäck scheinbar auch. Er fand die aktuellen Wechselkurse ziemlich einseitig: Alles wurde ihm genommen, und zurück kam nicht mal sein Koffer. Geld gegen Frau, das war immerhin noch ein Tausch gewesen, wenn auch ein reichlich merkwürdiger, wenn er darüber nachdachte, aber das hatte er jetzt einige Wochen lang getan, und um damit irgendwann aufzuhören, war er ja weggefahren. Also versuchte er, nicht mehr daran zu denken. Aber wie, wie bitte soll man vergessen, daß man von einer Frau, die ab sofort nicht mehr die Geliebte sein möchte, 25.000 DM auf den Tisch gelegt bekommt, verbunden mit der Weisung, sich nicht mehr zu melden und einfach aus dem Leben zu verschwinden, also praktisch Geld oder Liebe nicht als Frage, sondern als Antwort.

Oft warfen sich Partner, nachdem sie aufgehört hatten, einander solche zu sein, unfaires Verhalten vor. Nein, unfair eigentlich nicht, hatte der junge Mann gedacht. Im finalen Brief hatte sie ihn gebeten, die Sache als definitiv beendet anzusehen und nicht als unterbrochen, Schluß, jeder weitere Kontakt möge bitte unterbleiben, so sei es besser, das müsse er ihr glauben, mehr könne, mehr wolle sie nicht schreiben – Beigelegtes sei, um den Übergang zu erleichtern, ansonsten alles Gute. Beigelegt waren 50 frische Fünfhundertmarkscheine. Die ersten Liebesbriefe hatten nach Seife gerochen. Das Geld nun roch nach gar nichts.

Zum bis dahin ersten und einzigen Mal hatte der junge Mann soviel Geld an seinem Arbeitsplatz gesehen, da waren es sogar noch mehr Scheine gewesen, aber dafür alle falsch bis auf einen. Schon damals hatte der junge Mann in einem Copyshop gearbeitet, und an jenem Tausender-Tag hatte der Lottojackpot eine solch immense Höhe erreicht, daß es – na ja, erst recht noch nicht reichte. Das ganze Land war an Jackpotfieber erkrankt, es war gerade nichts anderes da. Die direkt gegenüber dem Copyshop ansässige Lottoannahmestelle wollte dann kurz vor Annahmeschluß noch mal richtig trommeln und hängte farbkopierte Geldscheine an einer Wäscheleine quer über die Straße. Der Lottoannahmechef nannte das Direktmarketing und hatte die echte Vorlagenbanknote durch drei verschiedenfarbige Geheimzeichen, einige winzige Risse und Löcher, kenntlich gemacht und blieb die ganze Zeit neben dem vom jungen Mann fachkundig bedienten Farbkopierer stehen, solche Angst hatte er, daß er so dumm sein könnte wie seine Kunden und die Fälschungen für echt halten, und am Ende zwischen all den Fälschungen (die er Blüten nannte) auch das Original über der Straße baumeln würde. Oder, noch einfacher, der junge Mann es ihm abtrickste. Doch obwohl die Scheine sorgsam beidseitig kopiert wurden, fühlte sich das Papier der Duplikate natürlich ganz anders an, das hätte auch der Nichtexperte gleich bemerkt. Nach Geschäftsschluß hatte der junge Mann an diesem Jackpotsamstag gewartet, bis das Lottoannahmestellen-Personal in sein herbeigesehntes Sat.1-Wochenende geflohen war, um dann die Wäscheleine abzumontieren und die falschen Geldscheine dem Kind seiner Geliebten mitzubringen. An diesem Tag stiegen die Preise im Kaufmannsladen der Siebenjährigen immens, alles kostete mindestens 1.000 Mark, aber das machte nichts, es war ja ab sofort genug Spielgeld da.

Als seine Geliebte ihm dann wenig später per Schweigegeldzahlung (oder wie sollte er das verstehen? Ja: WIE?) alles auf einmal, sich, das Kind und die Liebe entzogen hatte, war zum ersten Mal im Leben des jungen Mannes sogar genug echtes Geld da. Der junge Mann hatte bis dahin nie gut verdient, aber es war ihm dabei ganz gutgegangen.

Das Wort Werdegang wirkte auf sein Leben angewendet falsch, es klingt darin zuviel Bewegung an, vielleicht sogar zwischenzeitliches Tempo, was des jungen Mannes Sache nie gewesen war, nein, seine Biographie eignete sich bestens, die vehementen Forderungen irgendeines Sparausschusses nach Studiengebühren und Studienzeitbegrenzungen drastisch zu illustrieren. Ungläubig würden die Abgeordneten auf die Overheaddarstellung blicken

und auf dem Lebenszeitstrahl vom 19. bis zum 29. Lebensjahr keine nennenswerten nichtprivaten Einträge ablesen können, und überhaupt nichts, was auf die Bereitschaft schließen ließe, sich zum Wohle des Staates einspannen, ausbilden oder wenigstens krank schreiben zu lassen. Dieser Herr Mustermann hatte einfach zehn Jahre herumlaviert (und würde es weiterhin tun). Mal stand dort für eineinhalb Jahre einfach
– Kreta
oder
– hier und da gejobbt.
– Sie sehen, würde der Vortragende sagen und den Overheadprojektor ausknipsen, die Folie kopfschüttelnd mit Pergamentpapier bedecken und abheften, Sie sehen, Kolleginnen und Kollegen, was uns blüht, wenn wir da nicht alsbald einen Riegel vorschieben.
Im Plenarsaal würde man konsterniert schweigen, betreten nicken, einige würden vielleicht zaghaft
– Aber Sie haben natürlich bewußt zugespitzt! rufen.

Der junge Mann hatte überall mal ein wenig gearbeitet, hier geholfen, dort bedient, da beraten, und immer, wenn er mehr Geld zusammen hatte, als er an einem Tag ausgeben konnte, einen Tag Urlaub gemacht – einige nannten ihn Schmarotzer, andere Lebenskünstler.
Mit einem Berufsschullehrer hatte der junge Mann sich eine hübsche Wohnung gemietet. Gut an dieser Konstellation war, daß der Berufsschullehrer, der nachmittags und an Wochenenden einen schwunghaften Handel mit alten Münzen, Orden, Urkunden und Briefmarken betrieb, nur in der gemeinsamen Wohnung übernachtete, wenn er sei-

ne Frau mit einer jungen Schülerin oder einer älteren Münzsammlerin betrog. Ungefähr viermal pro Woche tat er das nicht. Die Ausrede, mit der der Berufsschullehrer seiner Frau die regelmäßigen Außerhausübernachtungen untertitelte, hieß „Buchführung, Ablage, Büroscheiß". Die Wohnung lag direkt über seinem kleinen Laden, damit war das Konstrukt etwas glaubhafter, und als die Frau am Anfang einmal zu Besuch gekommen war, hatte der Berufsschullehrer den jungen Mann angewiesen, sich ein ordentliches Hemd anzuziehen, statt seiner Stereoanlage ausnahmsweise mal den Fernseher laufen zu lassen, allerdings ohne Ton und ausschließlich den Sender n-tv, und dort vom Schreibtisch aus bitte so oft hinzugucken wie eine auf der Spielplatzbank sitzende Mutter zu ihrem schaukelnden Kind, des weiteren im Kühlschrank Bier gegen Saft zu tauschen und während der Inspektion am Schreibtisch zu sitzen und Assistent zu spielen – sonst flöge alles auf. Der junge Mann tippte also ständig mit einer Hand auf einer Rechenmaschine herum, guckte alle dreißig Sekunden auf die Uhr (auf n-tv sowieso), um dann „Oh, verflixt" zu sagen, gab mit der anderen Hand nichtexistente Telefonnummern ein und presste sich dann den DüDüDü-Dreiklang nebst vorwurfsvollem
– Kein Anschluß unter dieser Nummer
ans Ohr, damit es von dort nicht in den Raum drang, und führte Guido-Westerwelle-Gespräche. Dann nahm er sich einen Leitz-Ordner aus dem Regal. Darin waren zwar bloß seine Geburtsurkunde, sein Taufschein, sein Impfpaß, polizeiliches Führungszeugnis und einige Schulzeugnisse sowie einige Mahnkorrespondenzen abgeheftet, doch er blätterte geschäftig darin herum, tat, als durch-

suche er mit dem Zeigefinger Tabellen, klatschte dann plötzlich in die Hände, als sei ihm irgendwas klargeworden, tippte wieder auf dem Taschenrechner herum, hielt den Hörer zwischen Ohr und Schulter geklemmt und spielte Tetris, was vom Blickpunkt der Frau (der Bildschirm wies zur Wand) durchaus als konzentrierte Tabellenkalkulation interpretierbar war. Die Ehefrau des Lehrers saß beeindruckt auf dem Sofa, auf dem sie keine zwölf Stunden zuvor noch betrogen worden war.

– Ich bin erstaunt, wie ihr es bei dem Streß schafft, es doch so halbwegs wohnlich hier zu haben. Nicht so steril. Aber warum steht das Bier nicht im Kühlschrank, sondern in der Garderobe hinter den Wintermänteln? Gönnt euch doch auch mal was!

Da wurde es dem jungen Mann zu heikel, er befürchtete rot anzulaufen, und wenn er das befürchtete, dann war es schon unabänderlich im Anmarsch, das kannte er, dann begann es bereits an den Ohren, es half nichts, er mußte den Raum verlassen.

– Bier, Bier, Bier? fragte der Berufsschullehrer scheinheilig – das ist wahrscheinlich noch von den Möbelpackern, ja, wahrscheinlich, wo, sagst du, hinter den Wintermänteln? Na, das sind mir ja –

– Ich hole gerade mal die Post, rief der junge Mann. Das sollte der Berufsschullehrer schön selbst regeln. Mitwisser zu sein, war dem jungen Mann erträglich, die ungleich größere Schuld des Mittäters wollte er nicht tragen. Er mochte den Lehrer und fand auch dessen Frau in Ordnung. Den Rest mußten sie selbst hinkriegen.

Er ging zum Sammelbriefkasten des Mehrfamilienhauses und nahm alle nicht privat aussehenden Umschläge heraus, setzte sich wieder an seinen Platz und sortierte den Berg willkürlich, mit gespielter Kennermiene, in diverse Stapel.

– Der Laden boomt ja richtig, sagte die Ehefrau beeindruckt.

– Na ja, na ja, das meiste sind Rechnungen, oder? instruierte nun der Lehrer panisch den jungen Mann, denn irgendwann würde sich die Frau wundern, warum das Geschäft samt Zweitwohnung sich gerade so selbst finanzierte und keinen nennenswerten Gewinn abwarf.

– Rechnungen waren gestern, sagte der junge Mann düster. Das hier sind schon Mahnungen und Vollstreckungsbefehle, jaja, es ist schon hart, wenn man idealistisch an was rangeht. Entweder man zieht die Leute übern Tisch, oder man wird selbst gezogen. Daß alle einfach am Tisch sitzen bleiben, ist ausgeschlossen.

Der junge Mann wandte sich wieder dem Tetris zu, fand, er hatte die Rolle des leicht bräsigen, aber höchst eifrigen Gehilfen ordentlich gespielt, und hoffte, die Ehefrau würde ihre Konsultation bald beenden und es besser auch bei der Einmaligkeit belassen. Die Ehefrau blieb viel zu lange, der junge Mann wurde nervös, der Lehrer nicht minder.

– Was ist denn das Rote da, warte mal, gleich habe ichs, ächzte sie und grabbelte hinterm Sofa herum. Ach, ein Portemonnaie, darf ich?

Sie durfte nicht, aber wer sollte ihr das verbieten, überhaupt, wessen, ach, scheiße, das Sofa, na prima – der junge Mann fühlte wieder die Ohrtemperatur steigen, und der Lehrer tanzte bleich um die Frau herum und versuchte sie abzulenken, doch sie war entweder sadistisch oder begriffsstutzig und zog ruhig einen Ausweis aus der Geldbörse, natürlich, genau, Glückwunsch, es war das Portemonnaie der Schülerin, die in der Nacht zuvor auf diesem Sofa zu Gast gewesen war, zum Förderunterricht, wie es im Pornofilm heißen würde. Der junge Mann ließ die Tetris-Balken ungehindert sich bis zum oberen Spielfeldrand stapeln, zack, zack, zack, game over.

– Ach guck, deine Freundin – hat die das noch gar nicht gemerkt? fragte der Lehrer den jungen Mann.

– Nee, bis jetzt nicht, hab sie heut auch noch gar nicht gesprochen. Das wird sie natürlich freuen, muß ich ihr gleich sagen.

Der junge Mann ging zum Telefon und rief wieder bei der Kein-Anschluß-Domina an.

– Dein Portemonnaie! Hier bei uns! Hast du schon vermißt, sagst du, ja, keine Panik, alles da, kannst dir den Weg zum Fundbüro sparen, genau, gerade gefunden, hinterm Sofa, klasse, oder? Bringe ich dir nachher mit. Ich dich auch, bis dann.

– Und Ihre Freundin geht demnach noch zur Schule, sogar auf die meines Mannes, das ist ja ein Witz, fragte die Lehrersgattin den jungen Mann und wedelte mit einem Schülerausweis.

– Ja, Zufälle gibts, oder? Aber sie hat zum Glück keinen Kurs bei ihm. Also, das wärs ja noch, da könnte ich ihr ja die Klausuren hier vorher – neeneenee, das wäre ja zu abenteuerlich! Sie lachten, alle drei, aber aus unterschiedlichen Gründen.

Ein Haken noch, eine Falle noch:

Wie er denn das ohne eigenen Schlüssel mache, hatte die Frau den verdutzten jungen Mann gefragt. Ja, hatte der

Lehrer hastig assistiert, sie fragt, weil sie gerne einen Zweitschlüssel hätte für alle Fälle, nur geht das ja leider nicht, wegen dieses Sicherheitsschlosses, nicht mal du hast ja einen Schlüssel, das wollte sie zuerst gar nicht glauben, aber so ist es ja nun mal, denn um einen Zweitschlüssel anfertigen zu lassen, brauchen wir einen Wisch vom Hausbesitzer, aber dann kriegt der das mit, private Nutzung gewerblicher Räume und so, Teufels Küche, nee, das geht schon, für uns beide reicht ein Schlüssel vollkommen aus, einer von uns ist immer da, oder wir legen den Schlüssel unter den Blumenkübel im Hof.

Die Ehefrau hatte verstehend genickt – was für ein brillanter Organisator ihr Mann war. Sie mußte sich keine Sorgen machen.

Der junge Mann hatte ungläubig den Kopf geschüttelt – was für ein brillanter Lügner der Lehrer war. Er mußte aufpassen.

Nach dieser geglückten Simulation eines Bürolebens war die Ehefrau nie wieder (weder unangekündigt noch angekündigt) in die Wohnung gekommen. Am Ende ihres Antrittsbesuchs hatte sie den jungen Mann noch einmal zur Seite genommen und ihm wohlwollend zugeflüstert, sie hätte ihn nicht bloßstellen wollen kurz zuvor, außer dem Portemonnaie sei aber auch noch ein Bekleidungsstück unter dem Sofa, das sicher ebenfalls der Portemonnaiebesitzerin, seiner Freundin also, gehöre, ein BH nämlich, den könne er ja später unauffällig selbst dort wegfischen. Zwinker. Dann war sie gegangen. Die Wohnung wurde umgehend wieder entschärft und für das normale Leben der beiden Bewohner hergerichtet; der Lehrer rief seine Schülerin an und fragte, ob sie sich nicht vielleicht ihr vergessenes Portemonnaie abends abholen wolle, gerne auch später. Der junge Mann hatte sich während des Telefonats von hinten an den Lehrer herangeschlichen, dem Ehebrecher mit dem BH die Augen wie bei „Was bin ich?" verbunden und dann sofort den döseligen Aktienkanal ausgestellt, sich des Hemdes entledigt und die Post der anderen Hausbewohner in den Sammelbriefkasten zurückgesteckt.

Das Leben des jungen Mannes fußte auf lauter wackligen Halbheiten, doch kam er immer irgendwie durch und dachte bis zum Tag des Geldangriffs keinmal daran, grundsätzlich etwas an seiner Lebensführung zu ändern. Das mußte er dann. Als er den Brief seiner ab sofort Exgeliebten immer wieder durchlas und verwirrt die Geldmenge wieder und wieder durchzählte, tat er das Naheliegendste – er verschwand. Gründe zur Flucht hatte er genug, nun sogar das Geld, und Gründe zu bleiben fielen ihm nicht ein. Er fand sogar seinen Reisepaß.

Der junge Mann versprach sich von diesen Reisen nicht die Welt. Nur ein paar Länder. Er war nicht so naiv, die heilende Wirkung seiner Exkursion zu überschätzen, er forderte von sich nicht, erst zurückzukehren, wenn anderes Klima und anderes Essen, andere Sprache, Staatsform, Währung, Musik und Fönen mit Adapter einen anderen, einen verstehenden, einen bereinigten, ja glücklichen Menschen aus ihm gemacht hätten. Naturgemäß erwartete der gerade Verlassene auch nichts weniger, als am Seilbahnticketschalter des Bergdorfs oder am Badezeugentsalz-Wasserhahn des Küstenorts auf eine zu treffen, die viel besser war und hübscher und klüger und netter – und warum bloß nicht eher. Nein, der junge Mann wollte nur mal kurz weg. Wie jemand, der von innen mit Gummipfropf ein Schild an seine Ladentür hängt: geht gleich weiter. Er wußte, daß er zurückkehren mußte und dann irgendwie zurechtkommen. Ja. Daß Flucht keine Lösung ist, hört man immer wieder, daß man solche Krisen am besten überwindet, indem man drauflosgeht, sie benennt, ausbadet, durchwandert, ja als Herausforderung erkennt, die anzunehmen schon ein Teilsieg ist. Feige sei, wer zur Seite hüpft, und auch dumm, denn dadurch werde alles nur noch schlimmer. Jaja, schon gut. Die letzten zehn Jahre hatte der junge Mann damit verbracht, Dinge aufzuschieben, kleinzuwarten, auszusitzen, wieso sollte er jetzt eine Ausnahme machen. Fliehen, fand er, ist eine sehr gesunde und natürliche Reaktion, abhauen, weg, wenn man schon die Wahl hat, sich zu ändern oder seinen Standort (und die Wahl hatte er durch den plötzlichen Geldberg ja), dann war es weniger vermessen und deutlich erfolgversprechender, sich davonzumachen. Flucht ist immer Respekt vor dem Gegner, zugleich aber – wenigstens dessen war er noch sicher – auch ein Urvertrauen in die eigene Kraft, wieder aufzustehen, woanders, wann anders, nicht im Moment, aber der Moment könnte kommen, ausgeschlossen ist das nicht. Sonst könnte man ja dableiben und sich platt walzen lassen. Also ist Flucht Hoffnung, wenn auch manchmal die letzte. Der junge Mann mußte an eine ganz in der Nähe seiner Wohnung verlaufende Straße denken, die wegen Tiefbauarbeiten für einige Zeit aufgerissen und für den Verkehr gesperrt worden war. Umleitung.

In dieser Straße gibt es einen Bauzaun, an dem Plakatanschläge die Passanten informieren über Konzerte, Kinofilme, Tonträger, Zigaretten, Sonderangebote oder Versprechen eines Kandidaten. Da solche verbotene, doch hier und dort still geduldete Wildplakatiererei im Gegensatz zu offiziellen Plakatwänden kostenfrei ist, sind im hochfrequentierten Bereich der Innenstadt die gut beklebbaren Stromkästen, Abbruchhäuser oder Bauzäune hart umkämpft, und an jedem Morgen ist eine neue Zusammenstellung zu bestaunen, oft glänzt noch der Tapetenkleister, und die Hast der nächtlichen Aktivität wird erkennbar durch schiefe Hängung und Wellen und Falten, da auch zum sachgemäßen, nachbearbeitenden Drüberbürsten keine Zeit gewesen war, jedes vorbeifahrende Auto konnte ja auch ein Polizeiwagen sein oder vielleicht der, den man gerade komplett überplakatiert hatte und der jetzt mal eine Rückbank voll starker Kerle mitgebracht hatte, das auszudiskutieren, aber ohne zu reden. Durch die große Konkurrenz war eine immerwährende Aktualität der Wand sichergestellt. In der Zeit der Umleitung allerdings änderten auch die verstohlenen Kommandos mit Kleistereimer, Pinsel und Papierrolle ihre Route, denn für die Bauarbeiter allein wollten sie keine Plakate aufhängen, und so wurde die Plakatwand konserviert auf dem Stande des Sperrungstags. Als die Straße wieder begehbar war, so erinnerte sich der junge Mann, waren ihm die Plakate geradezu antik erschienen: Filme, die nicht mehr liefen; Platten, die man lange nicht gehört hatte; Wahlen, die längst entschieden und analysiert worden waren. Auch wenn ihre Verfallsdaten erst wenige Wochen überschritten waren, waren sie doch schon Zeugnisse von abgeschlossener Zeit, der Gegenwart zwar anhängig, aber nicht mehr in ihr wirksam. Man sah diese Plakate und dachte: damals. Wie konnte man nur. Wie war es doch schön. Diese Termine, Produkte und Gesichter, man hatte sie gefeiert, ignoriert, verpaßt, gewählt oder ausgelacht – im nachhinein, so schien es, auf jeden Fall allesamt überschätzt, natürlich, denn sie mußten Platz machen für andere. So gehen die Dinge vor sich hin. Genau solch einen Distanzgewinn durch seine Reise zu erzielen, schien dem jungen Mann ein realistischer Plan. Na ja, würde er denken. Er mußte sich nicht brutal kommandieren mit dem zumeist wenig glaubhaften

– Weiter gehts!

Sondern würde dann erleichtert bis konsterniert feststellen können

– Weiter ist es schon gegangen. Wenn das so ist – dann geht es ja tatsächlich weiter.

Als die Umleitung aufgehoben, die Straße wieder begehbar war, mußte das neue, andersfarbige Pflaster und der anfangs noch weiche, dazu viel zu schwarze neue Teer von denen, die zeitweilig umgeleitet worden waren, erst wieder langsam in Besitz genommen werden (und das anfänglich testend, mißtrauisch: hält es, ist es wie vorher? Wie einer, der den Gips abbekommt und vorsichtige erste Gehversuche unternimmt). Gleich einer Narbe hob sich dieser Bereich noch immer von seiner Umgebung ab, würde dies vielleicht auch für alle Zeit tun und Auslöser für Erinnerungen sein. Doch stete Erinnerung führt zur Gewöhnung, und die schwächt. Und so wußte man zwar, was da mal vorgefallen war, aber man dachte nicht mehr daran – genau wie man als Anlieger eines Gotteshauses bald aufhört, die stündlichen Glockenschläge mitzuzählen, es sei denn, man benötigt gerade die Uhrzeit. Neuankömmlingen fiel der Bruch im Straßenbild erst auf, wenn man sie drauf hinwies.

Der junge Mann sagte im Copyshop Bescheid und packte seine Sachen. Dem Lehrer erklärte er die Lage, und der Lehrer sagte, da sei was faul mit dem Geld, aber sofort wegfahren und alles verpulvern sei eine hervorragende Idee, sonst könne man sicher sein, die Frau käme irgendwann wieder und wolle ihn, zumindest aber ihr Geld zurück. Der Lehrer kippte den Aschenbecher aus dem Küchenfenster in den Innenhof und schüttelte den Kopf. Der junge Mann packte weiter seine Sachen. Er wollte in die Berge, ans Meer, in die Wüste und in tropische Wälder. Entscheiden wollte er sich nicht, er wollte endlich einmal erleben, wie das ist, wenn Geld Freiheit bedeutet, wie es einem in Geldanlagewerbespots immer eingeredet wird. Diese Freiheit bedeutete nun auch, daß der junge Mann nicht wußte, was er einpacken sollte. Er entschied sich für wenig und eine Tube Reisewaschmittel, den Rest wollte er sich kaufen, das fand er eine romantische Vorstellung. Nichts dabeizuhaben hieß, nichts verlieren zu können. Und er wollte nach der Frau, dem Sinn, der Daseinsfreude nicht noch mehr verlieren, also leuchtete ihm das ein. Dann packte er doch all seine Lieblingssachen ein, weil nichts dabeizuhaben ja auch hieß, nichts dabeizuhaben, wie er dann feststellte. Der Lehrer riet dem jungen Mann, das Geld vorsichtshalber in Reiseschecks umzutauschen. Der junge Mann hatte aus naheliegenden Gründen kein großes Portemonnaie, also guckte der Stapel Fünfhundertmarkscheine oben raus. Das Portemonnaie hatte bis dahin höchstens mal einen Hunderter aufbewahren dürfen und das eigentlich auch nur nach Besuchen bei der Großmutter des jungen Mannes – die neue Situation war für alle Beteiligten eine Umstellung. In der U-Bahn auf dem Weg zur Bank hielt der junge Mann die ganze Zeit die rechte Hand auf seiner Hosentasche, um sich zu vergewissern, daß kein Taschendieb seine Reisepläne zunichte machte. Mehr Geld, mehr Probleme, das hatte der junge Mann immer für eine blöde Ausrede der Reichen gehalten. Aber anders waren die Probleme schon. Die übermäßige Angst, den Besitz zu verlieren, dachte der junge Mann, rührte vor allem daher, daß er sich unrechtmäßig reich fühlte. Wahrscheinlich taten alle Reichen das, wenn sie mit weniger Reichen zusammenkamen. Der junge Mann fühlte sich plötzlich als Angehöriger des Großkapitals. Fünfundzwanzigtausend Mark, dachte er. Geldscheine segelten durch seine Gedanken. Er drückte noch stärker die Hand auf das Portemonnaie, die Adern am Handrücken traten hervor. Fünfundzwanzigtausend Mark. Soviel verdiente er im Copyshop pro Jahr. Soviel hatte er jetzt auf einen Schlag gekriegt. Verdient? Womit, wofür? Es war pervers, aber es war viel Geld. Was heißt aber? Der junge Mann war verwirrt, jedoch nicht verzweifelt. Das kommt noch, dachte er. Nein, daß das ausbliebe, das war nicht seine Sorge.

Die Reiseschecks sahen endgültig aus wie Spielgeld. Auch diese großen, glatten 500er waren dem jungen Mann so unecht vorgekommen. Als er sie unter der Panzerglasscheibe durchreichte, dachte er, was auch der Sparkassenangestellte dachte: Mal sehen, ob die überhaupt echt sind. Doch die Schwarzlichtprobe fiel positiv aus. Der junge Mann wurde nicht gefragt, woher er das Geld hatte oder ob er seine Frau vermißte. Statt dessen bat man ihn, anzugeben, in welchen Beträgen er seine Reiseschecks haben wollte. Der junge Mann ließ sich erklären, wie und wo er damit an Bargeld kommen könne, was im Falle eines Verlustes zu tun sei. Ach, verreisen, sagte der Mann hinter dem Panzerglas und lächelte kundenfreundlich. Da würde er auch nicht nein sagen. Wo es denn hinginge, wenn er fragen dürfe. Nun, fragen durfte er, aber eine Antwort hatte der junge Mann ja nicht, also sagte er, das müsse er mal sehen, und da sagte der Mann von der Sparkasse, na, wie auch immer, auf jeden Fall viel Spaß. Ob er denn über eine Gepäckversicherung nachgedacht hätte.

Immer diese Spießer, hatte der junge Mann gedacht und
– Nö! gesagt.

Immer diese Hippies, hatte der Sparkassenangestellte gedacht und
– Na, muß ja auch nicht! gesagt.

Der junge Mann reiste ans Meer. Ans warme Meer zunächst. Er plante durchaus, später auch am nördlichen Meer entlang durch kalten Wind zu laufen und sich stark zu fühlen, doch daran war im Moment nicht zu denken, er begann mit der simplen Ur-Phantasie der meisten Nordeuropäer, der Erfüllung jenes berechenbaren Sehnsuchtsreflexes, die die Werbestrategen großer Reiseunternehmen bildlich dargestellt durch zwei Palmen, ein buntes Getränk mit Strohhalm und wolkenlosen Himmel so zuverlässig ins Zentrum ihrer Werbebemühungen stellen.

Sonne, Wärme, Ruhe und Wasser, dann wird nicht alles anders, aber vieles besser. So schlecht war es nicht. Aber auch nicht so umwerfend, wie der junge Mann auf den Postkarten behauptete, die er gleich am zweiten Tag allen schrieb, die er kannte. Der Postbeamte saß unter seinem Ventilator und stempelte eine knappe halbe Stunde lang die Grüße des jungen Mannes ab und bemerkte anerkennend, lots of friends habe er, der junge Mann, und da merkte der junge Mann, daß er die Postkarten eher an sich selbst geschrieben hatte, um sich zu überzeugen, daß es auch wirklich schön dort war und er sich ganz bestimmt wohl fühle und es richtig gewesen sei, überstürzt aufzubrechen, und daß sich ganz gewiß alles fügen würde, die Zeit alle Wunden und so weiter. Er erbat die Karten zurück, forgot something, dem Beamten war es ein Rätsel, aber eines von der Sorte vollwurscht, der Ventilator drehte sich weiter, die nächste sonnenölige deutsche Nase reichte Feldpost über den Tresen, und bald war Mittagspause. Der junge Mann setzte sich in ein Restaurant und bestellte allerhand. Was er sonst machen sollte, wußte er nicht. Jetzt, mit all dem Geld, machte er den ganzen Tag nichts anderes, als darauf zu warten, dafür irgend etwas zu bekommen. Ständig beschäftigte er irgendwen, einen Fahrer, einen Träger, einen Koch, einen Mixer, einen Wäscher – es kam dem jungen Mann vor, als lebte er in einer Automatenwelt, wieviel passierte, hing davon ab, wieviel Geld man hineinsteckte; in manchen Bahnhöfen gab es Modelleisenbahnlandschaften, in denen man für zwei Mark einen Zug zwei Minuten fahren lassen konnte, und wenn man noch ein Geldstück einwarf, fuhr auch noch ein Güterzug los oder eine Seilbahn, oder in einem Sägewerk ging das Licht an, oder aus einem Feuerwehrschlauch spritzte etwas Wasser in Richtung einer rußigen Ruine, je mehr man hineinsteckte, desto mehr bewegte sich, aber von selbst passierte gar nichts, und wenn man aufhörte nachzuwerfen, stand bald alles still, es hatte sich nichts verändert, es hatte nur ein paar Minuten geleuchtet, gebrummt und sich bewegt, und dafür gab es nicht mal Beweise. Der junge Mann holte noch einmal die klugerweise doch nicht verschickten Postkarten hervor und las, wie schön alles war. Wie gut es ihm ging. Wie nett es war, wie lustig, wie warm und angenehm. Fürchterlich. In die Irre führende, Genesung vortäuschende, als Ergebnis ausgegebene Zwischenberichte. Der junge Mann schrieb

Ich weiß nicht, gar nichts weiß ich

auf eine Karte und adressierte sie an sich selbst. Dann zerriß er sie, denn die würde den Lehrer unnötig beunruhigen. Wozu überhaupt Postkarten, fragte sich der junge Mann. Er bekam selbst gerne welche, aber sie zu schreiben, schien ihm gerade höchst schwachsinnig. Daß es warm war, war ja schön, aber doch nicht weiter von Bedeutung, wenn man es jemandem per Postkarte mitteilte, was sollte das anderes sein als ein Neidwecker, haha, ihr dort, ich aber hier, seht mal, hab ichs gut. Der junge Mann hatte ständig die Hand auf der Hosentasche: das Geld. Er konnte alles machen. Mit dem Geld. Das war das Problem, jetzt, da alles ging, wußte der junge Mann nicht mehr, was er sich wünschte, mit Ausnahme der Dinge, die man nicht kaufen konnte. Geld allein macht nicht glücklich, heißt es. Geld zusammen ist lustiger, dachte der junge Mann. Doch war ihm das zu banal. Das war wie eine Parabel aus dem Religionsunterricht, die Grundschüler mit Wachsmalstiften illustrieren, woraufhin die gelungensten Arbeiten während der Adventszeit in einer von der Volksbank unterstützten Sonderbeilage der Lokalzeitung abgebildet werden und die Eltern die selten schönen, aber doch immer rührenden Bilder ausschneiden und stolz an die Verwandtschaft schicken.

Der junge Mann reiste ins nächste Land und fühlte sich frei. Er fand das eher irritierend. Postkarten schrieb er nicht mehr. In den Bergen wanderte er. In einem Schloßhotel schlief er in einem Himmelbett. In einer Metropole soff der junge Mann einige Tage in Hafenkneipen, weil ihm das vorschriftsmäßig jungmännerisch erschien, eben etwas, das man machen mußte, damit man später einmal erzählen konnte, ja, damals, am Hafen, man o man, am Hafen, das war schon wild. Der junge Mann sprach mit anderen Herumreisenden. Die Themen waren stets die gleichen, und der junge Mann begann, das Spiel zu verstehen. Woher, wohin, wieviel, warum, wohin auf keinen Fall, was auf jeden Fall probieren, womit echt aufpassen. Das Geld war einfach zuviel, zwar bezahlte der junge Mann den ganzen Tag lang, aber in manchen Ländern war es einfach zu billig, und für einige Hotels oder Restaurants war der junge Mann zu geizig, weil er den Moment fürchtete, in dem die Zahl der Reiseschecks einstellig wurde und er wieder etwas tun MÜSSTE, statt wie jetzt alles tun zu KÖNNEN. Der junge Mann erlebte dies und das, und jetzt hätte er sogar Briefe schreiben können mit echten Begebenheiten, aber er wußte nicht wozu, geschweige denn an wen. Er holte noch einmal die Postkarten hervor. Er schämte sich. Dann fuhr er ein Land weiter. Solange er suchen, planen, fahren konnte, war alles in Ordnung. Er wußte nicht, was das Ziel war.

Es gab wohl keins. Die Suche würde mit dem Einlösen des letzten Schecks beendet sein, wann auch immer, wo auch immer. Das würde man sehen.

Seine Kamera benutzte der junge Mann selten, aber regelmäßig – so machte er ausschließlich Aufnahmen von Häusern, in denen er gerne geboren worden wäre oder gerne alt werden würde. Für diese Fotos allein hatte er den Apparat bei Ausflügen oder auf Reisen dabei, andere Motive interessierten ihn nicht. Zum einen bereitete ihm das Fotografieren kein ausgesprochenes Vergnügen, auch verwandte er nicht viel Energie darauf. Dementsprechend war seine Kamera ein kompaktes, funktionales Gerät, mit dem sich zuverlässig Mittelmaß produzieren ließ. Dem Benutzer waren die Wahlmöglichkeiten der Einstellungen so weit abgenommen, daß eine Aufnahme nie komplett mißlingen konnte, andererseits ambitioniertere Versuche höchstens zufällig gelingen konnten oder wenn das Labor einen Fehler machte (das Labor machte eigentlich nie Fehler). Dem jungen Mann kam das sehr entgegen. Von den in Frage kommenden Häusern machte er immer genau ein Bild, so konnte er sicher sein, daß es wiedererkennbar sein würde, und darauf allein kam es ihm an. Raffinierte Lichteinfälle oder wohlgesetzte, das Eigentliche verdeutlichende Unschärfen hatten auf seinen Bildern nichts zu suchen. Auch hatte er nicht den Ehrgeiz, mit Postkartenanbietern in Wettstreit zu treten, die die meisten Städte ja erschöpfend hatten Bild werden lassen. Aufnahmen von seinen Freundinnen hatte der junge Mann natürlich immer gerne geschenkt bekommen und sie sich zu Hause aufgehängt. Doch sich selbst beim Leben zu fotografieren und nach jedem Fest und jeder Fahrt Abzüge sogenannter Schnappschüsse zu verteilen, erschien ihm geradewegs absurd. Manchmal bekam er solche Fotos, die ihn in verschiedenen Verstrickungen zeigten, beim Minigolf, beim Fondueessen, im Zelt schlafend, auf irgend jemandes Schoß oder an einen Brunnen gelehnt Eis essend, doch waren ihm diese Bilder stets zuwider. Nicht nur er selbst fand sich darauf meist unvorteilhaft getroffen, auch das Grimassieren (jeder auf seine Weise) der anderen Fotografierten und das durch die Beschränkung auf einen Ausschnitt, den so ein Foto nur zeigen konnte, stets – egal wie schön es in, ja eben, Wirklichkeit gewesen war – ärmlich und verzagt wirkende Treiben machte ihn eher traurig. Vor nicht langer Zeit hatte ihm jemand wieder ein für ihn so unerträgliches Bild geschickt, um damit flankiert von ein paar freundlichen Lamyfüller-Worten auf der Rückseite an den gemeinsamen Besuch eines Wildparks zu erinnern. Zu sehen war der durch einen Futterautomaten halb verdeckte junge Mann in einer orangen Regenjacke beim andächtigen, doch gelangweilten Beobachten einer Horde Wildschweinbabys, im Hintergrund ein Cola trinkendes Mädchen, das ein Bein gehoben hatte, um sich am Knöchel zu kratzen, und ein durch den Bildrand enthauptetes Ehepaar, dessen eine Hälfte gerade den Rucksack der anderen justierte. Dieses Foto aufzubewahren, wäre dem jungen Mann vorgekommen wie das Sammeln gebrauchter Q-Tips. Um eine Situation, einen Gegenstand, einen Blick, eine Phase, wie es heißt, festzuhalten, schien ihm jedes von der Fotografie verschiedene Mittel sinnvoller. Die Konkretion eines Bildes, fand der junge Mann, half der Erinnerung nicht, im Gegenteil, ein Foto verhielt sich der Erinnerung gegenüber altklug, fiel ihr ins Wort, wollte sie berichtigen und Erlebnisse nicht zu Erfahrungen werden, sondern sie unermüdlich als Episode wiederauferstehen lassen, als abrufbare Singalong-Weißtdunochs aus der Oldiejukebox. Es störte nicht, daß ein Stück fehlte, der Ton vielleicht, nein, man denke nur an die deprimierenden Ergebnisse, die Videokameras hervorbringen. Nein, im Gegenteil, der Fehler besteht in der Genauigkeit. Je autoritärer die Technik, je konkreter die Konserve, desto größer die Enttäuschung beim desillusionierenden Abgleich mit der eigenen Erinnerung.

Etwas anderes waren Kinderbilder. Das Kind der Frau hatte der junge Mann häufig fotografiert, weil es sich so schnell änderte, und weil er es so sehr liebte. Diese von ihm geschätzten Bilder von Geliebten und Häusern zum Drinsterben oder Bedauern, daß man nicht darin geboren worden war, bewahrte der junge Mann in einer Pappschachtel mit der Aufschrift NICHT SCHÜTTELN auf. Der Mann besaß noch einen anderen Karton, einen adidas-Turnschuhkarton, da waren Fotos ohne Bilder drin. So nannte der junge Mann die. Er hatte mal in einer Behörde lange warten müssen und hatte die Zeit genutzt, sich umzusehen und interessante Sachen zu klauen, statt wie die anderen stundenlang den Kopf zu schütteln und sich unglaubliche Schauergeschichten zu erzählen über die Gründe für all die von dösigen Staatsbediensteten ganz bestimmt mutwillig herbeigeführten, schikanösen Verzögerungen (Mittagspause! Computerspiele! Unfähigkeit! Resturlaub! Krankfeierei!) und aufzulachen, wenn mal jemand aufgerufen wurde, der man immer noch nicht selbst war, und dauernd zu sagen

– Das ist nicht wahr.

Denn es war ja doch wahr, und daß es aufwendig war, einen Staat zu verwalten, sich um Müllabfuhr, Straßenbau, Sozialhilfe, Nummernschilder, Neuverschuldung, Zuwanderung, Statistik und all das zu kümmern, das wollte der junge Mann gerne glauben. Er beneidete Beamte keineswegs, aber er bewunderte sie aufrichtig. Der junge Mann fand auf seinem Raubzug durch die Behördenflure in einem Mülleimer etwas sehr Interessantes: einen Stapel ausgeschnittener Fotos. Die Beamten besaßen eine Paßbildschere, mit deren quadratischer Schnittfläche es möglich war, Gesichter genau auf Paßformat vom Restbild zu separieren, etwa so wie beim Weihnachtskeksausstechen. Im Müll nun hatte der junge Mann die Reste gefunden, das Drumherum der Bilder, oft nur Automatenhintergründe, langweilige Pastellfarbflächen, mit etwas Menschenrumpf am Bildrand; doch manche Paßbeantrager hatten auch Familien- oder Urlaubsbilder mitgebracht, und der junge Mann hatte sich die Wartezeit damit vertrieben, aus der Umgebung Rückschlüsse auf die Auslassung, auf die Paßperson zu ziehen, sich zu überlegen, wie diese Person wohl aussah – mit dem Pullover, mit dem Ehemann, mit der Schaukel, mit dem Badeanzug, mit dem Auto. Zu Hause hatte er die Bilder in den Schuhkarton gelegt, und wenn er Besuch bekommen hatte von dem Kind seiner, na ja, dieser – der Fünfundzwanzigtausendmarksfrau, dann hatte er dem Kind die Bilder auf weißes Papier geklebt und es die fehlenden Gesichter in die Löcher malen lassen. Egal wie schäbig der Hintergrund war oder wie unsympathisch die abgebildete Restfamilie erschien – das Kind hatte immer lachende Münder gemalt. Wegen solcher Dinge hatte der junge Mann das Kind sehr geliebt. Er kannte keinen netteren Menschen als dieses Kind. Am Anfang hatte er sich leicht unredlich um seine Gunst bemüht, weil er dachte, so noch mehr Liebe von der Mutter zu erpressen, ja daß das Kind ihn in keinem Fall unangenehm finden dürfe, denn egal wie verliebt Mütter sind, mehr als ihr Kind lieben sie keinen (es sei denn, sie sind verkommen). Also machte es sich der junge Mann zum Ziel, daß das Kind ständig von ihm redete, ihn besuchen wollte, und entsprechend verwöhnte er es und kaufte ihm alles mögliche, vor allem die Dinge, die die Mutter ihm nicht kaufte, ganz einfach, dachte der junge Mann, und stopfte das Kind mit Süßigkeiten voll, schleppte es auf Jahrmärkte, in Spaßbäder und Spielzeugabteilungen, bis das Kind irgendwann mal fragte

– Müssen wir eigentlich immer Disneyfilme gucken? Außerdem habe ich Bauchweh, hast du nicht auch mal gesunde Sachen zu essen da?

Am selben Abend bekam das Kind Durchfall und schämte sich, doch der junge Mann half dem Kind und sagte ihm, das sei nicht schlimm, sondern ganz normal, und das Kind solle nur immer, wenn es wieder losgeht, sofort und ungehemmt

– KACKEALARM!

rufen, damit er schnell helfen könne. Das gefiel dem Kind. Kackealarm, das war von diesem Abend an ihr Geheimwort gewesen für unangenehme Situationen. Am Abend des ersten Kackealarms spätestens hatte der junge Mann begonnen, das Kind zu lieben. Sich vor der Kacke nicht mehr zu ekeln, sondern pragmatisch das Kind aus der Scheiße, aus welcher auch immer, zu holen. Bei den gemeinsamen Unternehmungen dachte er nicht mehr zuerst daran, was als Essenz der Mutter zu Ohren kommen würde, sondern nur noch daran, dem Kind hin und wieder etwas beizubringen und vor allem eine schöne Zeit mit ihm zu haben. Die hatten sie gehabt. Oft. Das Kind durfte der junge Mann jetzt natürlich auch nicht mehr sehen. Das war schade. Wenn ihn auf dem Spielplatz andere Mütter angesprochen hatten, die dachten, es sei sein Kind, war er stolz gewesen. Jetzt hatte er Mutter und Kind verloren, war auch noch dafür bezahlt worden, es war vollkommen unwürdig, fand der junge Mann. Es war absoluter Kackealarm, was ihm da passiert war. Vor allem wußte er nicht, woran es lag, was er sich hatte zuschulden kommen lassen. Was die Frau gedacht haben mochte, als sie an der Kuvertgummierung geleckt hatte, und vorher, als sie das Geld abgezählt hatte – warum soviel, warum nicht mehr, warum überhaupt Geld, nach welchem Umrechnungskurs veranschlagt? Mark pro Liebe, Mark pro Stunde, pro Demütigung, pro Kuß, pro Drüberwegkomm-Minute? Er mußte sich damit abfinden. Abfindung. Wahnsinn. Viel Geld, unheimlich viel, aber wenig Trost. Lauter Fragen, die der junge Mann sich selbst beantworten mußte, das war ja Vertragsbestandteil gewesen. Kein Wort mehr. Kackealarm, wirklich. Am Abend vor seiner Abreise hatte der junge Mann, als letzte Amtshandlung praktisch, ein paar Bilder aus dem Paßbildstellenschuhkarton auf Papier geklebt und ihnen in guter Tradition Gesichter gemalt. Keines davon grinste. So sah es aus.

Inzwischen hatte der junge Mann sich so weit von seinem Heimatort entfernt wie noch nie zuvor. Begeistert betrachtete er eine Weltkarte, legte den Zeigefinger auf den

Kilometerbalken und maß dann die Strecke ab. Das war weit. Weit genug? Der junge Mann war im Regenwald. Der junge Mann wurde sofort krank. Geimpft war er gegen nichts, weil er so schnell aufgebrochen war und weil der Sparkassenangestellte auch ein bißchen recht gehabt hatte mit seiner Einschätzung.

Geld wechseln, Steckdosen adaptern, die Sprache wechseln, sich auf Klima, Religion, Brauchtümer, Gewürze und andere Musik einstellen, also die normalen Dinge, die eine Reise zu einer Reise machen und die in Touristenballungszentren und speziell in sogenannten Clubs weitestgehend minimiert werden, damit man sich (widersinnig, aber immer wieder zu Werbezwecken offenbar erfolgreich verwandt) WIE ZU HAUSE fühlt dort, wo man es nicht ist, sich die Welt also untertan macht und eigentlich nur das Wetter wechselt, das alles machte der junge Mann gerne mit, ohne sich zu beschweren. Beim Einkaufen wurde er betrogen, beim Essen verseucht, beim Schlafen gestört, beim Radiohören irritiert, beim Autofahren angehupt, was er für einen Stein hielt, begann plötzlich seitwärts zu laufen, an den Bäumen hingen Früchte, die er nicht mal aus dem Kuriositätenregal des Feinkostgeschäfts kannte, er mußte sich gegen die Sonne schützen, nachts unter einem Netz schlafen und sich mit Insektenölen einreiben, sich mit Mineralwasser die Zähne putzen – alles sprach dagegen, hier zu sein, er war hier nicht eingeplant, sein Reisen war lächerlicher Imperialismus, ja, daß es ihm die Umgebung so schwer wie möglich machte, das war richtig so, er nämlich falsch, klar. Was er die ganze Zeit gemerkt hatte, bewies ihm dann sein Körper – hier gehörte der junge Mann nicht hin. Seine Haut war nach kurzer Zeit verbrannt, schlafen konnte er kaum, und als er baden wollte, wäre er beinahe ertrunken, konnte sich gerade noch in Sicherheit bringen, trat erschöpft an Land und dort direkt auf etwas Stacheliges. Nachts dann mußte er kotzen. Sehr viel und lange. So daß er sich wirklich fragte, was da alles rauskommt. Durchfall gesellte sich dazu, dann Fieber. Der junge Mann schwitzte und fror. Er nahm Tabletten und ließ es dann bleiben, weil alles, was er zu sich nahm, nach Sekunden den Weg hinaus suchte aus irgendeiner Körperöffnung, aus welcher, da war der Organismus immer weniger wählerisch. Der junge Mann saß auf dem Klo und entleerte sich in Krampffolgen. Parallel kotzte er geradeheraus in den Dreierstecker. Dann legte er zum kurzzeitigen Waffenstillstand den Kopf auf den Waschbeckenrand, doch bald ging es weiter. Das Badezimmer sah aus wie ein Fangokurbereich. Der junge Mann zitterte und versuchte, die Kotze mit einem Schrubber in den Abguß der ebenerdigen Duschecke zu manövrieren. Die Anfangskotze war zu brockig, aber das, was jetzt noch kam, ging problemlos durchs Sieb. Den Rest mußte der junge Mann ein paarmal mit dem Schrubber auf dem Sieb hin und her reiben. Er blieb jetzt einfach in der Duschecke stehen und gewährte sämtlichen Schließmuskeln Feierabend, und komplett entleert und ausgeduscht, legte er sich dann ins Bett und schlief keine Sekunde, haute matt auf Mücken ein und war verzweifelt.

Am nächsten Morgen erkundigte er sich nach einem Arzt. Hospital? fragte der junge Mann, und nach einigem Herumirren brachten ihn die Hinweise derer, die sich anders als der junge Mann rechtmäßig in jenem Land aufhielten, die sich weder eincremen mußten noch beim

Essen vorsehen, die Wasser aus der Leitung trinken konnten, ohne vegetativ zu kollabieren, und wußten, wer von den Bewaffneten auf der Straße zu fürchten und wer zu begrüßen war, zu einem, der sich zumindest Arzt nannte. Da war man in diesem Land mit den Zulassungen offenbar nicht so kleinlich. Immerhin hatte er einen weißen Kittel an, und der junge Mann hatte mal gelesen, es würde viele schon gesund machen, jemandem in weißem Kittel gegenüberzusitzen, das sei ein tolles Placebo, es wirke genau so wie Dessous bei Prostituierten, Blaumann beim Klempner oder Paillettenhemd beim Tanzlehrer – die Tracht belegt Kompetenz, wirklich, ein Prosit der Dienstkleidung. Deshalb fand der junge Mann es auch nicht allzu bedenklich, daß der, den sie Arzt nannten, höchstens 19 Jahre alt zu sein schien. Als der junge Mann ihm gegenübertrat, Warte- und Behandlungszimmer waren eins, aß der Mediziner gerade mit der rechten Hand ein Reisgericht, das machte man so in diesem Land, auch morgens schon; eine Tageszeit, zu der kein Reisgericht gegessen wurde, gab es nicht. Da mit der rechten Hand gegessen, mit der linken aber Klopapier improvisiert wird, konnte der junge Mann die Arzthand nicht schütteln, nickte also nur freundlich und begann, seine Symptome zu schildern. Die umsitzenden Patienten hörten interessiert zu, lachten und flüsterten. Überall, wo der junge Mann hinkam, wurde gelacht und geflüstert. Er hatte den Fehler gemacht, den erfahrene Globetrotter als Selbstdefinition im Reisepaß stehen haben, nämlich sich sofort nach Ankunft im fremden Land von den Touristengebieten zu entfernen und in Richtung des in Reiseberichten immer mit viel Abenteuerparfüm bedachten Inlands aufzumachen. Der junge Mann dachte an ein Lied von Blumfeld, in dem es heißt

Dich interessiert doch nicht, was du erlebst

Nur das, was du davon erzählen kannst

In der Tat, für hinterher, nach der Rückkehr, für Diaabende, Wieder-da-Telefonate oder, jawohl, Postkarten war es toll; man konnte erzählen, man habe ausschließlich mit sogenannten Locals gesprochen, selbstverständlich unter Zuhilfenahme beinahe aller Gliedmaßen, sei auf diese Weise dem ursprünglichen Charakter des Landes näher gekommen, als das im standardisierten, durch Massentourismus jeglicher Eigenheit beraubten Küstengebiet möglich gewesen wäre, auch habe man die Brauchtümer und speziell die landestypische Küche unverfälscht kennenlernen können, wo sie nicht auf bekömmliches Folkloremaß zurechtgestutzt worden war. Doch während er so vorbildlich reiste, fühlte der junge Mann sich wie im Zoo, nur andersherum: An einem verregneten Tag allein am Gehegerand, wenn die anderen Geschöpfe in der Überzahl sind und es fraglich ist, wer eigentlich gerade wen beobachtet und welche Seite des Gatters nun Freiheit und welche bloß Auslauf bedeutet. Obgleich er sich genau so fühlte, erschrak der junge Mann über diesen Eindruck, denn wenn er das jemandem erzählen würde, dachte er, würde man ihm vorwerfen, in diesem Bild seien ja die Einheimischen keine Menschen, sondern Tiere, was er denn bitte für ein Sloterdijk-Abgesandter sei. Der junge Mann hatte keineswegs das Gefühl, sich zu Hause nicht auch lächerlich zu verhalten, nur beobachtete er sich da nicht so sehr wie hier in unbekannter Umgebung, in der es für ihn keinerlei Verbindlichkeit gab, alles dauernd falsch gemacht werden konnte; zu Hause kannte er wenigstens ein paar Regeln, bestimmte Automatismen erleichterten das Tun, ermöglichten erst die Beschäftigung mit Dingen, die hinausgehen über Maßnahmen zur Gewährleistung bloßen Überlebens.

Der junge Mann wollte auch nicht als Devisenbeschaffer auftreten (aber natürlich wurde er genau so behandelt, weil er nichts anderes war), also tat er so, als fühle er sich medizinisch optimal betreut. Den Eindruck, daß man ihn und sein Anliegen verstand, hatte er nicht. Neben dem jungen Arzt saßen einige Damen und unterhielten sich, dazu summte ein Aquarium. Nichts deutete auf eventuelle fachliche Qualifikation des Arztes oder auch nur Eignung der Räumlichkeit hin. Der junge Mann bekam einen Fieberschub und setzte sich neben andere Patienten, die ein wenig zur Seite rückten und deren Flüstern und Lachen kurz anschwoll, so wie in der Tanzschule, wenn es ans Auffordern geht und ein besonders gefürchteter oder auch verehrter Herr sich einem Kichergebiet nähert. Der Arzt schmatzte, der junge Mann lächelte verbindlich, schämte sich, daß er seine Krankenkassenkarte abgegeben hatte, denn über die amüsierten sich gerade zwei Krankenschwestern (also, eventuell Krankenschwestern, immerhin hatten sie Stethoskope umhängen). Eine der Damen biß auf die Karte, die andere fiel beinahe in Ohnmacht vor Freude. Der junge Mann wünschte sich nach Kassel oder so. Unbedingt diesen Augenblick merken, dachte er, Seltenheitswert. Das Fieber! Der junge Mann schwitzte enorm, und das fanden die Umsitzenden höchst interessant. Was mit denen eigentlich war, ob die auch krank waren oder ob es sich beim sogenannten Hospital eher um einen Ort der Begegnung, so eine Art prähistorischen Chatroom handelte, fragte sich der junge Mann, als ihm der künftige Nobelpreisträger mit einer Hand (der Kackhand) bedeutete, sich auf eine Pritsche zu begeben, um alsdann einarmig, fortwährend essend, eine Blutdruckmessung vorzunehmen, das konnte nie schaden. Er guckte auf die Skala, nickte, riß die Klettverschlußmanschette ab und schrieb einige beliebig aussehende Wörter und Zahlen auf ein Löschblatt. Mit dieser Notiz ging eine der stethoskopbehängten Damen in einen Nebenraum. Nach zwei Minuten kam sie mit sechs verschiedenen Pillensorten und einem Serum wieder. In der Zwischenzeit hatte der junge Mann das Aquarium näher betrachtet – sämtliche Fische schienen tot. Die Behandlung war beendet, das Mittagessen des Gottes in Weiß war kurz vor dem Abschluß, draußen ging eine Horde weiß-blau uniformierter Grundschüler vorbei und schrie

– Hello Sir!
– Where are you going?
– Give me a school-pen!

Noch einmal blickte der junge Mann auf des Doktors Hütte, um nun zu sehen, daß der als DENTIST ausgewiesen war. Man konnte nicht alles haben. Der Körper des jungen Mannes erfuhr hinsichtlich frei verfügbarer Defekte Gegenteiliges, die durfte er nämlich allesamt haben. Der junge Mann nahm zwei Pillen, kotzte sie bald darauf wieder aus, nahm andere Pillen, und wenn er gerade nicht kotzte oder wimmernd den Sanitärbereich wischte, versuchte er, eine Telefonverbindung mit dem Flughafen herzustellen, um den nächsterreichbaren Rückflug zu buchen. Das Serum warf er weg.

Über die mit Betreten des internationalen Flughafens schlagartig zurückerlangte Trittsicherheit, das Wiedererkennen von Zeichen, Vorgängen und Regeln freute sich der junge Mann so sehr, daß er seine Umgebung mit übermäßiger Freundlichkeit bedachte, sich für alles zehnmal bedankte und alle Menschen, die ihn der Heimat näher brachten, praktisch mit einem Lifetime-Award bedachte, auch wenn sie ihm nur Sicherheitsgebühr abknöpften, eine Bordkarte ausstellten oder ihn mit einem Metalldetektor abbürsteten. Die anderen Fluggäste legten sich aufblasbare Ringe um den Hals, um zu schlafen, guckten dann das von Kai Pflaume moderierte Bordprogramm, bestehend aus Mr.-Bean-Filmen, Beiträgen über Wassersport und Baumwollfarmen, und schließlich Harry & Sally. Der Ton kam über Kopfhörer, und der junge Mann war der einzige an Bord, der die ganze Zeit statt aufs Bordprogramm auf den Navigationsmonitor guckte, der fortlaufend informierte über:

1. Geschwindigkeit
2. Außentemperatur
3. Höhe über NN
4. Zurückgelegte Flugstrecke
5. Verbleibende Flugstrecke
6. Verbleibende Flugzeit

Je größer die Zahl hinter Punkt 4 und je kleiner die Zahlen hinter den Punkten 5 und 6 wurden, desto euphorischer wurde der junge Mann. Ein zehnstündiger Countdown, dem zuzuschauen eigentlich wie eine Kulmbacher Filmnacht mit Wim-Wenders-Filmen war, aber der junge Mann wollte keine Sekunde verpassen, und als die Stewardessen die abwechselnd mit Getränken, Duty-free-

Waren oder im Flugpreis inbegriffenen kulinarischen Unverschämtheiten beladenen Rollwagen durch die Gänge schoben, reckte der junge Mann seinen Kopf, um die Annäherung an zu Hause unterbrechungslos kontrollieren zu können. Da der junge Mann sämtliche Zeitvertreibsnacks vom Rollwagen mied, war sein Organismus gnädig (beziehungsweise schlicht leer), und es blieb dem jungen Mann erspart, sich auf dem engen Flugzeugklo übergeben zu müssen. Als in Harry & Sally die Stelle kam, die alle immer nur die Stelle nennen, lachten alle Passagiere laut, was merkwürdig wirkte auf den jungen Mann, da er ja keinen Kopfhörer aufhatte, aber er lachte natürlich mit, vielleicht sogar am lautesten, so freute er sich. Als das Flugzeug zur Landung ansetzte und der Kapitän dazu das Kabinenlicht herunterdimmte, knipsten die meisten Passagiere gelangweilt die Leselampen über ihren Sitzen an, um weiterlesen zu können. Banausen, dachte der junge Mann, so ein feierlicher Moment – er blickte aus dem Fenster und empfand jedes einzelne nahende Licht als persönliches Willkommenszeichen der Heimat.

Der junge Mann klatschte laut und lange, als der Pilot das Flugzeug sicher gelandet hatte, auch wenn einige Passagiere ihn dafür verachteten, um zu zeigen, daß sie sehr oft das Flugzeug benutzten, übrigens, das hatten sie im Bordjournal gelesen, eines der sichersten Verkehrsmittel der Welt. Nur wenn es mal kracht, dann richtig.

Der junge Mann dankte beim Aussteigen sämtlichen Stewardessen per Handschlag und Verbeugung, und dann kam die Sache am Kofferband. Dort endete das kollektive Ausgeliefertsein, das für die Dauer des Fluges das Leben der Passagiere gleichgeschaltet hatte. Alle hatten zur gleichen Zeit gegessen, zur gleichen Zeit verdaut, etwas vom Getränkewagen auswählen dürfen, zollfrei einkaufen und denselben Film sehen können, beim selben Luftloch HUCH gedacht, und im Falle eines Absturzes hätten sie gemeinsam die Schwimmwesten umgelegt und wären gegebenenfalls auch ungefähr gleichzeitig gestorben. Am Kofferband taten sie ein letztes Mal dasselbe, warten nämlich, und danach würden sie wieder Unterschiedliches erleben, doch zunächst paradierte das Gepäck, und hintereinander verschwanden die Reisenden dann beladen durch die automatische Schiebetür. Der junge Mann auf seine gepäcklose Art ebenfalls beladen. Daß, auch das noch!, sein Koffer verschollen war, war schade, aber zu verkraften. Auch der noch. Nach ihr – alle, alles.

End of bag, start of begging – der junge Mann ging zum Schalter mit der schönen Aufschrift

Lost&Found.

Lost ja, Found mitnichten. Noch nicht, hieß es, noch nicht. Die diensthabende Dame konnte die Aufregung des jungen Mannes nicht teilen, wozu auch, schließlich war es erstens ja nicht ihr Koffer und zweitens einer von vielen hundert vermißten pro Diensttag (offenbar, merkte der junge Mann, kam auf Flughäfen DOCH pausenlos Gepäck abhanden, wurde DOCH geklaut oder einfach nur nach Argentinien verschickt, aus Versehen, diese Papieretiketten, mit ihren dem Laien hieroglyph erscheinenden Abkürzungen und Strichcodes sorgten also NICHT dafür, daß der Endflughafen des Gepäcks immer identisch war mit dem des Eigentümers), da muß man das Mitgefühl gut dosieren. Genau wie Sargschreiner auch nicht jede Truhe vollheulen dürfen, sonst quillt das Holz, und Ärzte auch, egal wie schlimm es bestellt ist, niemals sagen sollten: Das sieht nicht gut aus, sondern stets Trost, Heilung, Perspektive andeuten, und, wenn es auch gelogen ist, behaupten müssen, sie hätten schon Schlimmeres gesehen, das würde wieder. Der Leidende neigt dazu, seinen Schmerz für einmalig zu halten, den Härtegrad des eigenen Falles als außerordentlich einzustufen, deshalb benötigt er Hilfe bei der Einordnung des ihm Widerfahrenen als nicht weiter beunruhigende Normabweichung. Berufe, die das Leid anderer Leute verwalten, bedingen eine gewisse Abgeklärtheit. Die Lost&Found-Dame nannte irgendeine mit ziemlicher Sicherheit frei erfundene Prozentzahl im Neunzigerbereich, keine Sorge, das allermeiste träfe noch am selben Tag, wenn man Glück hat, allerspätestens aber am übernächsten ein, und es würde einem sogar nach Hause gebracht, Service, na klar. Wie gesagt, der junge Mann rechnete schon lange nicht mehr mit Dingen wie Glück oder Wendung zum Guten, also erkundigte er sich vorsichtshalber gleich nach den paar Prozenten, die die Differenz ausmachten zwischen hundert und der so gutgemeint ausgedachten Neunerdezimale.

– Bitte stellen Sie umgehend eine Inhaltsliste des Gepäckstückes zusammen, zu jedem Stück brauchen wir eine genaue Beschreibung, also Farbe, Größe, Besonderheiten, Material – und schließlich noch Kaufdatum und Kaufpreis, bat ihn die Dame.

Das klang vernünftig, das klang nach Ersatz. Wann er allerdings wo für wieviel seine Lieblingsunterhosen gekauft hatte, wußte der junge Mann nicht mehr. Wer bitte heftet nach dem Pulloverkauf den Kassenbon ab? Bitte mal melden bei Lost&Found.

Der junge Mann fuhr noch zwei Reiseschecks lang an die Nordsee, um körperlich gesund zu werden und so die doch hoffentlich (so sicher war er da nicht, nein, sicher war er wirklich lange nicht gewesen) fortschreitende seelische Gesundung nicht aufzuhalten. Die Begleitangst einer jeden Rückkehr, von der vertrauten Welt bald eingeholt zu werden, übersetzte der junge Mann ungefähr zur Hälfte in die Hoffnung, zumindest wieder in Fahrt zu kommen – er dachte an die Frau und verbot es sich nicht. Bei einem sogenannten Kurarzt (dessen Personal am Vorzimmerschlagbaum darauf bestand, die Daten der Krankenversicherungs-Chipkarte zu erfassen, ja, er war zurück) ließ der junge Mann sich zwecks Überprüfung alle denkbaren Körperflüssigkeiten entnehmen. Durch eine einzige Tablette wurden die ruckartigen Entleerungen innerhalb einer Stunde gestoppt, und nach zwei Tagen bekam der junge Mann das Testergebnis. Ernsthafte Tropenkrankheiten, die der junge Mann natürlich befürchtet hatte, konnten ausgeschlossen werden, es schien vielmehr bloß ein Infekt gewesen zu sein, der längst im wahrsten Sinne verdaut war, die anhaltende Schwächung des Organismus sei Folge einer, nicht erschrecken, Vergiftung durch die offenbar allzu wahllose Medikation, analysierte der über die Behandlungsmethoden seines ausländischen Kollegen mild entsetzte Kurarzt.

Es ging also weiter. Natürlich ging es weiter. Wenn er jetzt eine deutsche Zeitung las, glaubte der junge Mann auch endlich wieder, was er da las. Im Ausland waren ihm all diese Nachrichten so anekdotisch und willkürlich erschienen, auch da die erhältlichen Zeitungen ja mindestens einen Tag alt waren, somit nicht mehr aktuell, es war also nicht mehr möglich, sich über aktuelles Geschehen zu erregen, da man ja sicher sein konnte, daß zum Zeitpunkt der Information die Sachlage schon wieder eine andere war. Daß man immer wieder glaubt, es sei wichtig, WANN man Dinge erfährt, die man nicht am eigenen Leib spürt – was ändert es, wenn man ehrlich ist? Man ist nicht ehrlich. Ach so.

Der junge Mann war wieder angekommen, die Flucht nicht beendet, aber unterbrochen. Am Strand ging er spazieren, täglich viele Stunden, und fühlte sich wie in einem Werbefilm für Lebensversicherungen, fehlte nur die um den Hals baumelnde Hundeleine und das sinnierende Flache-Steine-über-die-Wasseroberfläche-Flitschen. Er war ganz alleine dort, es war die falsche Jahreszeit und also die richtige, man konnte so weit sehen, alles war leer oder frei, je nachdem. Der junge Mann malte mit den Füßen den Namen der Frau in den Sand und wartete, bis die Flut kam. Bei Ebbe ging er am Saum gemischter Stofflichkeit entlang, den die Flut angespült hatte. Stundenlang durchsuchte er diesen so abwechslungsreich aus Steinen, Muscheln, Holz, Müll, ja allen denkbaren Materialien zusammengesetzten Streifen. Das Meer hatte die Gegenstände aufgenommen, bearbeitet, gereinigt (oder mit Öl, Teer, Algenschaum oder Pilzbewuchs verschmutzt), ausgeschieden, und jetzt lagen sie wie ein langgezogener Flohmarkt am Strand aus, und man konnte sich etwas aussuchen. Ein Stück Seil, einige Maschen Fischernetz, abstrakte Zerfallszwischenergebnisse auf Basis von Holz oder Metall, allerlei Verpackungen aus unterschiedlichsten Sprachräumen, von welchem Schiff die wohl geflogen waren? Eine abstrakte Flaschenpost lag dort aus, und der junge Mann verbrachte seine Zeit damit, einige der Absender zu erraten, alles war denkbar, die ganze Welt verdächtig, Kurgäste der Nachbarinsel oder Matrosen vom Indischen Ozean. Das Meer war stärker als alle und wertete die Dinge um, jede Angst, die man vor dem großen Wasser hatte, schien dem jungen Mann berechtigt; durchs Meer geschliffene Glasscherben sahen wertvoll aus, durch Salz und sonstiges mattierte Silbermünzen dagegen wertlos. Ein Kronkorken hingegen wieder wie ein Stück währungsübergreifendes Gold. Die meisten Muschelhälften lagen einzeln (getrennt also) herum, nur einige wenige noch mit der dazugehörigen zweiten Hälfte verbunden, doch schon aufgeklappt, geleert, erledigt – und die seltenen geschlossenen, die noch zu zweit waren und ihre Fracht für sich behielten und durch ihren Zusammenhalt beschützten, waren dort, außerhalb des Wassers, ebenfalls todgeweiht. Wieder ein Lied von Blumfeld, das dem jungen Mann in den Sinn kam

So lebe ich
Einer von vielen
Kein Einzelfall
Ein neuer Tag
Kein neues Leben

Das schlimmste am Leben, dachte er, ist nicht, daß man immer wieder alles verliert, was man liebt (Menschen oder auch nur Gepäck). Das schlimmste daran erschien ihm, daß der sogenannte Neuanfang eine Illusion ist, von der man nicht lassen kann, auf die man immer wieder hereinfällt (sonst ginge es vermutlich nicht weiter).

Aufs neue glaubt man unermüdlich, es sei möglich, Fehler und Schuld zu tilgen, indem man eifrig neue macht. Doch ist ja alles Leben Addition, und so sehr man sich auch müht, zu vergessen (oder andere vergessen zu machen), sich selbst durch scheinbar mildernden Zeitabstand zu vergeben – nichts ist ungeschehen zu machen, und jede weitere Tat ist Reaktion auf Vorangegangenes. Dem jungen Mann fehlten konkret die Frau, das Kind, der Koffer, die Unbeschwertheit (um es mal bei den groben Eckpunkten zu belassen). Beim Koffer gab es zumindest offiziell noch Hoffnung. Nun hätte der junge Mann, da dies nicht der erste umfassende Verlust seines Lebens war, doch ohne wirklich zu straucheln von vorne anfangen können, oder? Schließlich startet doch jeder Tag im positiven wie im negativen Sinne bei Null, eigentlich: neues Licht, neuer Hunger, neue Schlagzeilen, neue Gesichter, neue Lieder, neue Pickel, neue Post – alles neu. Nein, falsch. Die Erfahrung nützt gar nichts, wenn es ernst wird, sie kann den Schmerz nicht lindern durch routinierten Verweis auf vorangegangene, gemeisterte Schiffbrüche. Trotzdem sind alle Erlebnisse und Zumutungen Steckwürfel auf vorhandene Türmchen: Der Hunger bemißt sich daran, was man abends zuvor gegessen hat, das Licht war nicht weg, nur woanders, und wie hell oder warm oder naß es draußen ist, das vergleicht man mit Gewesenem, indem man sich über das Wetter unterhält und es dabei immer gleich einordnet im Stile alter Hasen, die nichts mehr schockt: Das Wetter ist dann so und so „für diese Jahreszeit". Die Schlagzeilen spinnen Fäden fort, die den Leser schon Jahre oder Wochen verfolgen, manchmal wird dem Teppich auch ein neuer Faden beigefügt, dessen

Verlauf dann an den nächsten Tagen zugleich Sicherheit, Verwurzelung und Ödnis gewährleistet, doch wird auch dieser neue Faden immer mit einem alten verknotet, sonst nimmt der Teppich ihn nicht auf. Anders sind Ereignisse oder Entdeckungen nicht zu begreifen, sie müssen geerdet und verknüpft werden, sonst gibt es sie nicht. Man kann ohne Antenne kein Radio hören – auch wenn es in der Luft rumschwirrt, man muß das Gerät haben, dies zu entschlüsseln, die Frequenzskala, auf der sich der Sender bitte schön einzupassen hat. Und so ist es mit allem, dachte der junge Mann. Man sieht eine wunderschöne Frau im Fernsehen, in der Zeitung oder vielleicht, das wärs ja noch, sogar auf der Straße. Und wenn sie einem auch plötzlich als

DIE SCHÖNSTE FRAU DER WELT

erscheint, es vielleicht sogar ist (sie kann es gar nicht sein, aber egal), so wird sie mit dieser Einordnung Teil des bestehenden Koordinatensystems, dem zwar großzügige, aber dennoch klare Grenzen auferlegt sind. Sie ist zwar die Schönste der Welt, aber eben auch nur: der Welt. Im Vergleich zu denen, die man kennt und kannte und sich demzufolge vorstellen kann. Eigentlich schade: „Unvorstellbar hübsch" kann also niemand sein. Ungekannt toll vielleicht, das schon. Das ist schon mal was. Deshalb macht man weiter. Weil es einem alle predigen, daß wieder etwas kommen wird, daß Tolleres kommen wird und die Schmach wird vergessen machen; dieses evangelische Gerede eben vom Anfang im Ende und so weiter, und wenn man es auch nicht glauben kann, man muß es schließlich doch, weil sich umbringen vermessen ist und ein Akt unfairster Egozentrik. Indem man sich auslöscht, sich die

größte Aufmerksamkeit zuzusichern, das ist zu durchschaubar. Wem es irgend möglich ist, der sollte das als Ausweg nicht in Betracht ziehen, damit auch niemals bloß drohen. Es ist zu armselig. So wie im Winter ins Sonnenstudio gehen – der Natur vorgreifen, was soll das. Wir haben anderes zu erledigen hier unten, verdammt noch mal, dachte der junge Mann pathetisch. Wind und Meer bewirken schnell solche Suche nach Grundsätzlichkeit, da kann es passieren, daß aus einem Selbstgespräch eine flammende Ansprache wird, ein Nordseeappell, und den Möwen ist es egal, das stört die nicht weiter, und es war, wie gesagt, off-season, der junge Mann also allein mit seiner Welterklärung. Jetzt sprach er zum Kultusministerium:
– Es gibt zum Glück dauernd neue Lieblingslieder! Wohl dem, der noch bereit und in der Lage ist, aus eigenem Antrieb und nicht aus Pflichterfüllung neue Platten zu kaufen. Es ist wichtig, schön und beruhigend, auf unzerstörbare Lieblinge zurückgreifen zu können, doch ist all dies immer auch patinierte Reanimation, ein vorbelastetes Fußnotengedonner, dessen Wirkung geliebt, aber eben auch bekannt ist und berechenbar. Als Stabilitätsfaktor nicht zu unterschätzen, zu wissen, mit welcher Platte man meistens zumindest kurz eine Menge vergessen kann. Jene wird einem verläßlich helfen, die Tränendrüsen zu aktivieren. Diese dort wird einen stets dazu nötigen, lauter zu drehen, als der Mietvertrag dies in § 5, Absatz 3a vorsieht, ja beim Klingeln oder Deckeklopfen der Umwohnenden wird man NOCH lauter drehen – kurz. Jedoch: immer kürzer! Denn natürlich wird solche Magie durch ihre zwanghafte Wiederholung auch banalisiert, und wenn einen Musik nicht mehr ein klein wenig über-

fordert, verliert sie an Kraft. Neue Klänge, neue Texte, neue Rhythmen, neue Werweißesschons haben immer ein Haltbarkeitsdatum, sie müssen vergänglich sein, sonst sind sie gar nicht. Deshalb kann man nie genug Musik kennen, es muß fortlaufend etwas hinzukommen, Hits müssen ersetzt werden, sonst stirbt man. Auch wenn ein Dreißigjähriger sich weniger darum kümmert als ein Fünfzehnjähriger, weil er viel zuviel anderes glaubt erledigen zu müssen, und im Durchschnitt, das ist wissenschaftlich errechnet, ein Lied achtmal hören muß, bis aus dem Hören ein Kaufimpuls wird, ein Fünfzehnjähriger hingegen nur dreimal, so müssen gute Freunde, Sender, Händler der Älteren eben für diese Wiederholung Sorge tragen, um den Menschen in jedem Alter neue Melodien (=neues Glück) bereitzustellen. Lieder, die man liebt und sich fragt, wie wohl alles wäre ohne sie – und man kann, man will es sich gar nicht ausmalen. Die Lieder gehören dann dazu (und stehen somit auch schon wieder auf der Abschußliste). So unverhofft sie kommen, so kommen sie jedoch nie aus dem Nichts. Die, die sich professionell mit der Bewertung neuer Platten beschäftigen, machen es vor: Um uns das Neue näherzubringen (oder es von uns zu rücken, vom Erwerb abzuraten), holen sie das Prachtstück herunter und sortieren es ein – es klingt wie, kontert dies, zitiert jenes, wirft das über den Haufen, lehrt die das Fürchten, zollt jenen Tribut, denkt dieses zu Ende. Nach Rock kam irgendwann Post-Rock, und egal ob Verweigerung oder Ehrung, alles Schaffen wird eine Bezugnahme bleiben, denn jegliches Handwerk erlernt man auf Basis bisheriger Klassiker. Mit diesem Wissen dann skrupellos oder gar gotteslästerlich umzugehen, ist heldenhaft und nicht undankbar. Wer auf den Trümmern eines Heimatmuseums ein Internetcafé aufbaut, muß das verantworten, nicht jedoch rechtfertigen. Wer nicht besser sein will, wird nicht mal gleich gut sein können.

Ein neuer Pickel ist immer größer oder kleiner als irgendein bisher gehabter, ein Dreißigjähriger mit einem riesigen Pickel auf der Stirn sieht nicht weniger bemitleidenswert aus als ein Fünfzehnjähriger mit demselben Defekt; doch IST er weniger bemitleidenswert, da ihn dieser Pickel nicht mehr so aus der Bahn haut wie den halb so alten, der den ganzen Tag an nichts anderes denken kann. Irgendwann kommt die Gelassenheit dessen, der über Hautsorgen sagen kann

– Ich habe sie alle gehabt

und dann hat er sie weiterhin, aber er weiß, daß dieser Pickel ihn von seinen übrigen Daseinspflichten nicht entbindet. Vielleicht ist das ein Verlust von Romantik, der mit zunehmendem Alter einhergeht – denn auch wenn man es zunächst nicht glaubt, man braucht für die Beschwörungsformel der Kreisförmigkeit emotionaler Zustände keinen Souffleur mehr. Man ist eben – kein Einzelfall.

Der junge Mann wanderte am Strand entlang wie ein Betrunkener, sein durch Fußspuren im Sand markierter Weg war mehr Slalom als Gerade. Er wollte dem Meer so nah wie möglich sein, doch immer wieder kamen plötzlich größere Wellen, und er mußte zurückweichen, um nicht naß zu werden. Das Strandgut, das er prüfte, machte ihn froh. Was man nicht mitnahm, nahm das Meer mit der nächsten Flut wieder mit und bot es später einem anderen Strand an (oder brachte es zur Wiedervorlage, doch nie blieb etwas gleich, jeder Tag im Meer veränderte einen

Gegenstand weiter). So ging es immer weiter. Der junge Mann wußte, daß er daraus beruhigende Rückschlüsse ziehen konnte, ja würde ziehen müssen. Wellen. Wie groß die Burg auch war, die man baute, am nächsten Morgen war sie weg. Wenn man weit genug vom Meer weg baute, blieb sie auch mal stehen, aber dann sprang jemand hinein, oder der Wind trug das Bauwerk langsam ab, und die meisten bauten ohnehin am liebsten so nah es eben ging am Wasser. Dort ist die Burg gefährdeter, aber für den Moment schöner. Die Burgenbauer folgerten aus der garantierten, ihnen bei Baubeginn völlig bewußten späteren Zerstörung nie, Burgen bauen sei zwecklos und das Meer ungerecht. Sie sahen den geglätteten Strand als optimales Fundament für eine neue Burg. Daß auch die weggespült werden würde, war sicher, aber verhinderte nicht den Antrieb zu neuen Grabearbeiten, die Freude an der Fortschreibung überwog gegenüber der Angst vor neuerlichem Verlust. So naiv mußte man sein, um weiterzumachen. Es war alles so entsetzlich klar.

Der junge Mann fuhr zurück nach Hause. Er sagte im Copyshop Bescheid und ließ sich vom Lehrer auf den neuesten Stand bringen, der der alte war, das war beruhigend.

Die Dame vom Lost&Found-Büro hatte inzwischen angerufen und gemeldet, der Koffer des jungen Mannes sei nicht aufgetaucht, die Angelegenheit sei zur Zentrale weitergeleitet worden, es würde nun anhand der Inhaltsliste geforscht, der Koffer sei höchstwahrscheinlich fehlgeleitet worden, er könne auch kaputtgegangen sein, und in dem Fall würden die Sachen des jungen Mannes nun irgendwo auf der Welt liegen, aber nicht zuzuordnen sein – und wie gut, wenn man dann die Inhaltsliste zum Abgleichen hätte, dann wären zumindest die Sachen wieder da, der Koffer würde ersetzt werden. Vor lauter Konjunktiv wurde dem jungen Mann ganz schwindelig. Irrealis.

– Wir brauchen jetzt wirklich Ihre Liste, mahnte die Dame. Sonst sieht das ganz schlecht aus.

Mit der Liste sah es nicht besser aus. Der junge Mann begann die Liste zusammenzustellen, eine riskante Belastungsprobe, denn seine Lieblingssachen waren im Koffer gewesen, und das waren natürlich die, die er gekauft hatte im Bestreben, dem Geschmack seiner, na, dieser Frau nahezukommen. Er schickte die Liste ab und begann mit dem WIEDERanfang.

Aus dem Copyshop lieh der junge Mann sich einen Reißwolf und begann, Briefe und alles, was ungültig geworden war, das war einiges, zu zerkleinern, damit Platz für Neues war. Die Schubladen, in denen er wie ein wahnhafter Archivar ALLES abgelegt hatte, was die Zeit der Liebe an Zeigbarem hervorgebracht hatte. Vom ersten Treffen an: alles (im Verlauf dann naturgemäß immer weniger, weil es erstens weniger Neues gab und zweitens die Verblüffung nachließ – am Anfang kann man es nicht fassen, dann muß man es fassen und hat damit bestens zu tun); diese Schubladen überhaupt zu öffnen war ihm vor der Abreise nicht möglich gewesen.

Denn die Sache war die

Die Sachen waren sie

Daran hatte sich selbstverständlich nichts geändert. Nur hatten die Sachen hier nichts mehr verloren – außer neuerdings ihn. Jawohl. Er war fest entschlossen, das Feld zurückzuerobern. Natürlich liebte er die Frau noch, das war nicht die Frage, aber sie wußte ja nicht mal von seinem

Beinahetod (es war am Ende harmlos, sagte am Ende der Arzt, aber mittendrin war es das nicht gewesen, beileibe nicht, und das allein zählte, bloß die Summen ins Feld zu führen war unehrlich), was also band ihn noch an sie außer der nicht zu rekonstruierenden, bloß zu erinnernden Vergangenheit? Diese Dinge, die er jetzt vernichtete, der Inhalt der Schubladen. Erschreckend, dachte er, wie die Liebe einen zum abheftenden Beamten werden läßt. Die aufbewahrten Beweise aus der stürmischen Frühphase waren mit dem Reißwolf nicht zu zerstören, die mußten gesondert weggeschmissen werden, denn da hatte der junge Mann, wohl im Irrglauben, die Zeit einpacken und konservieren zu können, alles aus der Umgebung gepflückt und verwahrt, was auch nur in entferntesten Zusammenhang mit gemeinsam verbrachter Zeit gebracht werden konnte. Streichhölzer aus der Bar, in der sie sich zum ersten Mal gesehen hatten, die letzte Zigarette in der Schachtel, die sie nicht geraucht hatten, weil sie gesagt hatten, die soll immer übrigbleiben, die sei ein Symbol, das sei ihre gemeinsame Zigarette, inzwischen getrocknete Blumen, Haargummis, ja sogar Haare. Im Ernst: Haare! Da fiel dem jungen Mann die Stelle jenes Buches ein, in das er anstelle eines Lesezeichens ein Haar von ihr gelegt hatte. Ein Liebesgedicht. Vielleicht würde es ihm gelingen, es irgendwann nicht mehr aufsagen zu können. Die Haare erwiesen sich tatsächlich als das Brutalste. Immernoch fand er sie auch außerhalb des Buches, und das lag nicht nur daran, daß der Lehrer andere Hobbys hatte als Staubsaugen. Gegen Haare ist man machtlos, es ist wohl leichter, eine Frau aus dem Kopf, als ihre Haare komplett aus der Wohnung zu kriegen, dachte der junge Mann und sortierte weiter die Schubladen aus. Tatsächlich, die anfangs gesammelten Gegenstände waren dekontextualisiert nicht im entferntesten mit Liebe in Einklang zu bringen. Aha, würde jemand sagen, ein kaputtes Kinderfernglas aus neongrünem und neonpinkem Plastik. Kann wohl weg. Man sah dem Stück Kunststoff ja nicht an, daß der junge Mann und seine ehedem Geliebte es nachts krank vor Glück aus einer im Nachtkiosk gekauften Wundertüte gezogen hatten, in der Nacht des ersten richtigen Kusses, und dann früh am Morgen geteilt hatten, und jeder eine Hälfte mit nach Hause genommen hatte, als Erinnerung, als Zeichen, als Beweis, als allerhand – aber bestimmt nicht als kaputtes Kinderfernglas aus neongrünem und neonpinkem Plastik! Die Dinge sind, was man mit ihnen erlebt hat. Je jünger die Funde waren, desto eindeutiger, aber auch unvollständiger wurden sie: Hatte am Anfang ein Monat locker eine Schublade gefüllt, so war dazu gen Ende ein ganzes Jahr nötig gewesen (und noch Stauraum übrig). Eintrittskarten, Fotos, Briefe (um Himmels willen, die Briefe!), Gruß-Notizen – die zuletzt verwahrten Dinge waren im Gegensatz zum sperrigen Unrat der Anfangszeit durchweg Reißwolf-kompatibel. Erase & rewind – cause I've been changing my mind, sang der junge Mann jetzt (an Lieder von Blumfeld dachte er nicht mehr). Der junge Mann hatte so viel zu erledigen, daß sich zunächst gar nicht die Frage stellte, wie es denn und ob es denn überhaupt weiterging. Es ging so.

Der Lehrer erklärte dem jungen Mann, er solle doch froh sein über den Verlust des Koffers, dadurch, daß nun all die Sachen verloren seien, die ihn doch sowieso nur ständig an die Frau erinnert hätten, würde es viel leichter fallen, sie zu vergessen. Sachen kann man neu kaufen, sagte der Lehrer. Der junge Mann dachte an die schönen Sachen im verlorenen Koffer und an die schöne Frau im verlorenen Leben.

Wo sie jetzt wohl
sind
ist

Der Lehrer sagte, man müsse das unbedingt positiv sehen. Der junge Mann dachte jetzt über den Lehrer das, was der Bankbeamte über ihn gedacht hatte. Dann versuchte er aber wirklich, es mal positiv zu sehen. Als das nicht recht klappte, versuchte er, Ost- und Westdeutschland miteinander zu versöhnen, mit einem Zahnputzbecher den Großbrand in einer Kunststoffabrik zu löschen, in Kooperation mit Suhrkamp eine Mitarbeiterbibliothek bei Viva zu etablieren und eine McDonald's-Apfeltasche zu essen, ohne sich den Mund zu verbrennen. Dann ging er ans Telefon (wenigstens das funktionierte):

– Hallo?

– Lost&Found, guten Tag.

– O ja! Gefunden, found, ist es das? Toll. Damit hatte ich ehrlich gesagt gar nicht –

– Wir haben die Suche eingestellt. Ihr Gepäck ist nicht auffindbar, gilt jetzt offiziell als verloren. Pro Kilogramm Gepäck bekommen Sie gemäß den Höchsthaftungsgrenzen des Warschauer Abkommens 53 Mark 50, das macht bei 20 Kilo maximal erlaubtem Gewicht, Sie hatten ja 24 angegeben, aber 20 sind nur gestattet, also: 1.070 Mark. Wir werden dann die Auszahlung veranlassen.

Ein Koffer voll Sand, das wäre ein Geschäft gewesen. Es gab Secondhandläden, in denen man für 1 Kilogramm

Kleidung nur 12 Mark zahlte. Doch die restlichen 41 Mark wären dann für Desinfektionsmittel und Nähzeug zu veranschlagen. Ein wirklich schöner Pullover aber wiegt kein Kilo, kostet dafür deutlich mehr als 53 Mark 50. Warschauer Abkommen. Ach ja, schon prima, worüber sich Länder so einigen.

Es half nichts, oder doch, vielleicht hatte der Lehrer recht, und es half – der junge Mann ging einkaufen. Dann brachte er die auf der Reise belichteten Filme zum Entwickeln und fing wieder an zu arbeiten. Als er zwei Tage später die Tüte mit den Abzügen vom Fotogeschäft holte, lernte er einen neuen Begriff: Kontaktbogen. So nannte der Händler ein Fotopapier, auf dem ganz klein alle Bilder des Films abgebildet waren. Auch gut, dachte der junge Mann: Kontaktbogen! Hoho. Der erste Film war zweigeteilt – bis zum neunten Bild hatte der junge Mann noch eine Frau gehabt, das war deutlich zu erkennen, denn ab Bild Nummer zehn waren die Häuser, die er fotografiert hatte, deutlich kleiner als die vorigen, bei deren Auswahl er offenbar, das rührte ihn nun sehr, immer die Frau, ja sogar das Kind mitbedacht hatte. Alle mit Garten. Jaja. Neinnein! Das Kind war natürlich ab Bild Nummer zehn auch nicht mehr zu sehen, ja, es war eindeutig, der Bruch zwischen Bild neun und zehn. Der junge Mann legte das Bild eines besonders großen, kinderfreundlichen Hauses, Film eins/Bild Nummer drei, auf den Farbkopierer an seinem Arbeitsplatz, vergrößerte es zweimal um 100 Prozent, machte davon fünfzehn Kopien und klebte die abends an den Bauzaun. Die Abzüge eins bis zehn kamen in den Reißwolf. Schon zwei Tage später war an der Plakatwand überhaupt nichts mehr von den farbkopierten

Häusern zu sehen, die Plakatklebemafia hatte zuverlässig reagiert. Die Schicht wurde dicker und undurchlässiger, was zählte war nur der neueste Anschlag, vom Überklebten blieben noch Ränder zu sehen, bald darauf nichts mehr, außer der Erinnerung. Manchmal riß ein Betrunkener nachts Plakate ab, und zum Vorschein kamen zerschlissene, überholte Bilder und Daten. Doch auch die waren schnell wieder überklebt. Es passierte ja immer so viel.

▷ ☐ herunterfahren

▷ ☐ vom netz

▶ ☐ **speichern unter: krankenakte dankeanke**

▷ ☐ strg s

▷ ☐ soundfiles

▷ ☐ standarddokument

▷ ☐ dialogfelder

▷ ☐ neustart

Schlampen. Ich liebe
, weil man Männer da-
o schön durcheinander
en kann. Männer den-
oft ja nur mit ihrem

Prompt fragte „Bild
September: „Danke,
dem jungen Schrift
„Wir sind Bekannte.
sehen zu tun hat, läu,
den Weg." Sie sagt (u
viele Männer und viele
ich nicht lesbisch oder e

niamin

gang g

MAX: „Was läuft ... mit dem jun
en Schriftsteller?" fragte „Bild
m Sonntag" unlängst und
wollte wissen, ob was dran sei
an den Beziehungsgerüchten
zwischen Ihnen und Benjamin
von Stuckrad-Barre.

regisseur Detlef Buck hatte vor drei Woch
in seine Berliner Wohnung geladen. Das
unden hatte Folgen. Schauspielerin Mavie I
nd Popautor Benjamin von Stuckrad-Barre (u.l.)
lebten sich. Mavie: „Er ist unglaublich süß und
schöne Gedichte: „Merkwürdig nur: Vor
mit Thomas Scharf

MAVIE & BENJAMIN

Anke Engelke und Benjamin vo
Barre. Ist er nicht ein bisschen
sprach mit Anke Engelke.
Wie haben Sie Benjamin kennen g
Er war bei Harald Schmidt,

Was läuft a
n Schriftsteller"

Doch was ist mit Anke?

So sieht
in fünf

„Klar finde ich die Engelke
pathisch. Das Lustige ist aber nur, da
jetzt über diese Sache natürlich viel meh
tun haben, als wir sonst miteinande
tun hätten. Jeder ruft an. Das finde ich
lustig eigentlich. Aber auch unlustig."

Und wenn Anke frei wäre?

„Steht gar nicht zur Debatte. Also ..
ist eine sehr theoretische Überlegung

Das Gerücht: Mavie Hörbiger, 20
hat ihrem Freund Benjamin von
Stuckrad-Barre, 24, verboten, sie
bei den Nachdrehs zum Film „Liebesluder" zu besuchen. Grun
Dem Jungautor wurde mal
eine Affäre mit Mavies Film
partnerin Anke Engelke,
34, nachgesagt.

Und die Küsse?
Sie sagt: „Ich küsse
d viele Frauen. Deshalb
ht lesbisch oder ein wildes
in."
Er sagt: „Das muss sich un
narmung handeln."
Und die leidenschaftliche Wid
Er sagt: „Anke ist doch ein Nan
and am Meer."
Sie las die Widmung und rief i
rt an.
Danke, Benjamin!
sie bei einer Kölner Filmpre
telnd bei TV-Aufzeichnunge
sches Paar – wenn Anke nic
dreas (33) verheiratet wäre,
se auf Töchterchen Emma (
während Danke-Anke Karri
Was läuft da mit dem Sc
Frau Engelke?
Sie sagt: „Wir sind sehr
nander befreundet."
Er sagt: „Wir sind Bekar

arre hat sein Buch
m" ja Ihnen gew
E ENGELKE: Da mü
selbst fragen.

„Dies – wie ohneh...
nke", heißt die Widmun
Ingoh ow you is to love
Markus is to be part of

Ankerin: Ah, dieser
von Madonna. Das ist
iziell heit, es ge
nzt etwas a
ja, Sie kenne
soll an kenne ihn al
eistreichen, klugen – wie
sagen? – Verkäufer. Und

0% **Wahrheits-**
gehalt: GALA
sprach mit Mavie Hörbiger:
„Ich freue mich immer, wenn
Benjamin vorbeikommt. Ab-
och lieber sehe ich ihn nac
der Arbeit, dann haben wir
mehr Zeit füreinander."

en wird eine Affäre
utor Benjamin von Stuckrad-
nachgesagt....
Ja, ja, ich weiss. Da sage ich
Hauptsache der Name ist richti
schrieben.
Sind Sie durch den Erfolg eitler g
den?
Ich bin erstmal immer sk

Stimmen zum Spiel

> Wir müssen uns daran erinnern, daß das, was wir beobachten, nicht die Natur selbst ist, sondern Natur, die unserer Art der Fragestellung ausgesetzt ist.
> WERNER HEISENBERG

> Es macht keinen Spaß mehr, mit Politikern zu sprechen, weil man weiß, daß man belogen wird.
> PAUL SAHNER

> Der Dichter tut nun dasselbe wie das spielende Kind; er schafft eine Phantasiewelt, die er sehr ernst nimmt, d.h. mit großen Affektbeträgen ausstattet, während er sie von der Wirklichkeit scharf absondert. SIGMUND FREUD

> Mit mir kann man sehr gut Krieg führen. Ich spiele mit. Aber nur mit offenen Karten.
> ANKE ENGELKE

> Ja, mein Mann und ich leben getrennt, ich bin aus unserem Haus in Ilmenau ausgezogen. Ich versuche, unser gemeinsames Kind so oft wie möglich zu sehen. Aber ich bin nicht der Typ, der sein Privatleben in der Öffentlichkeit ausbreitet. CLAUDIA NOLTE

> Anders als im Alltagsleben kann den gezeigten Charakteren nichts Wirkliches oder Reales geschehen – obgleich natürlich auf einer anderen Ebene dem Ansehen der Darsteller, deren Alltagsaufgabe es ist, Theatervorstellungen zu geben, etwas Wirkliches und Reales zustoßen kann. ERVING GOFFMAN

> Alles ist Material.
> HEINER MÜLLER

> Morgen fange ich mit dem Buch über Paris an: erste Person, unzensiert, formlos – Scheiß auf alles!
> HENRY MILLER

> Schade, daß Sie nicht dabei waren.
> BUNTE

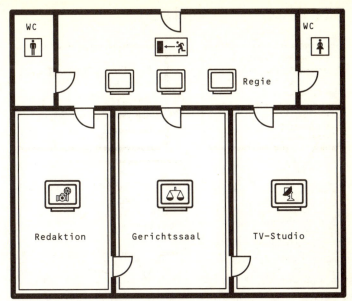

 Köln-Hürth, eine Anordnung Container auf einem tristen Gelände. In einem schallisolierten Regieraum hinter Panzerglas sitzt Helmut Dietl und starrt unglücklich auf eine Monitorwand. Er arbeitet an einer Gesellschaftssatire, die um eine angebliche Affäre zwischen einer Komödiantin und einem Schriftsteller kreist; Ziel ist ein abstraktes Zeigestück über Sittenverfall, Klatschjournalismus und Prominentenneurosen. Nach Ende der Serie „Big Brother" hatte Dietl die gebrauchten Wohn-Container günstig von TV-Produzent Jon de Mol übernehmen können, sie schienen ihm für sein Vorhaben sehr geeignet. Dietl hat die Räume vor Beginn der Dreharbeiten gründlich durchgelüftet, einige Umbauarbeiten vornehmen und einmal feucht durchwischen lassen. In den Wänden der einstigen 6-Zimmer-Zweck-WG hat Dietls Bühnenbauer Philip Holzmann das Großraumbüro der Zeitschrift City Lights, einen Gerichtssaal und ein Fernsehstudio mit variabler Dekoration errichtet.

Dietl hat den britischen Kaufmann Simon Fuller, Erfinder von SClub Seven, den Spice Girls und Angela Merkel, als Investor für sein Projekt gewinnen können. Mit Fullers Geld wurden ein paar Fulltime-Darsteller angemietet und für einige Tage in die Container gepfercht. Den Fortgang ihrer Bemühungen verfolgt Dietl parallel auf drei Kontrollmonitoren. Noch ist er mit dem Gezeigten überhaupt nicht zufrieden. Die Darsteller spielen weit unter Soap-Niveau, vollkommen überzeichnet, selbstverliebt und unglaubwürdig. Immerhin sind sie mit Elan bei der Sache – nach dem Notausgang hat sich noch keiner von ihnen erkundigt. Trotzdem, denkt Dietl resigniert, so wird es ihm nicht mal RTL2 für die Surreality-TV-Schiene abnehmen. Fuller versteht zum Glück keins der zahlreich aus den Lautsprechern dringenden Wörter, sonst würde er den Geldhahn augenblicklich zudrehen. Big-Brother-Erfinder Paul Roemer ist vorbeigekommen, um Dietl zu beraten. Auch er schüttelt den Kopf. Zu künstlich, zu unecht alles, sagt er. Big Brother haben die Zuschauer gemocht, weil es die Wirklichkeit dokumentierte, zumindest glaubwürdig behauptete. Das hier ist irgendwas anderes. Ich muß sagen, ich verstehe es nicht. Es ist so –

Roemer verstummt, als Dietl ostentativ am Lautstärkeregler dreht. Ach, es ist ein Elend, was für absurdes Bauerntheater ihnen da geboten wird! Simon Fuller fragt, ob es top sei, wegen der Aktionäre. Yes, sagt Dietl mit der

Überzeugungskraft einer übriggebliebenen Scheibe Jagdwurst vom Abendbrotstisch eines ökumenischen Jugendfreizeitheims. Yes, top. Fuller ist erleichtert. Wie gesagt, er versteht kein Wort.

Rechercheur Bob Andrews steht am Kopierer und vervielfältigt Archivmaterial. Aus dem third Sony des Gesellschaftsfotografen Rainald Goetz wommert Großraumdiscobeat. City-Lights-Chefredakteur Hermann Villé ist ungehalten – so kann man nicht arbeiten, findet er. Sein genervter, ungeduldiger Chefredakteursblick zoomt vom Telefon übers Fax, vorbei an der Eingangstür, hin zum noch erschreckend leeren Seitenplan. Jede Woche ein Magazin zusammenzushuffeln, das ist schon nicht ohne, denkt Villé.

Es geht auf Mittag zu, als Außendienst-Rechercheur Hajo Scholz aufgeregt hereinkommt.

Scholz: H-h-h-h-err V-v-v-v-v-Villé, schschschauen Sie! D-d-d-d-d-d-druckf-f-f-f-f-frisch, j-j-j-jetzt ha-ha-haben wir s-s-s-sie!

Er überreicht Villé ein Paperback. Villé greift zum Buch und versteht die Aufregung nicht. Ein ganz normales Buch. Nicht mal Fotos drin.

Villé: Was soll das? Buchtips hole ich mir von Joachim Kaiser oder Helmuth Karasek, man, dafür bezahlen wir dich hier nicht.

Hajo Scholz befeuchtet seinen rechten Zeigefinger, stellt sich neben Villé und beginnt fahrig zu blättern, zeigt seinem Chef die Widmung auf Seite 5 des Buches, unter einem Zitat aus einem Lied von Madonna.

Villé liest laut: Wie alles so auch dies für Anke.

Er klappt das Buch zu, liest den Autorennamen, zählt dann eins und eins zusammen, das macht zwei, bekommt feuchte Hände, Lust auf ein Schnäpschen und lobt den inzwischen in Ohnmacht gefallenen Scholz.

– Nicht schlecht, Stotterbacke, nicht schlecht. Daraus basteln wir uns eine Geschichte, das fahren wir ganz groß! Denkst du auch an eine ganz bestimmte Anke? Bestens. Jetzt haben wir die beiden an den Eiern. Geil. Ey! (Er ruft seine Sekretärin, kann sich aber den Namen nicht merken, die wechseln auch so häufig, Rotationsprinzip, gläserne Firma, Effizienzgarantie, also nennt er sie Ey.)

– Wollen Sie das Spiel wirklich beenden? fragt der Computer Ey höflich. Ja, klickt Ey schleunigst, denn jetzt gibt es Arbeit.

– Konferenz! brüllt Villé. Ey bringt Kaffee, Bob Andrews hat Tafeldienst und wischt schnell die Aufzeichnungen von Edelfeder Petra Hahne fort:
Psychogramm
kann man in ihrer geschwungenen Reader's-Digest-Abonnentinnen-Handschrift gerade noch lesen und
Dynastie
Dann ist alles sauber. Andrews wischt sich die Hände an der Hose ab, legt drei Farben gespitzte Tafelkreide an Villés Platz und setzt sich. Goetz hat ihm ein Furzkissen untergelegt, Pflatsch, Riesengag für den Moment, und dann gehts los. Auch Hajo Scholz, noch etwas bleich, aber wieder bei Sinnen, nimmt natürlich teil.

– Also Kinder, jetzt wirklich Konzentration. Wir haben hier sich verdichtende Indizien, die auf eine Affäre zwischen dem Popautor und der Comedyqueen hindeuten.

Wenn wir uns ranhalten, sind wir die ersten. Onkel Titus wird sicher möglich machen, daß die Drucklegung um eine Nacht geschoben wird, Sonderschicht, kein Thema, dann muß das Ding allerdings auch wasserdicht sein. O. K. Was ist zu tun, Rainald, was können wir von dir erwarten?

Rainald Goetz ist nicht nur als Fotograf für City Lights tätig, er ist auch zuständig für alles rund ums Internet. Doch Villé ist alter Hase, alte Schule und entsprechend skeptisch der relativ neuen Technik gegenüber. Früher ging es auch ohne, also. Villé setzt nach wie vor lieber auf die verläßliche Wald-und-Wiesen-Recherche, wie Verleger Onkel Titus das liebevoll nennt. Onkel Titus selbst dagegen ist großer Verfechter des Internets, er hat auch die halbe Planstelle für Goetz freigeräumt und dessen Werkschau „Anfall von einem – Polaroids From The Dad" vorfinanziert. Und obwohl Goetz laut Eigenaussage immer „totalen Münchenkoller" kriegt, wenn er Onkel Titus irgendwo mit dem Helicopter landen sieht, so muß er doch eingestehen, daß der alte Mann sich in puncto neue Technologien sehr aufgeschlossen und visionär verhält.

– Nun, mal schauen, sagt Goetz. Ich gucke mal gerade in yahoo! nach, ob schon irgendwo was –

– Im Netz findest du allenfalls Gerüchte, man, die back ich dir zur Not auch selbst, faucht Villé. Was ich von dir will, sind Fotos, ich will DAS Bild, verstehst du, und ich will es sofort, und ich will es als erster, klaro? Daß ich mich da deutlich ausdrücke, ich will nicht nachplätschern und dann in ein paar Wochen irgendwas aus Quick oder Tango nachdrucken müssen, capito? Wo wir sind, soll vorne sein, alles klar?

Goetz versteht. Andrews notiert mit roter Kreide
– Rainald: Abschuß – a. s. a. p.
– Herr Villé, Goetz schnippt mit dem Finger, Herr Villé!
– Ja bitte, Rainald?
Goetz steht auf und erläutert
– Ich denke, wenn ich die beiden erwische, dann sollte es wirklich auch im Foto sichtbar sein, dieses Erwischtwerden. Also, mal abgesehen davon, daß die beiden für ein offizielles Foto ohnehin nicht zur Verfügung stehen werden, ist ja alles nur Gerücht bislang, wenn ich Sie richtig verstanden habe, Herr Villé, aber darüber hinaus denke ich, daß ein gestelltes Studiobild ohnehin nicht die Story wäre. Ich denke mehr so an leichte Unschärfe, die beiden im Freizeitlook, verliebt, glücklich, auch rummachend meinetwegen, so totale Zartheit, also daß der Leser durch mein Bild eben den Eindruck bekommt, er gucke quasi durchs Schlüsselloch, das kommt auch gut für die Leser-Blatt-Bindung. So stelle ich mir das optimale Aufmacherbild für diese Geschichte vor. Auch ohne Blitz und alles, ich würde wirklich Tele und einen meiner alten Orwo-Filme verwenden, wenn ich darf.
– Genau das ist es, wir verstehen uns, lobt Villé. Er findet den Wortbeitrag des Fotografen etwas überflüssig, zumal es wirklich um Minuten geht jetzt, aber er muß sein Team mit Zuckerbrot und Peitsche motivieren, das ist Villés Marschroute. Die Rechnung geht einmal mehr auf.
– Ich bin raus, keucht Goetz fiebrig und stopft sich frische Filme in die Klettverschlußtaschen seiner roten Steppweste.

– So, das wär das. Und du Bob, du checkst sämtliches Archivmaterial über die beiden. Mich interessiert alles, was es da an Affären und Liebschaften gegeben hat. Und weil wir ja wahrscheinlich keinen der beiden für einen O-Ton an die Angel kriegen, achte vor allem auf alte Interviewstatements zum Thema Liebe im allerweitesten Sinne, daraus strick ich mir dann was zurecht, weißt ja, wie ich arbeite.

– Bob: Recycling, notiert Andrews gehorsam.

Villé gähnt kurz und heftig, so daß ein leichter Gährülps entsteht, Ey zuckt zusammen und kichert, Villé greift sich einen Danish Butter Cookie und fährt fort

– O.K., und was machen wir mit dir, Hajo? Klar, du hakst das Umfeld der beiden durch. Freunde, Arbeitgeber, Kollegen, Feinde, Exgeliebte – da bohren, wo es weh tut.

– Hajo: Maulwurf-Recherche, schreibt Andrews und eilt sodann in Onkel Titus' Keller, das Archiv umzugraben, wie befohlen.

– Alles klärchen, murmelt Villé zufrieden. Sein Rechercheteam bringt ihn oft an den Rand des Wahnsinns, aber jeder für sich ist unersetzlich.

– Dann sei doch jetzt mal so gut, Ey, und mach mir ne Verbindung zu diesem Popautor, und – nein, stop, warte, was ist mit der Hahne, wo ist die überhaupt?

– Die wollte längst wieder da sein, wollte nur kurz was besorgen.

Oh, wie Villé das haßt. Er ist wirklich ein moderater Chef, ihm kommt es auf die Ergebnisse an, nicht so sehr auf die Wege dorthin. Aber zur Mittagszeit, wenn man zu Potte kommen will und Konferenzen anstehen, mal früher, mal später, aber immer round about dreizehn Uhr,

Mensch, denkt Villé, und zerknüllt das gerüschte Papiertellerchen des Butter Cookies, also wirklich, das ist doch wohl nicht zuviel verlangt.

⚖️ Die Richterinnen Barbara Salesch und Sichtermann flüstern miteinander, der Beginn der Verhandlung hat sich verzögert, im Saal wird es schon unruhig, es muß was geschehen.

Salesch: Sichtie, der Staatsanwalt steckt im Stau, hat er mir gerade per SMS mitgeteilt. Wir sollen schon mal ohne ihn anfangen, ist das o. k. für dich?

Sichtermann: Das kriegen wir auch alleine hin, wir sind ja zu zweit.

Salesch: O. K., dann mail ich ihm, er kann sich seinen Auftritt ganz sparen, das sorgt sonst nur für Verwirrung. Los gehts.

Sichtermann: Die Verhandlung ist eröffnet, wir beginnen mit der Beweisaufnahme.

Salesch: Meine Damen und Herren, die Angeklagten, die Comedyqueen und der Popautor, bestreiten vehement den Vorwurf, ein Verhältnis miteinander zu haben. Gegen sie, und somit für die Richtigkeit des Vorwurfs, spricht einiges. Gerüchte sind das eine, Fotos das andere.

Barbara Sichtermann wedelt mit einem Viererstreifen aus dem Paßbildautomaten, abgebildet sind Comedyqueen und Popautor.

Sichtermann: Fotos sind zwar als Beweismittel nicht mehr zugelassen, da die heutige Technik allerlei Manipulationen ermöglicht, aber Sie geben ja unumwunden zu, daß diese Bilder hier echt sind, oder?

Comedyqueen: Natürlich. Es sind ja ganz normale Fotos, da ist doch nichts dabei.

Salesch: Das kann man so und so sehen. So sehe ich das: Sie beide stehen recht innig nebeneinander in einer, wenn ich richtig informiert bin, Fotofixbude auf einem Berliner Flughafen. Da sind wir uns einig?

Comedyqueen: Ja.

Sichtermann: Tegel, Lichtenrade oder Schönefeld?

Comedyqueen: Sag du es ihnen.

Popautor: Tegel war es, hohes Gericht, jawohl, Tegel. Und zwar da am Terminal eins, wo einem immer die Drücker auflauern mit der American Express Blue-Card, von der sie selbst nicht wissen, wozu die noch gut sein soll. Da steht dieser Automat, vier Farbbilder für sechs Mark.

Salesch: Von welchem Geld wurden die Fotos bezahlt?

Popautor: Das hat sie bezahlt. Ich hatte schon das Taxi gezahlt. Wir haben bei gemeinsamen Aktivitäten – das waren so wenige, da erinnere ich mich also genau – die Ausgaben immer ungefähr geteilt, wissen Sie, damit es da keinen Streit gibt, wir haben ja beide unser Einkommen.

Comedyqueen: Geld war bei uns zum Glück nie ein Thema.

Salesch: Was heißt das?

Sichtermann: Na, daß Geld nie ein Thema war, höchstwahrscheinlich.

Salesch: Verstehe. Und wer hat die Fotos dann an sich genommen?

Sichtermann: Entschuldigung, ich würde gerne noch etwas bei dem Bild bleiben, dafür bin ich ja schließlich da.

Popautoren-Anwalt Robert Liebling: Ich danke Ihnen für den Versuch von Sachlichkeit. Wir sehen auf dem Bilderstreifen zwei Menschen, die offenbar nichts dagegen haben, auf recht engem Raum miteinander zu sitzen und zu lächeln. So. Mehr sehen wir NICHT, hohes Gericht.

Sichtermann: Frau Comedyqueen, würden Sie uns etwas über die Entstehung der Bilder erzählen?

Comedyqueen: Also, es sind vier verschiedene Motive. Es blitzt ja viermal. Dreimal schnell, und dann steht man beim vierten meist schon auf, so daß das vierte Bild meistens den Bauch statt des Gesichts zeigt, das passiert einem jedesmal wieder. Das vierte Bild kann man meist nicht gebrauchen für offizielle Zwecke.

Salesch: Was heißt in diesem Zusammenhang offiziell?

Popautor: Ausweis oder so. Auf der Fotofixbude war ein glücklicher Polizeibeamter abgebildet, und das heißt ja immer, daß der vom Staat für o. k. befunden wurde, der Automat, daß die darin entstandenen Bilder also beispielsweise von Ämtern akzeptiert werden.

Sichtermann: Bitte fahren Sie fort mit der Beschreibung des Bildes. Was sehen wir da Ihrer Meinung nach, wenn nicht ein Liebespaar?

Popautor: Na uns.

Sichtermann: Beschreiben Sie das Foto bitte etwas genauer.

Comedyqueen: Nun, ich trage auf dem Bild ein schwarzes T-Shirt und der Ben –

Salesch: Sie nennen ihn Ben?

Comedyqueen: Wenn ich darf, gerne.

Salesch: O. K. Ist notiert. Ben. Ist das die Abkürzung für Benjamin?

Sichtermann: Stöhn.

Comedyqueen: Ben trägt ein weißes Hemd ohne

Schlips und ein braunes Cordsakko, daß er sich aus dem Fundus seines Freundes und Vermieters Christian geliehen hatte.

Salesch: Wußte dieser Christian, daß Sie sein Sakko tragen und sich damit sogar fotografieren lassen, das ist der erste Teil meiner Frage, und daran anschließend: Sind Sie in dieser Wohnung offiziell als Untermieter gemeldet?

Popautor: Erstens: Nein. Zweitens: Ja. Ich zahle sogar Rundfunkgebühren. Obwohl die Comedyqueen ja bei einem Privatsender arbeitet. Möchte ich als Gegenbeweis aufgenommen wissen.

Salesch: Abgelehnt.

Sichtermann: Zurück zum Motiv. Unsere Medienwirklichkeit erzieht die Menschen zu Selbstdarstellern. Sie wissen schon vom Zuschauen her, wie man vor einer Kamera agiert, und sie kennen keine Scheu. Dies ist ja kein Schnappschuß, sondern ein gestelltes Bild.

Liebling: Wo Sie gerade Motiv sagen – was, meinen Sie, könnte das Motiv gewesen sein für die gemeinsame Aufnahme? Erlaubt Ihnen Ihre Phantasie da wirklich nur die eine, Ihrer Meinung nach verhängnisvolle Deutungsmöglichkeit? Tausende Menschen fotografieren sich täglich zusammen, und auf den Fotofixbuden wird ja auch dafür geworben, doch rasch mal einen Streifen entweder Paß- oder, so steht es dort wörtlich, SPASSbilder anfertigen zu lassen. Von Beweisfotos steht da nichts. Ich bitte Sie also, einmal in Betracht zu ziehen, daß mein Mandant und die Comedyqueen möglicherweise einfach so, zum Spaß eben, diese Fotos gemacht haben. Und wenn Sie mir da zustimmen, bin ich zuversichtlich, daß wir zum zweiten Frühstück hier raus sind.

Salesch: Na, hoffentlich haben Sie eine Stulle dabei, denn wir haben ja über diese Fotos hinaus noch eine Reihe weiterer Indizien. Das dauert locker bis zum Abendessen, und morgen früh geht es weiter.

Ulrich Meyer, ernstgemeinter Naßscheitel, halbspöttischer Blick, weißes Hemd, auberginefarbenes Jackett, insgesamt flehentlich wirkend, irgendwas will der, tut einem eher leid, wie er da von seinem Studiostehpult aus auf Verbrecherjagd geht, unterstützt von einer Horde Deppen, uniformierten Statisten, die wichtig ihre Telefonhörer hochheben und mit Kugelschreibern gegen Bildschirme tocken – herzzerreißend, wie Meyer versucht, Kompetenz darzustellen, indem er sich mit Karteikarten gegen die Handinnenfläche kloppt, das bringt es irgendwie nicht; und der Zuschauer denkt, früher war zwar alles schlecht, besonders Eduard Zimmermann, aber das hier kann es auch nicht sein, nee, weiß Gott nicht, wir bitten die Kriminalpolizei um ihre Mithilfe.

– Willkommen zurück bei der FAHNDUNGSANKE. Bei mir jetzt Frauke Ludowig, grüß dich, Frauke, schön, daß du –

– Hi Ulli, kein Thema.

– Frauke, ihr von Exclusiv, dem Starmagazin, habt ja die Szene gut im Blick. Jetzt stelle ich mir vor, so ein Seitensprung, der ist schnell passiert und vor allem auch schnell durchgesickert.

– Du, das ist alles relativ.

– Klar, aber trotzdem fragt sich doch der Fernsehzuschauer: Was ist dran?

– Das fragen wir uns auch.
– Hmhm.
– Ja, ich muß dann auch mal wieder, ich würde, wenn ich darf, noch gerne ganz kurz hinweisen auf unsere Sondersendung zum selben Thema, übermorgen abend statt RTL aktuell.
– Ist da nicht der Kloeppel total stinkig, ich meine, was sagt der denn dazu?
– Kein Thema.

Jetzt reichts. Alle haben zu tun, große Hektik, die Jagd ist eröffnet, und ausnahmsweise wissen mal alle auf wen und warum – und Gesellschaftsfotograf Goetz, der noch mal schnell zurückgekommen ist, um seine Ausrüstung zu komplettieren, hört schon wieder ohne Kopfhörer seine sogenannte Musik (wie Villé zu dem Zeug sagt).

– Sag mal, alter Fotofixer, sind wir jetzt von Viva aufgekauft oder was?

Goetz: Bass, Bass, Bass! Habe ich selbst gemacht, mit dem MagiXMusicMaker, den Hans Ulrich von Suhrkamp mir mit Hilfe von Oliver Lieb, auch aus Frankfurt, daheim installiert hat. Ich komponiere jeden Tag eine Note, und zu meinem 50. veröffentlichen wir dann, per MP3 für jeden zu Hause abrufbar, die Sinfonie eines Jahrzehnts! Mit gesampleten Vocals aus Walter Kempowskis TV-Projekt Bloomsday und –

Villé hört schon gar nicht mehr zu, er sagt immer, jedem seine Spinnerei, solange sie ihm nicht auf den Scanner kleckern oder zu spät zur Arbeit kommen. So wie jetzt

Edelfeder und Societyqueen Hahne, die eilig mit einer Douglas-Tüte ums Handgelenk das Büro betritt und, leicht vornübergebeugt, mit den Eckzähnen in ein Cornetto Erdbeer beißt. Unten, an der Waffelspitze, hat sie ein Stück des Verpackungshütchens gelassen, damit ihr das Eis nicht aufs Kostüm tropft, schließlich hat sie am Nachmittag noch Termine.

– Petralein, hast du mal ne Minute, fragt Villé leicht ironisch. Er ist ein großer Pädagoge. Hahne setzt sich, und Villé erläutert ihr kurz die Lage, nimmt ein Stück rote Kreide, schreibt unter die drei Kollegennamen in Blockbuchstaben PETRA an die Tafel, und dahinter malt er ein geschwungenes Fragezeichen. Inzwischen ist Hahne bei der Waffel angekommen, ihre tadellosen Zähne krachen etwas vorlaut in Villés wohlgesetzte Stille. Mit zwei Fingern hält sie das Eis von sich fort und beginnt mit halbvollem Mund zu sprechen, sie weiß, Villé will jetzt schleunigst was hören. Und zwar was Gutes.

– Alwo, mein Anwapfpunk –
Villé unterbricht sie jovial.
– Nun kau erst mal aus und schluck runter.
– Mach mir die Lewinsky, waff, hahaha, sämt Hahne und schluckt den Eisbatzen herunter, wird dann sehr schnell geschäftig, denn sie weiß, was Villé mag: blitzschnell umschwenken von launigem Bürogedengel auf eisenharte Schmuddelarbeitsatmosphäre oder, wie Onkel Titus immer wehmütig sagt, Journalismus!
– O. K., Boss. Eine Sache mal gleich vorweg – als die Comedyqueen da neulich auf einer Pressekonferenz ihre neue Serie vorgestellt hat, da saß der Popautor auch mit am Roundtable. Da hat er ihr ganz normale Fragen ge-

stellt, ich meine, das ist ja wahrscheinlich Fake gewesen, oder? Also, wenn du mich fragst – hundert pro. Die scheinen sich ja zu kennen, und zwar SEHR gut, also, in Tüdelchen gesprochen. (Sie patscht mit der flachen rechten Hand gegen die linke, zur Faust geballten, und lacht obszön.) Ich mein, da geht man, wenn man sich KENNT, doch nicht zu ner Pressekonferenz und stellt so förmliche Fragen, also, da ist doch bestimmt was faul.

– Petra, das ist deine Vermutung. Klingt nicht schlecht, aber ist zu wacklig für ne Story, da muß Fleisch dran.

– Ich glaube –

– Glauben heißt nicht wissen.

– Du meinst –

– Ich meine gar nichts.

– Ich habe aber für so ne Geschichte neulich über Otto Waalkes und Eva Hassmann im Zitate-Duden eine sehr aufschlußreiche Sentenz von Denis Diderot gefunden, hier, ich habs extra notiert: „Sagt man nicht in der Gesellschaft von manchem Menschen, daß er ein großer Komödiant ist? Man versteht darunter nicht, daß er fühlt, sondern im Gegenteil, daß er hervorragend Gefühle vortäuscht." Ich wittere da was, Boß, Zweifel ausgeschlossen. Ich würde mich gerne voll in die Recherche reinknien.

– Das sollst du auch. Mach die Sache hart, dann hast du was gut bei mir, meinetwegen leg ich dann beim alten Titus ein Wort für dich ein wegen deines Traumpostens in unserem Pariser Außenbüro. Und noch was, Petra –

– Ja, Boß?

– Du hast da was, am Mundwinkel.

– Jetzt weg?

– Andere Seite.

– Jetzt?
– Ja.

Salesch: Sie haben diese Paß- oder meinetwegen auch Spaßbilder dann, als erste Gerüchte über Ihre Liaison die Runde machten, im Internet unter der Adresse www.Lecktunsdochallemal.de abgestellt. Haben Sie einen Überblick, wie viele Zugriffe es darauf gegeben hat? Sie haben das ja intensiv verlinkt von überallher, wer bei Sat.1 reinklickte, wurde auf diesen Querverweis genauso aufmerksam gemacht wie derjenige, der des Popautoren Bücher bei amazon bestellte. Hatten Sie nicht Angst, das könne wie ein billiges Ablenkungsmanöver wirken?

Popautor: Ach wissen Sie, viel interessanter war, daß jemand den Bilderstreifen an diese Seite weitergemailt hat, auf der man der weltweiten Kritik beliebige Bilder aussetzt, über die dann alle, die Lust haben, online diskutieren. Viele fanden, wir würden gut zusammenpassen, andere fanden, der Kuß auf dem dritten Foto sähe gestellt aus. Na ja, das WAR er ja auch! Ein anderer fand, ich sähe aus wie ein Igel mit geplatzten Adern oder so, ich hatte gerade meine Haare sehr kurz scheren lassen, muß man vielleicht dazu sagen, wohl wirklich etwas zu kurz. Nun ja, ich verfolgte den Absender zurück und fand heraus, daß es der Chefschreiber der Comedyqueen war. Weniger amüsant war, daß mein Vermieter auf den Fotos sein Jackett wiedererkannte und mich daraufhin per e-mail aus der Wohnung warf.

Salesch: Sie hätten ja nach Köln ziehen können. Wäre da ein Zimmer frei gewesen?

Comedyqueen: Wir haben ein recht schönes Haus, aber

mit Herrn Popautor, ich weiß nicht, der braucht ja auch viel Platz.

Popautor: Ja, Auslauf. Ich denke, im Sommer ginge es, der Garten und –

Salesch schneidend: Sie kennen das Anwesen?

Popautor: Ja, ich war mal da.

Salesch: Was ist Ihnen in Erinnerung geblieben?

Popautor: Wenn Sie jetzt so fragen, zuallererst der tolle Mülleimer in der Küche, der ist enorm praktisch, den kann man mit einem Pedal öffnen – man hat ja beim Kochen nie die Hände frei. Das hat mich beeindruckt.

Salesch: Sie haben eben erzählt, der Chefschreiber der Comedyqueen habe sich despektierlich über Sie geäußert.

Popautor: Ich glaube, er meinte das lustig. Das ist ja auch sein Beruf. Kein Problem.

Salesch: Und es gab zwischen ihm und Ihnen keine Differenzen, die über diese kleine, als Einzelfall harmlose, Beschimpfung im Internet hinausgingen?

Popautor: Nicht direkt.

Salesch: Sichtie, lang doch gerade mal aus den Unterlagen, die C. Auguste Dupin uns zusammengesammelt hat, das Drehbuch der dreizehnten Folge der wöchentlichen Comedyqueen-Serie rüber.

Sichtermann: Die ich übrigens für mißlungen halte, bei allem Respekt. Gerade weil ich Sie, Frau Comedyqueen, so schätze, muß ich sagen: Diese Serie finde ich enttäuschend. Na schön, dachte man bei Sat.1, wenn diese Anke so ein Knaller ist, wird sie auch zur deutschen Ally McBeal taugen, also los.

Liebling stupst die jetlagerige Comedyqueen-Verteidigerin Ally McBeal an.

– Aufwachen, Frau Kollegin.

Comedyqueen-Verteidigerin McBeal: Was, was, was?

Comedyqueen: Wenn mir alles richtig auf den Sack geht, höre ich auf – von heute auf morgen.

Salesch: Vielleicht können wir mal zur Sache zurückkommen.

Comedyqueen: Na gut.

Salesch: Danke.

Das Saalpublikum, bis dahin sehr zivilisiert, brüllt endreimend los, die Comedyqueen verbeugt sich lieb.

Salesch: Verstehe ich jetzt nicht.

Sichtermann: Erkläre ich dir in der Pause.

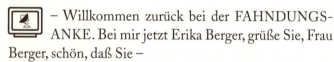 – Willkommen zurück bei der FAHNDUNGS-ANKE. Bei mir jetzt Erika Berger, grüße Sie, Frau Berger, schön, daß Sie –

– Nabend Herr Meyer, die Freude ist auf meiner Seite.

– Fein. Frau Berger, so ein Seitensprung, das kann ja vorkommen.

– Kann, muß aber nicht.

– Jetzt geht es hier in dem ganz konkreten Fall –

– Schauen Sie, eine Beziehung zwischen zwei Menschen, das muß ja nicht zwangsläufig im Bett enden. Es gibt da so viele Möglichkeiten.

– Auch wieder wahr.

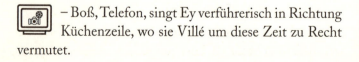 – Boß, Telefon, singt Ey verführerisch in Richtung Küchenzeile, wo sie Villé um diese Zeit zu Recht vermutet.

– Wichtig? Bin gerade am Futtern, kaut Villé zurück.

Ey hält die Hand auf die Muschel und sagt nur ein Wort, nämlich

– Ziiiiiiiemlich, dazu wackelt sie so überschwenglich mit dem Kopf und hat die Augen aufgerissen, als seien im Impressum des Konkurrenzblattes alte Nazigeneräle entdeckt worden.

Villé ist lange genug im Geschäft, um zu wissen, daß Menschen in Eys Position oftmals der Stimmung dienlich übertreiben, also löffelt er noch zwei Happen Pampe aus dem Alunapf (Nasi Goreng hat die Büroessenlieferfirma heute gebracht, nicht mal schlecht), stellt sein Mittagessen dann auf Goetzens Glasschreibtisch ab und schlurft zu seinem Platz. Auch Ey ist lange genug dabei, um Anrufern solche Zeit zu überbrücken, ohne daß sie allzu ungeduldig werden.

– Ganz kleinen Augenblick noch, oh, jetzt habe ich das falsche Knöpfchen erwischt, sind Sie noch dran, ja, der Herr Villé spricht gerade noch auf der anderen Leitung, nein, das klingt schon nach Schlussrunde, er wäre dann gleich soweit, aus Hamburg rufen Sie an, ja, das sehe ich am Display, ja, ich finde das auch enorm praktisch, ah, so – ich stell Sie dann durch, ja?

– Villé. Ja, selbst am Apparat. Ach, alter Verbrecher, na, von dir habe ich ja ewig nichts gehört, dachte schon, du wärst jetzt –

Villé schweigt plötzlich. Atemlos lötet der Informant Hacksätze durch das Glasfaserkabel, keine Zeit für Gemütlichkeiten. Damit ist er bei Villé an der richtigen Adresse. Und mit seiner Story erst recht. Villé greift sich einen Stabilo Point 88, hört aufmerksam zu und malt auf einem Pizzakarton von gestern herum. Jedes Wort aus dem Hörer hebt erkennbar seine Mundwinkel, jeder Satz ergibt ein Steinchen in Villés Mosaik und einen weiteren Strich auf dem Pizzakarton.

Als er auflegt, reckt er die Faust in die Luft und schreit. Auf dem Pizzakarton kann man deutlich zwei Galgenmännchen erkennen. Eins davon trägt ein Kleid. Villé ist Komplettist, in allem. Zwischen den Schuhen der Figuren und dem Erdboden klafft eine beeindruckende Lücke, die zwei dürften hinüber sein.

Villé blickt auf die Uhr, kämmt sich mit drei Fingern die Haare, nimmt seinen Ledertrenchcoat von der Sitzlehne und tanzt zum Ausgang
– Bin mal gerade zu Onkel Titus. Gibt Neuigkeiten. Sag den anderen Pfeifen, sie sollen hier warten, bis ich zurück bin, egal wie spät es wird.

Salesch: Zurück zur Folge dreizehn Ihrer wöchentlichen Serie. Im mir hier vorliegenden Drehbuch taucht die Zeitschrift Bunte mehrfach auf, zum Beispiel in Szene 15, da lautet Ihr Text: „Wenn du erst mal regelmäßig in der Bunten bist, wird alles immer schwieriger." Zumindest in Ihrer Serie also gehen Sie mit dem Problem Boulevard-Presse offensiv um.

Comedyqueen: Ich finde mich immer noch zu feige und zu ängstlich. Für meine 34 bin ich zu vorsichtig und zu mißtrauisch. Das ist zwar ein schöner Selbstschutz, aber es bremst.

Salesch: Auf mich wirken Sie eher risikofreudig als feige. Sie spielen ja in der Serie mehr als je zuvor sich selbst;

natürlich ist es eine Rolle, aber doch sehr dicht an Ihrer Person entworfen, habe ich den Eindruck. Um so erstaunlicher, daß gerade dort dann ihr angeblich nur guter Bekannter, der Herr Popautor, ins Spiel kommt, der in Folge dreizehn fraglos als Vorlage für eine Figur diente. Und das, obwohl es diese Gerüchte um Sie und ihn gibt. Wie ungeschickt, oder?

Comedyqueen: Wenn ich arbeite, trage ich Masken. Sie gehören zum Job und bieten Schutz. Sobald ich nicht mehr in der Rolle bin, passe ich unglaublich auf, nicht zu viel von der privaten Anke zu zeigen. Da trenne ich sehr: Anke gibt es nur für Freunde.

Salesch: Klingt absolut einleuchtend, aber warum gibt es dann Ihre Freunde für die Öffentlichkeit?

Sichtermann: Die Furcht, geschürt auch durch Big Brother, das Öffentliche könne ins Private einbrechen und es zerstören, ist unbegründet. Andersrum: Das Private strömt in die Öffentlichkeit. Es zerstört sie nicht, aber es banalisiert sie.

Salesch: Sie können sich doch nicht im Ernst wundern, wenn dann Ihr Privatleben öffentlich verhandelt wird. Und das tun Sie ja auch nicht wirklich, Sie sprachen ja jenen zuvor zitierten Satz über die Zeitschrift Bunte in die Kamera.

Liebling: Mein Mandant und ich – und für die Comedyqueen kann ich wohl mitsprechen – versuchen trotzdem, uns die Fähigkeit zum Wundern zu erhalten.

Salesch: Dazu hatten sie in nämlicher Folge dreizehn ja gute Trainingsmöglichkeit. Dort wird sich über einen Autor lustig gemacht, der mir ziemlich bekannt vorkommt, Ihnen sicherlich auch, und der hat sich in dieser dreizehnten Folge in die von der Comedyqueen dargestellte Talkshowmoderatorin verliebt, unerwidert natürlich.

McBeal: Natürlich!

Salesch: In Szene 26 liest dieser Autor, Tom heißt er im Drehbuch, seinem äußerst überschaubaren Publikum Selbstverfaßtes vor. Er trägt einen Anzug und stellt seiner Lesung das Lied „Let me entertain you" von Robbie Williams voran.

Popautor: Ja, so kann man es machen, klingt nicht verkehrt.

Salesch: So machen SIE es, um es noch etwas präziser zu sagen. Ich zitiere aus dem Drehbuch die Passage über die Lesung des Popautors: „Er schlägt sein Skript auf. Jetzt erst sehen wir den Zuschauerraum und stellen fest, daß drei oder vier Leute gerade den Raum verlassen. Höchstens vier Leute sitzen noch."

Popautor: Brüller. Ja, und da glauben also Sie jetzt –

Salesch: Wie auch schon die Internetveröffentlichung Ihrer sogenannten Spaßbilder riecht die Darstellung Ihrer Person in dieser Serie verdächtig nach Ablenkungsmanöver. Beziehungsweise nach Hahnenkampf. Verstärkt wird dieser Eindruck dadurch, daß zwar Sie erkennbar sind, nicht aber der Grund dafür, daß Sie hier nicht nur zitiert, sondern parodiert werden.

Sichtermann: Korrekt. Die Wiedererkennbarkeit nützt der Story kein Stück.

Salesch: Folglich vermute ich als Motivation dahinter eine persönliche Geschichte. Sie werden der Lächerlichkeit preisgegeben. Haben Sie das nicht so empfunden?

Popautor: Nein. Wenn jemand in einem Buch verunglimpft wird, kann er immer noch sagen, er ist Literatur, und ich kann jetzt sagen, ich bin – keine Ahnung, wie man beim Fernsehen sagt – Magnetband.

Liebling: Uns war der Streitwert zu gering. Das britische Königshaus kommentiert derlei auch nicht. Und mein Mandant möchte sich in Zukunft noch stärker am britischen Königshaus orientieren. Aber wenn Sie schon so stolz sind auf Ihr Beweismittelchen, dann schenke ich Ihnen noch ein ähnliches: Der Sketch „Nächtlicher Anruf", den die Comedyqueen vor kurzem für die Wochenshow gedreht hat.

Salesch: Sichtie, was halten wir von der Wochenshow?

Sichtermann: Die Wochenshow vollendet den Spaß am Fernsehen, indem sie ihn durch satirische Brechung zugleich blamiert und verstärkt.

Liebling: Das wird in diesem Sketch nicht so deutlich, aber wahrscheinlich haben Sie recht. Nun, ich zitiere aus dem Drehbuch: „Ort: Schlafzimmer. Personen: Liebhaber (Ingolf), Mann (Markus), Frau (Anke)."

Sichtermann: Ist das der Ingolf aus der Werbung für Yello-Strom?

Salesch: Ja, scheint so, und auch derselbe, den wir auf 630-Mark-Basis als Gerichts-DJ beschäftigen.

Sichtermann: Ich werde nie vergessen, wie Verona Feldbusch den mal in ihrer Show begrüßte: „Du hast bestimmt viel zu erzählen." Darauf Lück: „Nö." Und Feldbusch freute sich. Diese Verstöße gegen die Usancen der Talk-Show sind ganz in ihrem Sinn. Ja, so war das – aber apropos, wo bleibt der Bursche, den brauchen wir nachher noch.

Liebling: Ich brauche ihn eventuell auch noch. Frau Sichtermann, wie Sie wissen, spielt ja meine Tochter Roswitha Schreiner in der Serie der Comedyqueen mit. Und weil sie weiß, daß ich ein stolzer Papa bin, schickt Roswitha mir alle Zeitungsartikel, in denen sie vorkommt, wie zum Beispiel diesen hier aus der Hörzu: Da links, das ist sie, muß sich nicht verstecken, ist ganz die Mutter, na, jedenfalls geht es in dem Artikel um diese Serie, und darum, daß alle am Set gelernte Schauspieler sind außer der Comedyqueen, wie diese selbst bescheiden anmerkt, sehr sympathisch, sehr auf dem Teppich geblieben: „Emotionen darstellen hat mir keiner beigebracht – bei einer Liebesszene, da knutsche ich richtig." Das mal so fürs Hinterköpfchen, hohes Gericht. Und nun, Frau Salesch, glauben Sie, an der Geschichte ist was dran? Ist auch – ich betone dieses Wörtchen, diese rhetorische Finesse bitte ich im Protokoll zu vermerken, daß es da nicht zu Mißverständnissen kommt –, ist also AUCH Ingolf ein Liebhaber der Comedyqueen?

Salesch: Na, sicherlich doch nicht, oder?

Comedyqueen: Natürlich nicht.

Liebling: Steht aber hier. Papier ist geduldig.

Salesch: Es ist ein Sketch, Herr Liebling.

Liebling: Ja, ein Sketch. Auch DAS ist ein Sketch, wenn Sie verstehen.

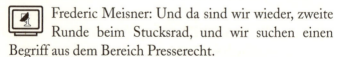 Frederic Meisner: Und da sind wir wieder, zweite Runde beim Stucksrad, und wir suchen einen Begriff aus dem Bereich Presserecht.

Franz-Josef Wagner dreht am Stucksrad.

Meisner: Die 300 – immerhin.

Wagner: Ich nehme ein G. G wie Gosse. Oder Gossip. Oder Gustav Gans, Günter Grass, geiles Gerät.

Ratewand: Bing, Bing, Bing.

Meisner begeistert: Dreimal vorhanden, 900 Mark, Glückwunsch.

Wagner dreht erneut. Extra-Dreh. Noch ein Dreh.

Meisner: 500! Hohoho!

Wagner: Ein M wie Monaco. Monaco wie Sakko, wie Caroline.

Ratewand dudelt, bingt nicht.

Meisner: Das war nichts, aber der kluge Mann baut vor, einen Extra-Dreh hat er in petto, der Franz-Josef, und dreht erneut! Ein Konsonant, füüüüür 450, bitte schön, Franz-Josef.

Wagner: L wie Ludowig-Lutscher.

Ratewand: Bing, Bing.

Wagner: Ich kaufe ein E.

Meisner: Wie Emil?

Wagner: Jawoll.

Ratewand: Bing, Bing, Bing.

Wagner zögert.

Meisner: Ich sag es noch einmal, der gesuchte Begriff kommt aus dem Bereich Presserecht. 300 haben wir für den gekauften Vokal abgezogen, bleiben noch stolze 1.500. Drehen oder Lösen, Franz-Josef?

Wagner: Ich möchte lösen. Ich sags ungern, aber es muß wohl heißen:

GEGENDARSTELLUNG

Ratewand: Bingbingbingbingbingbingbingbing!

Meisner: Bingbingbingo! Bitte schön, Franz-Josef, die gelbe Boutique, was solls denn sein?

Wagner: Ich nehme die Espressomaschine, den Hometrainer, das Tafelservice und für den Heidemanns, weil der bisher leer ausgegangen ist, die Uhr.

Meisner: Ein feiner Zug, aber Herr Heidemanns kann ja gleich in der dritten Runde noch punkten, nach der Werbung, bleiben Sie dran.

Stark nach selten, dann jedoch nicht zu knapp aus der mit Amethyst besetzten Chefkaraffe ausgeschenktem Whiskey riechend, tritt Villé gegen null Uhr siebzehn vor seine Gefolgsleute. Vollzählig. Wunderbar – Villé weiß, diese Kerntruppe wird ihm im blutigsten Gefecht bis zuletzt zur Seite stehen, zur Not, wenn die Konkurrenz, der Bundesnachrichtendienst oder aufgebrachte Wichtigtuer, die zur Gegendarstellung persönlich erscheinen, die Redaktionsräume stürmen, wird seine Bande, ehe sie sich selbst in Sicherheit bringt, heldenhaft seinen Computer in Wehrmachtsdecken wickeln, Benzin drübergießen und den Schatz den Flammen übergeben. Villé rülpst. Sein Team schweigt. Auch das macht es aus. Dann erhebt Villé konzentriert die Stimme. Kein Lallen, nichts. Das ist Gewöhnungssache. Dieser Job ist anders nicht zu machen. Wenn man bloß genug trinkt, dann geht es gut, macht sogar meistens richtig Spaß, jetzt zum Beispiel gerade.

Es geht dir immer so gut, wie deine nächste Story ist. Im Kampf Mann gegen Mann werden keine Schönheitspreise vergeben

hat Villé sich nicht ohne Grund auf den Brustkorb tätowieren lassen, in Spiegelschrift, das ist nur für ihn.

– Heißa, heißa, jemand vom Gericht hat gesungen, die Sache wird amtlich. Huhuhu!

– Jemand oder IRGEND jemand? fragt Ey zwinkernd nach.

– Keine Namen, bescheidet Villé sie knapp – sicher ist sicher. Und jubelt weiter

– Unsere beiden sauberen Kandidaten stehen vor dem Kadi. Tja. Und bevor ich hier die Pferde scheu mache, dachte ich, Hermann, dachte ich, lieber schnell zu Titus, um mir grünes Licht zu holen. Und was habe ich bekommen? GRÜNE WELLE, ihr Gotteskinder, japadapadu! Titus hat schon mal die Kriegskasse ausgeräumt (Villé wirft jedem ein Bündel zu, für die Jungs Hunderter, für Petra Douglas-Aktien, für Ey immerhin noch Zwanziger) – die wird ja nächste Woche auch ausgebaut werden müssen, eingedenk DER Auflage, haha, die Auflage, huhu! Siebenstellig, Kinders, wie früher, ist das herrlich! Okay, was ihr wissen müßt: Urteilsspruch wird für nächsten Mittwoch erwartet. Und wer erscheint am Mittwoch?

Na wer wohl. Ausgelassenheit macht sich breit. GESUND schreibt Goetz in großen Buchstaben überallhin (bislang schrieb er immer, eher klein, KRANK überallhin). Der Sieg scheint nah. Gefährlich nah. Jetzt keine Fehler machen – eh klar.

– Was ist eigentlich, fragt Ey ungebeten in das Endlichsektgelärme hinein, wenn die freigesprochen werden?

– Schätzchen, tu mir einen Gefallen und zerbrich dir nicht meinen Kopf, fährt Villé sie an. Kauf dir lieber was Schönes, morgen. Und übermorgen! Risikotaste, voll druff, bambam, verstehste? (Villé donnert mit der flachen Hand auf Goetzens Glasschreibtisch, das dort mittags zurückgelassene Nasi Goreng hüpft auf den Teppich, aber das ist jetzt egal, man, Teppiche kann man neu kaufen.)

– Ich mein ja nur, lenkt Ey ein, schnüffelt vergnügungssüchtig an ihrem Zwanzigerbündel und schweigt dann, bis sie gefragt wird. Gelernt ist gelernt.

⚖️ Salesch: Auch wenn es Ihnen lästig erscheinen mag, Herr Liebling, Sie müssen gar nicht so genervt mit den Augen rollen, das sehe ich alles, also: Noch einmal zurück zum unerwarteten und ja auch unbestrittenen Rollenvorbild, daß der Popautor besagter Folge dreizehn lieferte. Die Darstellung trieft doch vor Verachtung, Sie Armer!

Liebling: Na, Ihr Mitgefühl ist jetzt aber ein lediglich strategisches, darauf fallen wir nicht rein.

Salesch: Durch irgendeinen Vorfall muß doch diese gegen Sie gehegte Unsympathie des Comedyqueenchefschreibers begründet sein.

Popautor: Entschuldigung, aber Sie zitieren aus einer Comedyserie und ziehen Rückschlüsse aus der dort knallchargigen, so ist nun mal das Genre, Charakterisierung eines Protagonisten, einer Comicfigur. Diese Figur ist, auch wenn es Anklänge an mich gibt, ausreichend von mir unterschieden, denn dieser Tom in Folge dreizehn liest schlechte Texte vor spärlichem Publikum. Das kann ja gar nicht ich sein.

McBeal: Großmaul.

Liebling: So ists recht, Frau Kollegin, unterstützen Sie die Anklage, wo Sie nur können, sehr clever wirklich. Liebe Frau Salesch, diese Sache mit dem Comedyautor, der angeblich über den Popautor schreibt, bloß weil er über einen Autor schreibt, das ist doch, Verzeihung, wirklich abstrus, was Sie uns da auftischen.

Sichtermann: Ich glaube auch, wir verrennen uns da gerade.

Salesch: Jetzt machs nicht wie die dumme McBeal, fahr mir nicht in die Parade, Sichtie! Wie auch immer, es bleibt dabei, Sie werden da gemobbt, soviel steht fest, Herr Popautor. Von einem Mann, der sehr eng mit der Comedyqueen zusammen –

McBeal: Wenn Sie darauf hinauswollen –

Salesch: Das würde ich gerne selber sagen, verdammt. Das ist meine Sendung! Also: Stimmen Sie mir zu, wenn ich behaupte, es liegt der Gedanke nicht allzu fern, daß dieser Autor ebenfalls –

Popautor: Das ist eine Suggestivfrage. Muß ich nicht beantworten.

Liebling: So ist schön.

Comedyqueen: Sie wollen mir jetzt noch nen Typen anhängen. Ich finde zwar viele sexy, sogar Börsenmakler, das sage ich auch gerne und öffentlich wie neulich beim Börsengang meiner Produktionsfirma, aber das heißt ja noch lange nicht –

Salesch: Sichtie, wie schätzt du das Verhältnis zwischen der Comedyqueen und ihrem Chefautor ein?

Sichtermann: Es wird Zeit, den Redaktionen mal deutlich zu sagen, daß eine leading lady nicht besser sein kann als das Drehbuch und daß der Mangel an guten Dialogschreibern und insbesondere Komödien- oder Possendichtern ein Skandal ist. Natürlich muß eine Komikerin ihre Drehbücher nicht selber schreiben, Arbeitsteilung ist die Regel und von Vorteil. Sind denn Sie mit Ihrem Autor zufrieden?

Comedyqueen: Ja, dieser Autor ist ein sehr guter Freund

von mir. Manchmal denke ich fast, daß er mich ein bißchen zu gut beobachtet. Daß so ganz Deutschland erfahren hat, wie ich meine Beine enthaare – ich weiß nicht, ob mir das recht ist.

Salesch: Ich bin auch Deutsche, weiß es aber trotzdem nicht. Klären Sie mich bitte auf!

Comedyqueen: Ich liebe es, wenn das Wachs einen Tick zu heiß ist. Ich habe da so leichte Sado-Maso-Tendenzen.

Liebling: Wie unterschiedlich doch die Frauen sind, das denke ich immer wieder. Meine Bürohilfe Senta enthaart sich ja nicht mal das Gesicht.

– Willkommen zurück bei der FAHNDUNGS-ANKE. Bei mir jetzt Friedhelm Busch, Börsenspezialist von n-tv, grüße Sie, Herr Busch, schön, daß Sie –

– Los, machen Sie hin. Ich sehe aus wie Salman Rushdie, ich kann hier nicht so lang rumhängen, zu riskant, also, was gibts?

– Die Gerüchte rund um die Comedyqueen und den Popautor – gibt es da Reaktionen auf dem Parkett? Die Comedyqueen ist, wie wir wissen, vor kurzem mit ihrer Produktionsfirma an die Börse gegangen. Und so launisch wie der Dax im Moment –

– Ach, verglichen mit dem Golfkrieg sind das Peanuts. Die Kleinanleger reagieren nervös, aber das machen die Kleinanleger immer. Weitaus interessanter ist die Entwicklung bei den Rentenwerten, da tut sich einiges, aber das hat jetzt mit Ihrem Thema nichts zu tun.

– Ein klares Wort.

– Ja.

Villé popelt und blättert in anderen Magazinen. Alles gequirlte Scheiße – Blattmachen, das kann nur einer. Na wer wohl. Na also. Wenn doch meine Leute nur ein bißchen, wenigstens ein Viertel oder auch nur Sechstel so gut wären wie ich, denkt Villé und bewirft Ey, wie er das ab und an tut, mit Golfbällen.

– Menno Bo-hoss, mault Ey, die Dinger sind ganz schön hart!

– Meins auch, Puppe, rumpelt der Topjournalist. Der Umgangston bei City Lights ist gewöhnungsbedürftig, aber herzlich. Herzlich in jedem Fall. Soll sich mal nicht anstellen, die Tusse. Kriegt gutes Geld.

Tür auf: Atemlos, Rainald Goetz

– Megakontrollerfolg! Irre!

Müde blickt Villé hoch. Was denn jetzt schon wieder? Doch wohl nicht –

– Abschuss?

– Abschuss!

– Zeigen!

– Erst die Belohnung!

– Quatsch. Los, pack aus. Sag mal, glaubst du eigentlich, es ist besonders geschickt, bei Undercover-Einsätzen IMMER in weißen Jeans und roter Steppweste aufzulaufen? Nimm noch ne blaue Wollmütze, dann gehste als Meier Zwo beim Tatort mit Brauer und Krug durch, aber nicht als gläserner Knipser, capito? Nimm doch mal wieder den grauen Kapuzenpulli zur Abwechslung, he? Also, wurscht jetzt – Butter bei die Fische!

Goetz schreibt an die Tafel

I   Die Formphantasie
II Thema
III Welt
IV Text
V   Kritik

Darunter pappt er mit Tesa Moll großformatige Abzüge. Darauf zu sehen ist ein Paar. Jung, hübsch, prominent, privat, leichte Unschärfe, doch klar zu erkennen, und – pikant! Gut so! – bislang in anderen Konstellationen gewähnt. Kurzum: perfekt. Nur ein kleiner Fehler.

– Äh, Rainaldo, alter Witzbold, fällt dir was auf?

– Mir? Immer alles. Das schmerzt so, das ist dieser brutale Gegenwartsflash.

– Scheiße, hör auf zu dichten, du Spacko! OB DIR DA (Villé greift den Fotografen am Nackenfell und stupst ihn mit der Nase gegen die Tafel, wie einen erst beinahe stubenreinen Hund in die eigene Scheiße auf dem Sofa) – DA, DA, DA – ob dir da IRGENDWAS, ein ganz, ganz klitzekleiner FEHLER auffällt?

– Darf ich sagen, Boß? meldet sich Ey, die es nicht haben kann, wenn gebrüllt wird.

Villé läßt Goetz los und guckt gespannt, aber hoffnungslos, so kann nur er gucken.

– Bitte, Schätzchen. Aber vertu dich jetzt nicht.

– A-also, ähm –

– Ist Hajos Macke neuerdings übertragbar oder was, hä?

– K-keineswegs. Also. Du hast aus Versehen die Falschen fotografiert, Rainald. Guck mal genau hin: Das sind der aus Kiel stammende Kim Frank von Echt und Enie van de Meiklockjes, bürgerlich Inie Grochowski, von Bravo-TV, früher Viva, die aus der DDR kommt, wo sie ihre Haare früher mit Fußpilzmittel rotgefärbt hat in Ermangelung richtigen Färbemittels.

– Sehr schön, setzen, beruhigt sich Villé langsam und geht nun dazu über, den am Boden zerstörten Goetz wieder aufzupeppeln. So, Rainald, hä, bist schon n Guter, Alter, das bezweifelt doch keiner. Ganz scheiße ist das ja nicht mit Enie und Kim. Bringen wir die Woche jetzt eben das. Aber du weißt, was du eigentlich, also, ach, nicht weinen, komm, nein, ist gut, ja, sind tolle Bilder vom Prinzip her, nur, hey, du mußt auch mich verstehen, knapp daneben ist auch vorbei, und Onkel Titus ist jetzt einmal angefixt, und wenn man heiße Geschichten zu lange rührt, werden sie kalt oder laufen über, weißte doch, man, Kopf hoch.

Ehe es zu familiär wird, kommt Andrews herein.

– Tach zusammen. Hier, die Auszüge aus dem Grundbuch, Zeugnisse, Siegerurkunden, Stammbäume bis ins Mittelalter –

– Lang mal rüber, schnalzt Villé. Das sieht doch gut aus. Das sieht sogar SEHR gut aus. Er denkt laut: Die hat doch ein Kind, und es heißt doch (Kunstpause)

– Kinder und Betrunkene sagen die Wahrheit, pawlowen Bob, Ey und, noch leise wimmernd, auch Rainald im Chor.

– Ihr habts erfaßt, schmeichelt Villé, der den braunen Gurt in Mitarbeiterführung trägt. Weiter im Text! Wir heuern die Honorarkräfte an, die da spezialisiert sind und das schön behutsam angehen werden, das ist vermintes Gebiet, das wißt ihr, für solche Ziseleien haben wir alle etwas zu grobe Patschehändchen, nicht wahr? Also, ähmbämbäm, wen meint ihr?

– Siggi Harreis, ruft Rainald.
– Michael Schanze, ergänzt Bob.
– Marijke Amado, vollendet Ey.
– Ich hab euch lieb, ihr Süßen, genauso wirds gemacht. An die Arbeit.

Salesch: Zurück zur Beweisaufnahme. Dupin hat einiges zusammengetragen, was Sie beide stark belastet. Beispielsweise wurden Sie gemeinsam gesehen bei der Record-Release-Party der Pet Shop Boys in Köln. Nicht nur dort. Aber beginnen wir damit. Na?

Popautor: Tolle Platte, tolles Fest.

Salesch: Des weiteren bei der Premierenfeier des Filmes „Alles Bob" mit Gregor Törsz und Martina Gedeck. Nun?

Popautor: Zu Recht vergessener Film, zu Unrecht von Ihnen nicht vergessene Premierenfeier.

Salesch: Sie bestreiten das also nicht. Na, gute Nacht, kann ich da nur sagen.

Liebling: Langsam, Gnädigste. Immer hübsch der Reihe nach.

Salesch: Gerne. Sie wurden auch beide gesehen auf der Aftershowparty der UNICEF-Gala in Berlin. Allerdings kaum zusammen. Was war denn da los? War das Tarnung oder hatten Sie da Streit? Wenn man sich so gut kennt – gut, aber mehr auch nicht, wie Sie beide ja steif und fest behaupten –, dann setzt man sich doch auf so einem Fest auch mal auf ein Bier oder auf ein paar Worte nebeneinander oder geht wenigstens hinterher noch gemeinsam woandershin, nicht wahr?

Popautor: Nicht wahr. Wissen Sie, ich saß in der rechten

Ecke des Raumes an einem Tisch mit lauter Charakterdarstellern und Exnationalspielern und einer Frau namens Angelika. Diese Angelika wollte immer noch woandershin und verbotene Dinge machen, glaube ich, mit uns allen, und sagte, sie hätte mit ihrem Mann ein sogenanntes Agreement und so weiter, und der Mann, der viel älter war und offenbar vermögend, lächelte senil, daran erinnere ich mich noch. Alles war sehr verkommen, mir wurde das dann zuviel. Die Comedyqueen hatte ich in der Tat völlig aus den Augen verloren, ich hatte genug damit zu tun, nicht Marie Luise Marjan gegen ihr Samtkleid zu kotzen, wissen Sie, der Champagner war gratis, und ich als jemand, der sonst – na ja, ich war also ziemlich voll, und fand mich plötzlich neben dem Stimmenimitator Jörg Knör wieder und habe mit ihm auf einem Bierdeckel eine Comedyshow entworfen, aus Protest gegen die uferlose, geschwürartige Programmverseuchung mit Blödspaß –

Sichtermann: Chapeau!

Popautor: Und dann habe ich mit offenem Mund Michel Friedmann beobachtet. Ich höre immer so gerne zu, wie der mit seiner hohen Stimme so engagiert singsangpredigt, als müsse er zugleich gebrauchte Autos verkaufen, die Steuerpolitik der Regierung auseinandernehmen und den taumelnden Axel Schulz coachen. Die Klatschtante Mainhardt Graf Nayhauß starrte ebenfalls fasziniert zu Friedmann und analysierte, es sei Friedmanns Masche, sich, so der Graf wörtlich, atemnah herüberzubeugen, wenn er jemanden überzeugen wolle. Ich fühlte mich, wie Sie sich gewiß denken können, dort nicht recht wohl. Frau Comedyqueen aber hatte dort ja beruflich zu tun –

Comedyqueen: Das sind schöne Feste, und da gibt es gutes Essen. Man lernt plötzlich Senta Berger kennen, und alle verneigen sich voreinander. Und wenn man dann aufgerufen wird, und der Applaus brandet vielleicht noch ein bißchen wilder auf als bei den anderen, will ich keine, keine, keine Sekunde missen.

Popautor: Also, ich schon, ich war lediglich mitgekommen, um live zu erleben, wie sich das UNICEF-Gala-Publikum mit dem der zeitgleich stattfindenden Krebs- oder AIDS- oder Mukoviszidose-Gala, hab jetzt vergessen, was genau für eine Gala, durchmischte; und das war schon ein guter Moment, als Iris Berben da plötzlich hereinspaziert kam mit einem Aluminiumkleid und Sonnenbrille. Das hatte etwas, nun ja, Erhebendes, möchte ich fast sagen. Das war alles so schön daneben. Und die Comedyqueen saß eben in der ganz anderen Ecke des Raumes, zusammen mit Karl Dall, Helge Schneider und lauter so Leuten.

Salesch: Sie haben sich an dem Abend, davon habe ich hier ein Foto, ja unter anderem auch mit dem Anwalt der Comedyqueen unterhalten, der für Frau McBeal hin und wieder in kleineren Zivilrechtssachen einspringt, wenn die gerade ihre eigene Serie dreht. Was gab es denn da zu besprechen? Etwa Sorgerechtsfragen?

Liebling: Noch so n Ding und wir klagen zurück.

Popautor: Au ja. Also, der Anwalt. Ja, der kannte da auch niemanden und stand verloren an der Bar rum, und wer stand da, ebenfalls verloren? Ich. Später, wie gesagt, auch Jörg Knör. Das war so n bißchen die Loser-Bar.

Salesch: Worüber haben Sie mit dem Anwalt gesprochen?

Popautor: Über Fußball.

Salesch: Dupin behauptet, Sie hätten gestritten.

Popautor: Ja, ein kleines, trunkenes Gerangel, mehr nicht. Erst mal die Fußballthematik, da kann man sich ja leicht entzweien, es ging um die historische Bedeutung von Andy Brehme.

Salesch: Sie wurden, berichtet Dupin, ausfallend. Wegen Andy Brehme?

Popautor: Auch. Außerdem habe ich den Anwalt getadelt, weil er eine Krawatte mit Bären drauf trug und diese auch noch liebevoll Bärchenkrawatte nannte, na ja, darauf gab ein Wort das andere, aber wir sind hinterher friedlich auseinandergegangen.

Salesch: Hätten Sie nicht, statt so dämliche Männergespräche zu führen, sich von diesem Anwalt beraten lassen können, wie Sie und die Comedyqueen sich weniger verdächtig verhalten könnten?

Popautor: Also, nun sagen Sie doch mal selbst: Wir sind unabhängig voneinander gegangen, haben an dem Abend vielleicht zwei Sätze miteinander gewechselt, und die handelten von der Raumtemperatur und Victor Worms, der auch da war und genauso aussieht wie vor 15 Jahren, unfaßbar, aber egal. Und das finden Sie enorm verdächtig. Schön. Wenn wir aber zusammen gegangen wären und den ganzen Abend miteinander gesprochen hätten, wäre das nicht noch ein wenig verdächtiger gewesen? Also, so ist ja alles mögliche als Beweis für welche These auch immer verwendbar, Frau Salesch.

Comedyqueen: Das Ganze ist echt lächerlich.

Salesch: Findet Ihr Mann das auch?

Comedyqueen: Mein Mann und ich lachen gemeinsam darüber.

Salesch: Andere nehmen die Angelegenheit offenbar ernster. Die Presse macht uns schon die Hölle heiß, man hört sie ja durch die Containerwände hindurch rumoren.

Comedyqueen: Man nimmt das auf in seinen Katalog, in die eigene Pressebiographie – aber es ist schon komisch, was da passiert.

 – Willkommen zurück bei der FAHNDUNGS-ANKE. Bei mir jetzt Anwalt Matthias Prinz, grüße Sie, Herr Prinz, schön, daß Sie –
– Ja, schon gut. Tachchen.
– Herr Prinz, es gibt da eine Grauzone zwischen berechtigtem öffentlichen Interesse und Intimsphäre.
– Nein, da gibt es keine Grauzone. Völlig falsch.
– Was dann?
– Gesetze, du Dödel.

 Eine durchdringende Stimme blecht durch das Verlagsgebäude
– Fünfzehn bitte die Neunzehn, Fünfzehn bitte die Neunzehn!
Allein Bob Andrews, gerade tief im Archivkeller vergraben, weiß, was dieser Sicherheitscode bedeutet – antreten zum Rapport beim Boß, und zwar subito. Er leint den Spürhund an, packt seine diversen Lupen, den Prittstift, die Textmarker und sein Oktavheft zusammen und nimmt die Beine in die Hand. Im Aufzug trifft er seinen Ausbilder, einen greisen Archivar, der dem Verlag seit Kriegszeiten treue, aber mittlerweile überholte Dienste leistet.

Doch schickt Titus niemanden in Rente, der nicht will, und dieser Mann will ganz eindeutig nicht. Daß er inzwischen für eine Programmillustrierte recherchiert, und zwar lediglich, um die jeweils wievielte Wiederholung es sich bei Tierfilmen im dritten Programm handelt, macht ihm nicht viel aus. Hauptsache blättern, notieren, suchen, abheften, einordnen, überprüfen. Die soldatische Einstellung, die Titus beim Nachwuchs manchmal vermißt, ist bei ihm ungebrochen, blöd nur, gerade in diesem Beruf, die Alzheimererkrankung, die erschwert Bobs Ausbilder einiges.

– Erinnerst du dich noch, schwelgt er, wie wir in der Nacht, als Mutter Teresa in diesem Tunnel in Eschede von Aquarellmalern zu Tode gejagt wurde, die ersten waren, die den Ringo-Starr-Bericht aus dem Internet übersetzt haben?

Freundlich streichelt er Bob mit seinen papierschonenden Noppenfingerhüten.

– Jaja, und jetzt stützt du dich auf eigene Ärmelschoner, hm, Bobbylein, welche Spur verfolgst du denn gerade?

– Och, na ja, eigentlich, ähm, also, so verschiedene Sachen, nichts Wichtiges, Routine, aber die muß ja auch sein, hehe, scholzt er.

Es ist ihm sichtlich unangenehm, seinen Ziehvater anlügen zu müssen, doch hat Villé schlimmste Strafen angedroht, wenn auch nur ein Sterbenswörtchen über die heiße Story nach außen dringt, und außen meint hier wirklich ausnahmslos alles außerhalb der Redaktionscontainerwände, schon ein einziges verräterisches Wort, egal an wen, auch an altgediente Verlagszausel wie Bobs Ausbilder, kann das letzte sein, das man in diesem Hause spricht, ja, in der gesamten Branche würde man keinen Fuß mehr auf die Erde kriegen, wie Villé überzeugend versicherte, indem er auf sein 500seitiges Adreßbuch klopfte. Andrews ist erleichtert, als der Alte von selbst das Thema wechselt.

– Und sag mal, der Goetz macht bei euch Fotochens, stand in der Mitarbeiterzeitung?

– Ja, so ist es. Der Rainald! N komischer Typ, aber ich mag ihn, und er hats auch wirklich drauf, im richtigen Moment auf den Auslöser zu drücken, nämlich dauernd. An Materialkosten wird da nicht gespart, und das ist auch richtig so. Er ist außerdem unser Ohr an der Szene. Villé nennt ihn manchmal so: das Szene-Ohr. Aber das ist natürlich fürn Fotografen eher ne Beleidigung, der wäre ja lieber das Auge. Rainald meint sogar: die Iris. Er wäre gerne die Szene-Iris. Das Yellowpress-Submarine. Na ja.

– Goetz, Goetz, ich überlege die ganze Zeit – ist das nicht der, der sich in Woodstock ein Stück vom linken Ohr abgeschnitten hat?

– Nee, man, da verwechselst du was. Sorry, ich muß raus, man sieht sich.

Bing, 12. Stock, endlich. Andrews verabschiedet sich vom bleistiftlutschenden Alten und tritt vor den Cheftisch. Der dahinter lauernde Villé drückt auf seine Stoppuhr und verkündet leicht tadelnd die gemessene Zeit zwischen dem ersten Fünfzehn-bitte-die-Neunzehn-Signal und Andrews Eintreffen

– 2 Minuten, 27 Sekunden, 13 Hundertstel, na ja, na ja. Da warste auch schon mal flinker. Seis drum – was hast du Belastendes finden können?

– Nun ja, der Fall ist, wie soll ich sagen, die Recherche ist kein Spaziergang, also, leicht ist es nicht!

– Paß mal auf, Schnullerbacke! Wenn es leicht wäre, würde ich nicht fragen, und wenn es dir zu schwierig ist, dann liegt das an dir und nicht an dem Fall, merk dir das, und wenn dem so ist, dann laß es mich schleunigst wissen, dann kriegst du umgehend Urlaub – aber ohne Rückflugticket, wenn du verstehst. Dann bist du RAUS, und zwar schneller, als du bis drei gezählt hast!

– Langsam, Boß!

– O nein! Ich habe genug mit langsam, ich will jetzt mal was hören, und zwar SCHNELL. Du transt schon drei Stunden an dem Fall rum. In der Zeit recherchier ich dir äh, äh – sonstwas! Sonstwas recherchier ich dir in der Zeit. Und zwar mit Brief und Siegel!

– Bin ja auch fündig geworden, so ist es ja nicht, beeilt sich Andrews, also, diese Band, in der die Comedyqueen singt. Die Fabulösen Thekenschlampen –

– WIE heißen die? brüllt Villé.

– Famose Soulsisters! souffliert Ey gerade noch rechtzeitig.

– Jaja, meine ich ja –

– Dann SAG es gefälligst auch! Villé hat schlecht geschlafen, wieder mal. Dieser Job! Vor allem aber: Diese Luschen, die ihm das Leben so schwermachen.

– Also, nach gründlichem Studium der Unterlagen glaube ich, zu Recht annehmen zu dürfen, um in diese Band zu kommen, hat sich die Comedyqueen nicht beworben, also schon beworben, aber nicht mit Vorsingen, sondern eher mit – Sie wissen schon.

– Ficken, Sex, Bumsen, drüberrutschen, Nummer schieben, Rohr verlegen – sags doch, wie es ist, Klemmi!

– Jaaaaa, schon gut. Also das mal so als Zwischenstand.

– Und was soll ich damit, mit diesen halbgaren Brocken, die du mir hier auftischst?

– Zumindest heißt das doch –

– Daß sie gerne fickt oder was? Hör mal, willst du mich verscheißern? Wenn es darum geht, ums gerne Tackern, dann schreib mich oben auf die Liste, ich vögel nämlich auch mit Wonne, da kannst du aber einen drauf lassen! Außerdem, davon mal ganz abgesehen, ist dein Geschichtlein da keine Story mit Newswert: Das habe ich schon in x Interviews gelesen, das hat sie wörtlich und ohne Not erzählt: In die Band gefickt. So, na und? Das ist ein alter Hut.

Nun bereichert die Redaktionshumanistin Petra Hahne, zurück von einem Außentermin, die nervöse Runde und tut, was sie am besten kann, sich altklug einmischen, um dann mit einer Art Kalenderspruch zu enden:

– Wenn jemand das so dermaßen offen zugibt, ist daran wahrscheinlich was faul. Frauen sind so, sag ich euch. Gerade in offenen Büchern sollte man vor allem zwischen den Zeilen lesen.

– Ach, geh mir weg, ihr habt doch alle zu oft meine Sittenkolumne gelesen, und jetzt seht ihr Gespenster, das ist alles. Also, weitermachen, ich will jetzt Ergebnisse. Schluß mit lustig.

 Salesch: Am Tag nach jener UNICEF-Gala-Aftershowparty –

Sichtermann: Auch eine ziemlich perverse Wort-Koppelung, muß man sagen.

Liebling: Ja, das muß man.

Salesch: Da haben Sie sich, wenn ich richtig informiert bin, wieder getroffen. Nicht zu zweit, das behauptet gar keiner. Mit wem aber?

Comedyqueen: Na ja, fast alle, die ich in Berlin kenne, waren dabei. Alle eigentlich aus dem Team vom Detlev-Buck-Film, in dem ich mitgespielt habe, der heißt Liebesluder –

Salesch: Mo-hoho-ment, das ist ja hochinteressant! Wenn ich mal so direkt reingrätschen darf: War auch das Liebesluder selbst anwesend?

Popautor: Sie meinen die Hauptdarstellerin, die sogenannte Jungschauspielerin. Ja, die war ebenfalls dabei. Na klar. Wir haben uns alle zum Abendessen im Akropolis getroffen.

Comedyqueen: Nein, im Fasan war es.

Popautor: Ah ja. Entschuldigung. Akropolis war ein anderes Mal.

Salesch: Sie meinen die Wickert-Sache?

Popautor: Ich meine diesen unvergeßlichen Abend mit Uli, jawohl.

Salesch: Aus meinen Unterlagen geht hervor, daß Sie beide mit, wie Sie ihn nennen, Uli, dessen damaliger Lebensgefährtin sowie dem Chefredakteur der Zeitschrift Quick beim Abendessen gesehen wurden.

Popautor: Ein denkwürdiger Abend. Das war der Abend des Schlager-Grand-Prix, und deshalb hatte Wickert frei, wie er uns erklärte.

Salesch: Was aber ja wohl nicht Anlaß Ihres Treffens war. Sondern?

Comedyqueen: Es ging um Nacktbilder für Quick.

Popautor: Ja, und ich war an jenem Abend auch in

Hamburg und nahm die Einladung mitzuessen gerne an. Um Nacktbilder von mir ging es selbstredend nicht, aber es gab dann auch von der Comedyqueen keine, die Verhandlungen verliefen im Sand. Trotzdem ein gelungener Abend, fanden hinterher alle.

Salesch: Was genau hatten Sie in Hamburg zu tun? Daß das klar ist: Kommen Sie mir nicht mit ZUFALL!

Popautor: Ganz und gar nicht. Es ging um Liebe.

Salesch: Na also.

Popautor: Ich war einmal mehr auf der Suche nach Karen Schulz, der ehemaligen Freundin von Boris Becker. In die bin ich seit meiner Kindheit verliebt. Sie ist spurlos verschwunden.

Salesch: Soso. Hat denn für Sie dieser Abend irgendeine bleibende Veränderung bewirkt?

Popautor: Für mich war danach nichts mehr wie zuvor. Ulrich Wickert hat demonstriert, wie man trotz Händen auf dem Rücken ein Glas Caipirinha austrinken kann, ohne dabei auch nur einen Tropfen zu verschütten, ganz unglaublich sah das aus.

Salesch: Und das beim Griechen. Das ist ja ungeheuerlich. Wie auch jener anonyme Zeugenhinweis, daß Sie, Frau Comedyqueen, an diesem Abend auch Herrn Buck geküßt haben.

Comedyqueen: Wen ich lieb habe, der wird geschmust, da bin ich eisenhart.

Sichtermann: Dann haben Sie ja wohl viele lieb, unsere diesbezügliche Liste ist lang. Bei der Echo-Verleihung war es Campino, häufiger auch schon Stefan Raab, auf dem Titelbild einer Fernsehzeitschrift Sebastian Pastewka –

Comedyqueen: Ich küsse viele Männer und viele Frauen. Deshalb muß ich nicht lesbisch oder ein wildes Luder sein.

Salesch: Aus meinen Unterlagen geht ferner hervor, Sie haben gemeinsam nach diesem Treffen an Herrn Wickert zwei Limetten und 500 Gramm Kumquats übersandt. Und zwar durch den Lieferservice Feinkost Käfer GmbH, kein Zweifel, uns liegt hier der Lieferschein vor, Moment, ja, Nr. 228430.

Popautor: Ja, und das beweist – was?

Salesch: Mal abwarten. Noch sammeln wir ja.

McBeal: Warum glauben Sie eigentlich nicht konsequenterweise ALLES, was in der Zeitung steht? Meine Mandantin wird doch immer wieder zitiert mit Kinderwünschen, sie will noch mehr Kinder, also ist ihre Ehe ja wohl in Ordnung, denn sie will die natürlich – nie hat sie Gegenteiliges behauptet – von ihrem Mann. Und nicht von diesem dahergelaufenen Popautor, der ja selbst noch fast ein Kind ist.

Liebling: Vorsicht, Ami-Schlampe, Vorsicht.

Sichtermann: Na, na, aber, ehrlich gesagt, ich finde auch, Frau McBeal sollte sich da etwas zurückhalten.

Salesch: Wieso?

Sichtermann: Na, die hat doch selber Männerprobleme. Auf Vox. So steht es auf allen Plakatwänden, an denen ich heute morgen vorbeigeradelt bin.

Salesch: Wieso nehmen Sie sich denn keine Taxe? Das kriegen wir doch wieder, kann man doch alles einreichen. Sagen Sie, Frau Comedyqueen, wie kommen Sie eigentlich zur Arbeit? Öffentliche Verkehrsmittel sind mit Ihrer enormen Gesichtsprominenz ja wahrscheinlich –

Comedyqueen: Überschätzen Sie das nicht. Ich bin sogar zum Gericht mit der Straßenbahn gekommen, und da hat sich keiner nach mir umgedreht.

Liebling: Verehrteste, Sie müssen sich hier nicht für alles rechtfertigen, lassen Sie sich nicht ins Bockshorn jagen. Hohes Gericht, ich bitte Sie, bei der Urteilsfindung nachsichtig zu berücksichtigen, daß die Anwältin der Comedyqueen natürlich hier sozusagen ein Auswärtsspiel zu bestreiten hat. Sprachlich ist es nicht leicht für sie, uns zu folgen. Daß sie so schweigsam ist und selbst ihre wenigen Beiträge zudem nicht sonderlich hilfreich sind, liegt vor allem daran.

Sichtermann: Das sehe ich ein, ist notiert. Ally McBeal lebt schließlich ganz aus dem Wort. Sogar der Slapstick dieser Serie ist intellektuell.

Liebling: Gewiß, und als Anwältin vor einem deutschen Gericht ist Frau McBeal deshalb eben ein Totalausfall.

Sichtermann: Ally McBeal erfüllt vom Genre her den Tatbestand der Farce. Das ist selten im Fernsehen und daher erfreulich.

Liebling: Schön und gut, ich will damit nur sagen, daß – weil Frau McBeal eben diese Sprachprobleme hat, zusätzlich zu ihren Männerproblemen – die Comedyqueen ihre Verteidigung ja praktisch selbst übernehmen muß.

Sichtermann: Wenn sie selber reden darf, hört man ihr immer mit Vergnügen zu.

Liebling: Dann bin ich beruhigt.

Meisner: Da sind wir auch schon wieder, 3.000 Mark Höchstbetrag liegen auf in der dritten Runde des Stucksrads, bitte schön, Paul, Sie sind an der Reihe.

Paul Sahner dreht.

Meisner: Ordentlich Muckis, der Paul, das rattert ja ordentlich. So – 400. Gesucht wird ein Begriff aus dem Bereich Spielverderber.

Paul Sahner: Ein S wie Siegfried.

Wagner: Lenz, Lowitz, -swunde.

Sahner: Zum Beispiel.

Ratewand: Bing, bing, bing.

Meisner: Macht 1.200, sauber aus den Startlöchern gekommen.

Sahner dreht erneut. Das Stucksrad stoppt bei 250.

Sahner: Ein G wie Gegenlesen grundsätzlich garantiert.

Wagner: Ich kaufe ein A wie Alle Achtung.

Meisner: Sie sind nicht dran.

Ratewand: Bing, bing.

Sahner erdreht die 700.

Sahner: Ein P wie Prügelprinz?

Ratewand: Dideldideldideldie!

Meisner geht mitfühlend in die Knie: Leiiiiider daneben. Damit kommt der Heidemanns zum Zug!

Heidemanns: Ich kaufe –

Meisner: Sie müssen erst drehen, Sie haben noch kein Guthaben in der dritten Runde.

Heidemanns dreht – 1.000!

Meisner: Na bitte, da hat sich jemand die Kräfte aufgespart, doll!

Heidemanns: Ein L wie Leserkommentar.

Wagner: Sind die bei euch eigentlich gefaked?

Heidemanns: Bitte?

Im Hintergrund die Ratewand: Bing, bing.

Wagner: Ich mein bloß, weil die kommentierenden Leser immer so geile Berufe haben, von denen man noch nie gehört hat, außer vielleicht in einem Museumsdorf, und dazu dann diese, Entschuldigung, Losverkäufergesichter, da denke ich dann immer, ja guck, Arbeitslosigkeit ist auch nicht schlecht. Und aus was für Orten die kommen, da denke ich immer: dann doch lieber Berlin-Blues!

Heidemanns erregt: Das einzige, was bei uns nicht echt ist, ist der Plural im Titel von Peter Hahnes Kolumne, korrekt müßte es heißen: Gedanke am Sonntag. Alles andere stimmt.

Wagner: Ist ja schon gut, brauchst ja nicht gleich auszuflippen, ich mein, bei uns stimmt auch manches.

Meisner jovial tadelnd: Hallo, meine Herren, hier spielt die Musik. Wir suchen einen Begriff aus dem Bereich Spielverderber.

Heidemanns: Ich kaufe –

Wagner: Ich kaufe den ganzen Laden!

Heidemanns: Ich bin dran, und ich kaufe ein U wie U.

Ratewand: Bing, Bing, Bing.

Meisner: Langsam kommt Licht in die Sache, so, Karte oder n Stück Holz?

Heidemanns dreht: Aussetzen.

Publikum: Oooooaaah.

Sahner: Ich schon wieder?

Meisner: So schnell kanns gehen!

Sahner liest: U _ _ _ _ L _ S S U _ G S _ _ _ L _ _ U _ G. Hm. 1.700 haben oder nicht haben, egal, Risiko, ich drehe noch mal.

Meisner: Und wieder mit Schwung!

Sahner: Nie ohne.

Meisner: Sonderpreis! Wer sagts denn?

Sahner: Ach, gerade wußte ich die Lösung, da kommt mir der blöde Sonderpreis dazwischen. Na ja, was man hat, hat man – was ist es denn?

Meisner: Eine Dokumentenmappe aus Büffelleder, edel, edel!

Sahner: Gut, und da hefte ich sie dann ab, die, Achtung, ich löse:

UNTERLASSUNGSERKLÄRUNG

Ratewand: Bingbingbingbingbingbingbingbingbingbing-bingbing!

Meisner: Oh, da hat unsere Sonya viel zu tun.

Sonya Kraus dreht die Buchstaben um, Meisner wirft überschwenglich Kabel1-Aufkleber ins Publikum, Sahner, Wagner und Heidemanns geben sich jeweils fünf, soviel Sportsgeist muß sein.

Kein Licht, nur der Fernseher flackert, es ist schon sehr spät. Villé sitzt allein da, in der einen Hand den Telefonhörer, in der anderen zerquetscht er harmstorfsch eine Kartoffel nach der anderen. Das hat er manchmal. Ey kocht daraus anderntags immer Himmel und Erde, eine rheinische Spezialität. Mit Zwiebeln und Speck – da geht nichts drüber, sagt Villé. Und wer wären die anderen, daß sie ihm da widersprächen? Villé keucht, die Kartoffeln quietschen, aus Hörer und Fernseher kommt die beruhigende Stimme von Jürgen Domian:

– ... einfach eine Nacht drüber schlafen. Mit Gewalt löst man keine Probleme, schafft nur neue.
– Papperlapapp, schnauzt Villé. Vernichten werde ich sie, hörst du?
– Das wirst du nicht.
– Ohoho, du wirst schon sehen, wie ich das tun werde, den Herma-, äh, mich hat noch keiner, also. Mit Bluthunden (brüllt, springt direkt in den Kartoffeleimer und trampelt darin herum wie eine Weintreterin)! Hörst du, Bluthunde! Ans Messer! Alle, alle, alle. Sie werden den Tag verfluchen, an dem sie aufgelegt haben, als ich sie um ein Interview bat, sie werden angekrochen kommen und dann –
– Du, ich glaube, das hat jetzt gerade keinen Sinn, bleib mal in der Leitung, ich stelle dich mal zu unseren Psychologen durch, und –
– Nichts da Psychologen, du Fredie! Hör zu, Alter, wenn du nicht –
Klick. Im Hörer: Eine
– Seelenklempnerschwuchtel! so Villés erstes und letztes Wort in diesem Beratungsgespräch.
Dann: nichts mehr. Bloß
– Tut-tut!
Ganz laut immer
– Tut-tut!
Zwischen den Zehen: Matsche. Im Kopf: Brausen. Im Fernseher geht es aber weiter, wenigstens etwas. Der Moderator nimmt einen Schluck Wasser aus einer grünen 0,75-Liter-Mehrwegflasche, ruckelt sein Headset zurecht und drückt auf einen Knopf
– So, wen haben wir denn jetzt in der Leitung, hier ist Domian, hallo. Kannst du einen Tick lauter sprechen und

im Hintergrund das Radio ausmachen, sonst haben wir eine Rückkopplung.

Villé sinkt zu Boden. Der Streß. Zuviel alles. Kartoffelmus kriecht ihm in die Ohren, er versteht nur noch Bruchstücke, ist leider auch schon wieder sehr betrunken, das kommt davon.

– Detlev, okay, grüß dich ... Ja, hmhm. Liebesluder heißt dein Film? Ist ja ... verstehe ... Drehbuch ... Nachdreh, hmhmhm ... Mord ... hört sich erst mal spannend ... junges Ding ... Luder ... Männer, gleich alle, das ganze ... au backe, Schweinepresse ... ja, das klingt verzwickt ... Hauptdarstellerin ... ach so ... Popautor ...

Villé schläft. Ausgerechnet jetzt. Ein Jammer. Man kann nicht alles haben.

 Salesch: Die Wickert-Sache scheint mir nicht weiter von Belang.

Liebling: Hin und wieder sagen Sie sehr richtige Dinge.

Salesch: Schnauze. Sie haben vorhin recht elegant davon abgelenkt, aber ich möchte nichtsdestotrotz zurückkommen auf den Film von Detlev Buck. Das Liebesluder wird gespielt von der Jungschauspielerin. Im Film verdreht sie allen Männern den Kopf, auch dem Mann der Comedyqueen.

Liebling: Ja, im Film, hohes Gericht, im Film. Das müssen Sie mehr betonen, sonst habe ich Anlaß zur Vermutung, Sie wollen hier schon wieder die Ebenen unzulässig vermischen.

Sichtermann: Ist es wahr, daß Sie mitgearbeitet haben am Drehbuch?

Popautor: Ja. Aber erst für die Nachdrehs und auch nicht viel.

Salesch: Es gab in der Presse Fotos von Ihnen und der Jungschauspielerin. Auch mit ihr wurde Ihnen ein Verhältnis nachgesagt, das Sie allerdings nicht bestritten, sondern bestätigt haben.

Liebling: Zwar waren wir immer der Ansicht, über derlei bestünde der Presse gegenüber keinerlei Informationspflicht, doch wollten wir die Glaubwürdigkeit meines Mandanten in der Comedyqueen-Affäre nicht gefährden – hätten wir das real existierende Verhältnis mit der Jungschauspielerin ebenso abgestritten wie das angebliche Verhältnis mit der Comedyqueen und hätte dann jemand im Fall der Jungschauspielerin das Gegenteil bewiesen, was nicht schwergefallen wäre, so hätten wir in der Comedyqueen-Affäre dumm dagestanden, das hätte unsere Glaubwürdigkeit massiv erschüttert. Also haben wir nicht dementiert, was zugegebenermaßen eine Notlösung war.

Salesch: Sehen wir uns auch die Fotos mit der Jungschauspielerin mal etwas genauer an. Allem Anschein nach Paparazzo-Bilder. Die sind nicht in der Fotofixbude entstanden, aber ebenfalls am Flughafen, wenn ich das richtig sehe. Interessant. Drei Fragen: Erstens, können Sie sich nicht mal woanders als immer am Flughafen fotografieren lassen; zweitens, warum sind Sie denn da blond, das sind Sie doch sonst nie, was soll denn das; und drittens, haben Sie gar nicht gemerkt, daß Sie da fotografiert wurden?

Popautor: Oh, das haben wir sehr wohl gemerkt, wir hatten den Fotografen ja selbst engagiert.

Salesch: Bitte? Ich werd nicht mehr.

Popautor: Vorbild war in diesem Fall, das kommt sonst eher selten vor, Jenny Elvers. Man soll ja nicht alles glauben, was in der Zeitung steht, aber die Geschichte war so abgründig, die mußte fast stimmen, war auch egal, es war zumindest zu lesen gewesen, Frau Elvers hätte, weil ihr Partner Heiner Lauterbach gegen Nacktfotos sei, sie aber dafür, einfach einen Paparazzo bestellt und war dann nackt durch den Garten gelaufen. So kam sie doch zu den Aufnahmen, und Lauterbach konnte nichts dagegen sagen. Ja, und diesen Fotografen haben wir dann auch engagiert. Denn nachdem vorher entgegen der Wahrheit überall stand, ich sei mit der Comedyqueen liiert, dachten wir, wenn wir jetzt lancieren, die Jungschauspielerin und ich seien tatsächlich zusammen, bliebe uns Berichterstattung darüber erspart.

Salesch: Eine krude Logik. Waren Sie denn zusammen oder nicht?

Popautor: Es stand in der Zeitung.

Salesch: Also ist Ihr Plan nicht aufgegangen.

Popautor: Na ja, teilweise.

Liebling: Daraufhin gab es dann Gerüchte, mein Mandant sei gar nicht mit der Jungschauspielerin zusammen – begründet wurde dieser Verdacht originellerweise mit unserem Nicht-Dementi. Verstehe einer die Medienwelt!

Sichtermann: Wäre das Leben ohne die Brille der Kunst und der Deutung lesbar, brauchten wir keine Medien.

Salesch: Das ist ja alles komplett hirnkrank.

Liebling: Die Sache mit dem Elvers-Paparazzo war ein Alleingang meines Mandanten, von dem ich nichts wußte, und ich möchte Ihrer Bewertung in diesem einen Punkt nicht widersprechen.

Comedyqueen: Ja, aber wir sind schon in einer verzwickten Lage. Man soll sich nicht beschweren, sag ich immer, aber wissen Sie, ich bin seit einigen Jahren Vegetarierin. Und jetzt sage ich in Interviews immer häufiger, daß ich vielleicht bald wieder Fleisch esse, weil es gerade so modisch ist, keins zu essen. Das geht mir so auf die Nerven, daß sich inzwischen jede Viva-Zwischenzweivideoshamplerin ganz engagiert gegen Fleisch und natürlich Pelze äußert. Da hört es doch wirklich auf. Ich kann die doch nicht parodieren und andererseits mit denen einer Meinung sein. Trotzdem mag ich ja weiterhin kein Fleisch. Was soll man denn da machen?

Salesch: Na, sich auf keinen Fall beschweren.

Liebling: Das ist eben die Kehrseite der Prominenz. Jede schöne Ecke hat auch ein Mallorca, ist doch klar.

Popautor: Mein Homöopath hat mir im Zusammenhang mit unserem Anheuern des Elvers-Fotografen erklärt, das Immunsystem leide durch Auftritte in der Öffentlichkeit stark, am gefährdetsten sei das Sensorium für Peinlichkeit. Dessen rapider Verschleiß ist vergleichbar mit dem von Profifußballerknien. Sagt man ja so, daß ein 32jähriger Fußballer das Knie eines 80jährigen hat.

Salesch: Ist ja ein Hammer. Und was ist nun mit den Haaren, hat Ihr Homöopath das auch herausgefunden, werden die etwa durch das Showgeschäft wasserstoffgebleicht, oder warum waren Sie zum Zeitpunkt der Aufnahmen platinblond? Sind das überhaupt Sie auf den Bildern? Hier stimmt ja offenbar gar nichts!

Popautor: Doch, doch, das bin schon ich. Blonde Haare hatte ich, weil die Jungschauspielerin auch blonde Haare hat und ich mich nach der Headline im City-Lights-Klatschteil sehnte: Liebe macht blond.

Salesch: Wer hat denn den Kontakt zu diesem ominösen Elvers-Fotografen hergestellt?

Popautor: Rainer Pfeiffer.

Salesch: Ah, jetzt kommt eins zum anderen, der Kontakt mit Pfeiffer erklärt vielleicht Ihren Amsterdam-Aufenthalt. Man hat Sie und die Comedyqueen ja sogar dort zusammen gesehen.

Popautor: Kann gut sein. Dazu muß man wissen, daß wir beide unsere Reisen grundsätzlich über Herrn Schillers Reisebüro Ehrlich Reisen buchen, da kommt es leicht mal zu rabattbedingten Routenüberschneidungen, erst neulich wieder im Hotel Dieu in Paris. In Amsterdam jedenfalls hat die Comedyqueen einen Einspieler für ihre Weihnachtsshow aufgezeichnet, und ich habe am selben Wochenende Rainer Pfeiffer in seiner Firma Sunpark Sports, Museumsplein 11, besucht und ihm mein Anliegen geschildert. Er sagte, das sei eine seiner leichtesten Übungen, man könne ja heutzutage einfach ein Bild von einem Sarg zur dpa mailen und behaupten, hier, der Beweis, derundder ist gestorben. Dann glühen die Drähte. Der Muskelmann Ben Becker hat ja mal in Bayern übers Radio lanciert, Franz Beckenbauer sei gestorben, was für einige Stunden tatsächlich geglaubt wurde, der komplette Freistaat befand sich im Ausnahmezustand.

Salesch: Sie sehen auf dem Foto müde aus. Streß?

Popautor: Ja, kann man wohl sagen. Ich hatte mich seinerzeit finanziell verhoben, mußte Tag und Nacht arbeiten, sogar am Wochenende.

Salesch: Was haben Sie denn am Wochenende gearbeitet?

Popautor: Ich habe mitgeholfen, im Haus von Bodo Hombach den Dachboden auszubauen und im Garten einen Teich anzulegen. Wir waren nur ungelernte Hilfskräfte, der Hombach hat sehr geknausert bei dem Hausbau, das weiß ich noch, aber ich brauchte halt Geld. Na ja, so geschwächt war ich natürlich anfällig und nicht ganz zurechnungsfähig. Heute, mit etwas Abstand, sehe ich es klar: Ich hätte niemals hören dürfen auf die Ratschläge von Pfeiffer und dieser Schlange – Linda Tripp.

Salesch: Was empfinden Sie heute, wenn Sie selbstkritisch an damals denken?

Popautor: Wut und Trauer. Ganz klar.

Salesch: Wir leben in einer abgefuckten Welt. Die Verhandlung ist unterbrochen, aber es geht bald weiter, also, bleiben Sie dran.

Comedyqueen: O.K., dann gehe ich mal in der Pause rasch mit Alexander Gorkow von der Süddeutschen Zeitung in die Fotofixbude, dann haben die für ihren Artikel spezielle Bilder, so was kommt immer gut an.

Liebling: Sieh mal einer an, der Gorkow. Den hatte ich eigentlich als Entlastungszeugen vorgesehen.

Salesch: Warum denn das?

Liebling: In einem Artikel über die Funkausstellung schrieb er über die Comedyqueen: „Die Frau ist in allem, was sie auf einer Bühne oder vor einer Kamera macht, atemberaubend – mal leise, mal Luzifer-"

Popautor: Büchner-Preis!

Liebling: Pscht. Ich fahre fort: „Gebt ihr eine Situation, sie macht die Komik dazu, das Lied daraus. Sünde!"

Salesch: Da steht „Sünde"?

Liebling: Aber ja doch. Und im Spiegel wurde die Comedyqueen als „scharfer Feger" bezeichnet.

Comedyqueen: Das ist auch in Ordnung. Die haben das Recht, das so zu schreiben, es ist ihr Job.

Liebling: Keine weiteren Fragen. Aber Hunger. Ach nein, ich mache ja Diät.

 – Willkommen zurück bei der FAHNDUNGS-ANKE. Bei mir jetzt Roger de Weck, grüße Sie, Herr de Weck, schön, daß Sie –

– Guten Abend. Können wir Vornamen mit Siezen kombinieren? So bin ich es gewohnt von zu Hause.

– Gerne. Mit zu Hause meinen Sie, Roger, die Schweiz oder Die Zeit?

– Wegen meiner leitenden Position bei letzterer bin ich ja eingeladen, nicht wahr, Ulrich?

– Korrekt. Die – ich sag das mal so salopp und in Anführungsstrichen, das ist nicht von mir – die alte Tante, als die Ihr Blatt ja gerne apostrophiert wird, ist nun wirklich nicht für ihre Affinität zu Klatschthemen bekannt. Trotzdem hat die Comedyqueenaffäre auch auf den Seiten der Zeit stattgefunden, wenn auch nur am Rande, aber immerhin.

– Mit „stattgefunden" meinen Sie, daß darüber berichtet wurde, nehme ich an, Ulrich?

– Ganz genau.

– Ah ja. Das ist sprachlich, na ja, lassen wir das. Dies ist nicht der Ort dafür. Nun, mir ist dieser Artikel, von dem Sie sprechen, Ulrich, gar nicht in Erinnerung, wann soll denn, so müßte es korrekt heißen, unsere Berichterstattung zu diesem Thema stattgefunden haben?

– Nanu, ähm, ja eine Glosse im Feuilleton war das, noch nicht lang her. Das ist ja n Ding. Heißt das, die Chefredaktion ist auf einem Auge blind?

– Arschloch.

Villé raucht eine Zigarre. Er mag das Zeug nicht, aber es gehört dazu. Und die Weiber fliegen drauf. Was jetzt, wie jetzt, scheiße. Noch immer keine Beweise. Zur Not geht es natürlich auch ohne, aber mit ist immer besser. Wer wüßte das besser als er, der doch richtig fest erst im Sessel sitzt, seit er die Kohl-Kontoauszüge, na ja, sagen wir mal, GEFUNDEN hat. Seitdem darf er Onkel Titus auch am Wochenende anrufen, wenn es ihm dringlich erscheint. Trotzdem, jetzt in dieser verdammten Affäre, da hat er sich vergaloppiert. Noch mal von vorne. Das hat er von Onkel Titus gelernt – wenn nichts mehr geht, muß man es runterkürzen, vereinfachen. Logik, darauf kommt es an. Villé brabbelt vor sich hin.

– Wir erwischen unsere beiden Spezialisten da, wo sie sich sicher fühlen. Es aber nicht sind. Sicher ist keiner. Außer Tote. Tote sind egal, es sei denn, sie geben ein Sonderheft her. Aber unsere beiden Liebchen, die leben. Noch, noch. Glauben wohl, sie könnten ohne uns, sie wollen nicht mit uns reden über ihre Bekanntschaft; daß ich nicht lache, Bekanntschaft! Die werden sich umgucken. Also, sie ist dauernd im Fernsehen, da kann man nichts machen. Wahrscheinlich geht er da auch ab und zu hin, damit sie sich dort treffen können. Hat Ey zumindest erzählt, daß der Bengel jetzt manchmal im Fernsehen ist, sein blödes Buch in die Kamera hält und da auf offen und schlagfertig macht. Ich habe ihn noch nicht gesehen, zum Fernsehen habe ich keine Zeit. Einer muß ja die Arbeit machen. Fernsehen. Hm. Hehe! Ich habs, Fernsehen, das ist es, da kriegen wir ihn ran – jetzt wagen wir uns aus der Deckung. Wir stellen ihn bei hellichtem Studio, das ist es, das wird es. Damit rechnet er nicht. Mach dein Testament, Bursche. O. K. Dann legen wir ihm da mal ein paar Fallstricke aus. (lauter jetzt) Ey, krieg mal raus, wo wir den Bruder Leichtfuß demnächst talken sehen. Und du, Hajo, du schmuggelst den Moderatoren dann Karteikarten mit Fragen zum Thema unter ihre Blödelfragen. UNSERE Fragen zu UNSEREM Thema. Und damit sie sich nicht über eine andere Handschrift wundern, kannst du ausnahmsweise den Schreibautomaten mit Variantengeber benutzen, mit dem Steffi Grafs Autogrammkarten und Steuererklärungen jahrelang unterschrieben wurden, weißt doch, hat Titus dem alten Graf abgekauft, als der, um wieder an Bares zu kommen, den Haushalt am Luftschiffring in Brühl aufgelöst hat. Hä, ist das gut?

Scholz: G-g-g-g-genial.

Ey: Also, da wären in nächster Zeit die NDR-Talkshow und B.trifft im WDR. Ah, und hier noch was, die Sendung Late Lounge im HR. Ausschließlich in dritten Programmen anzutreffen, die Ehebruchsanstifter-Wurst – ins Erste lassen sie ihn nicht, werden schon wissen, warum.

Villé: Gut gegeben, Ey, gut gegeben. C'est ça, ich dichte mal kurz die Fragen, und dann ab damit durch die Mitte, Scholzibaby, alles klar?

Eine rhetorische Frage, Scholz liebt sie, da entfällt für ihn das Stottern, es reicht zu nicken.

Villé geht auf einen Cognac in Daniels Bar, die liegt in idealer Nähe zum Container, so kriegt Villé täglich, was er braucht: ein wenig Bewegung und eine Menge zu trinken. Er bleibt auf mehr als einen Cognac, näßt Jagdfieberschweiß in seine Tweedjackettärmel und schreibt Stichwörter auf eine Papierserviette:

– Liebesnest.

– Ja, es ist Liebe.

– Gute Freunde der beiden sagen.

– Verbotene Liebe.

– Madame Comedy. Ein Sittenbild aus der Provinz.

– Wenn der Altersunterschied keine Rolle spielt.

– Ein Fall von zweien.

– Wenn zwei sich lieben, ärgert sich der Dritte.

– Sie bringt Millionen Fernsehzuschauer regelmäßig zum Lachen. Wie viele Männer aber zum Weinen?

– Kein Märchen – ein Pärchen.

Ja, das ist gut, denkt Villé, Märchen. Da ist alles mit drin: Lüge, Paradies, Sehnsucht, Kitsch, Tod. Das ist die Lösung, das ist die Headline, das ist der Eyecatcher am Kiosk. Villé faltet die Serviette, steckt sie zu den Tausendern im Innenfutter, vergräbt kurz prüfend seine Nase in den Achselhöhlen und grunzt zufrieden.

 Liebling: Hohes Gericht, ich habe Ihnen was mitgebracht. (Legt ein Telefonbuch vor sich.)

Salesch: Ein Telefonbuch.

Liebling: Sie sind von der schnellen Truppe. Das Telefonbuch aus dem Ortsnetzbereich des Erstwohnsitzes meines Mandanten, R bis Z. Und nun sagen Sie mir mal eine beliebige Zahl zwischen 3 und 992.

Salesch: Was soll das? Na gut, 753, Rom schlüpft aus dem Ei.

Liebling: 753, gerne, Momentchen, aha, ich zähle gerade mal durch. Allein auf dieser einen Seite dieses knapp tausendseitigen Buches, das ja nur die Nachnamen R bis Z beinhaltet, finden sich 2 Damen, die mit der Comedyqueen den nicht gerade seltenen Vornamen teilen. Hinzu kommt, daß Familienanschlüsse zumeist über den Namen des männlichen Familienhauptes angemeldet und also hier verzeichnet sind, abgesehen von einbuchstabigen Abkürzungen, die für so manchen, aber eben AUCH für diesen Namen stehen könnten, wegen dem wir heute so nett beisammensitzen. Und wie viele Ankes mit Geheimnummer wird es geben! Oder ganz ohne Telefon! Als Senta und Paula, die unersetzlichen Stützen meines trüben Büroalltags, mit Hilfe einer Telekom-CD-Rom die Anzahl aller bundesweit verzeichneten Ankes herausfinden wollten, ist ihnen regelmäßig der Computer abgestürzt, so viele kamen da zusammen. Mit dieser CD-Rom hat Senta übrigens dem Popautor auch mal bei seiner verzweifelten Karen-Schulz-Suche geholfen, doch in Hamburg gibt es allein vier davon, zwei davon mit Doppelnamen, also verheiratet, und die anderen beiden ebenfalls mit einem Mann gemeldet, Sie können sich vorstellen, wie niedergeschlagen mein Mandant war, aber das nur nebenbei bemerkt. Worauf ich hinauswill: Könnte es nicht angesichts dieser imposanten Namensflut gut sein, ist es nicht sogar mehr als wahrscheinlich, daß mein Mandant sein Buch einer anderen Dame als der Comedyqueen gewidmet hat? Und könnte es darüber hinaus nicht sein, daß das niemanden was angeht und daß mein Mandant recht daran tut, diese andere Dame nicht mit dem Herzblatthubschrauber hier einfliegen zu lassen, weil dann ja jeder kommen könnte, also, bitte schön, bei WEM liegt die Beweislast, hohes Gericht, in diesem absurden Verfahren? So Barbaras, jetzt müßt ihr euch entscheiden.

Salesch: Wenn es nur die Widmung wäre, gäbe ich Ihnen recht. Doch stützen wir uns ja auf eine Reihe anderer Indizien.

 Hubertus Meyer-Burckhardt: Ist da was dran?
Popautor: Wo dran?

Meyer-Burckhardt: Also, es gibt zuverlässige Presseberichte aus der Bunten –

Popautor: Das ist ja ein Satz mit sieben Fehlern: Zuverlässige Berichte aus der Bunten. Frau Schweiger, Sie können was dazu sagen. In der Bild-Zeitung wurde gesagt, Ihre Ehe sei kaputt, was nur teilrichtig war, nämlich falsch, oder?

Dana Schweiger: Total falsch.

Popautor: Ja, war falsch. Mir gings ähnlich, aber damit müssen wir Stars leben.

Meyer-Burckhardt: Im neuen Stern sagt der Anwalt Dr. Prinz, die Bunte macht die meisten Fehler.

Popautor: Richtig. Ein Fehler war es, sich mit mir anzulegen.

Meyer-Burckhardt: Ach, Sie haben zurückgeschossen?

Popautor: Natürlich. Herr Prinz ist tätig – nein.
Meyer-Burckhardt: Ist nicht tätig?
Popautor: Das kann ich doch hier nicht sagen, da gukken doch Millionen zu, gerade um diese Zeit.
Meyer-Burckhardt: Man muß es dem Publikum vielleicht erklären. Die Bunte hat behauptet, Sie seien in einem Techtelmechtel mit Frau Engelke. Das würde man ja verstehen, von beiden Seiten, ich meine, das ist ja an sich noch kein Vorwurf.
Popautor: Aber ich bin ja nicht zuständig für die Phantasien von irgendwelchen Bunte-Redakteuren, da bitte ich um Verständnis. Das sollen die mal schön machen, ich mach weiter meine Arbeit. Und Sie ja auch – nächste Frage.

Villé am Telefon
– Verstehe. Und das haben Sie gefilmt. Und davon können Sie uns Videoprints liefern. Beide drauf, von hinten, aber anhand von Statur und Frisur eindeutig erkennbar, auch die Kleidung, Zweifel ausgeschlossen, sagen Sie. Ah, ja. Wie sie sich gerade – ja, versteh schon. Schamlos, mit Fummeln und allem, nehme ich an. Ach, ist es denn die Möglichkeit? Das klingt natürlich wirklich bombig. Auf offener Straße. Und Sie haben auch die Hardcore-Einstellungen – eben nicht offene Straße, sondern geschlossener Raum. Beides. Und Sie können beliebig nachdrehen, kein Problem, sagen Sie. Donnerwetter. Und für schlappe Zweihunderttausend können wir uns das Ding im Bahnhofsschließfach –
(Villés Halsschlagader wummert, ähnelt dem an Sun-

kist-Packungen angeklebten Strohhalm; Villé brüllt nicht, er speit beinahe Feuer)

– HÖR ZU, STECK DIR DEINE BILLIGFÄLSCHUNGEN EIN FÜR ALLEMAL IN DEN ARSCH ODER SCHICK SIE AN STERN TV! KEEP YOUR ARSCH TOGETHER – DU WIRST SEITLICH GEFICKT! UND NIMM DAS TASCHENTUCH VOM HÖRER, WENN DU HIER ANRUFST, ALLERDINGS WIRST DU HIER NIE WIEDER ANRUFEN – NIE, NIE, NIE MEHR! HAST DU MICH VERSTANDEN, MICHI BORN???

Was bleibt ihm anderes übrig.

Schon wieder Telefon! Manchmal geht es bei City Lights zu wie im Taubenschlag.

– City Lights, die Zentrale, was kann ich für Sie tun? macht Ey ihren Job, und spricht dann leise, aber eindringlich weiter

– Ach, das ist ja eine Überraschung, Good Morning L.A., Herr Kummer, ich grüße Sie. Der Herr Villé ist gerade sehr beschäftigt, das ist eher schlecht. Ich notier es einfach gerade mal, also, Sie haben ein Gespräch mit der Comedyqueen und mit dem Popautor geführt, das ist natürlich eine Granate, nee, die haben alle Anfragen nach gemeinsamen Interviews abgelehnt, ja, wenn ich es Ihnen doch sage, die behaupten, da wäre nichts, nichts, was es gemeinsam mitzuteilen gäbe, aber bei Ihnen haben die beiden dann offenbar eine Ausnahme gemacht. Wie Sie das immer hinkriegen, Herr Kummer, das ist schon einmalig, und wir können das als Eins-zu-eins-Interview drucken, jaja, ich frag ja nur, und die beiden verbitten sich die Frage nicht, sondern schildern haarklein, wie alles, jaja, hmhm, hab ich, ja, oho, du meine Güte, ja, das klingt natürlich zunächst mal sehr interessant. Wirklich, im Ernst, das hat der so gesagt, der Popautor? Ich staune! Also, noch mal: Er sagte, er spiele mit den Brüsten der Comedyqueen, um so eine Art Ekel zu demonstrieren, nicht um zu protzen, ja, habe ich das richtig verstanden? Ist ja unglaublich. Und wo haben Sie mit den beiden gesprochen? Party, Premiere, Gym, soso. Nee, ist klar. Das ist schon ein anderes Leben, das Sie da führen. Every day should be a holiday, singen ja auch die – was? Nein, nicht Ivana Trump. Das haben die Dandy Warhols gesungen. Ist auf dem There's-something-about-Mary-Soundtrack drauf. Richtig, mit Cameron Diaz, ach, die kennen Sie auch aus dem Gym, aha, aha, Christina Ricci geht da auch immer hin, was Sie nicht sagen. Entschuldigung, Herr Kummer, sind Sie eigentlich besoffen? Wie, die Frage ist Ihnen zu eindimensional? Herr Kummer, es reicht. Nein, die Medientheorie werden Sie in unserem Blatt nicht erweitern, solange ich hier Kaffee koche, no way, weder wenn in China ein Sack Reis umfällt, noch wenn in L. A. das Reale implodiert. Schönen Tag noch.

– Was Wichtiges? neugiert der durch das Gespräch mit Born noch aufgebrachte Villé.

– Nein, gar nicht, hat nur mal wieder einer n Zahlendreher gehabt, irgendein ägyptischer Gnostiker – verwählt, nichts weiter! lügt Ey sinnvoll.

Sie ist schon eine Perle.

 Liebling: Hohes Gericht, ich erzähle ja hoffentlich keine Neuigkeiten, wenn ich darauf hinweise, daß wir es hier mitnichten mit einem Präzedenzfall zu tun haben. Erinnern wir uns an 1979. Und denken wir speziell an den Bereich Musik. Na, dämmerts?

Salesch: 1979 – Sie meinen dieses phantastische Lied von den Smashing Pumpkins?

Sichtermann: Unglaubliches Video mit subjektiver Kamera. Bahnbrechend, damals.

Liebling: Ich meine nicht das Lied 1979, ich meine das Jahr 1979.

Salesch: Hmhmhm, 1979, warten Sie mal, da wurde das Tipp-Ex erfunden; Rudi Dutschke und Konrad Hilton sind gestorben –

Sichtermann: Dito John Wayne, Jean Renoir und Peter Frankenfeld.

Salesch: Hm, und was noch? Es gab in Grönland die Volksabstimmung für innere Autonomie, Frischs Triptychon und Müllers Hamletmaschine wurden uraufgeführt, die taz wurde gegründet, es gab die erste In-vitro-Fertilisation, Khomeini kam an die Macht –

Liebling: Ich bemerke Ihre Verschleierungstaktik und buche sie ab unter schöner, aber mißlungener Versuch. Ich möchte Ihrem Erinnerungsvermögen ein wenig auf die Sprünge helfen: Der Angeklagte in dem Fall, auf den ich anspiele, wurde verteidigt von einem geschätzten Kollegen, und zwar von Joachim Steinhöfel, den die meisten Zuschauer sicherlich weniger aus dem Gerichtssaal als aus der Media-Markt-Werbung kennen oder durch seine gekonnt abscheulichen Sendungen in Gründerzeiten des Privatfernsehens hierzulande, Der Heiße Stuhl oder Die Redaktion. Wissen Sie noch Frau Sichtermann?

Sichtermann: Ich vergesse nichts, Herr Liebling. Aber solchen Trash MERKE ich mir nicht. Das ist ein Unterschied.

Liebling: Wie recht Sie haben, stattgegeben.

Salesch: Jetzt spielen Sie sich nicht wieder so auf.

Liebling: Lassen Sie mich doch ein kleines bißchen! Also, Herr Steinhöfel, ein guter Anwalt, vertrat damals den bis heute unbescholtenen Bürger Richard Claydermann. Diesem Stiefbruder Sascha Hehns wurde damals eine ähnliche Ungeheuerlichkeit angelastet wie heute meinem Mandanten, dem Herrn Popautor. Die wild wuchernden Interpretationen einer Widmung führten damals dazu, daß Herrn Claydermann Beziehungen mit Liz Taylor, der Königin von England und Elisabeth Schröder, einer heute vergessenen Wetteransagerin aus Baden-Württemberg, unterstellt wurden. Für die homosexuellen Fans von Claydermann war das ein großer Schock, für ihn selbst natürlich auch. Daß eigentlich der zum Zeitpunkt des Skandals längst verstorbene Herr van Beethoven zuständig gewesen wäre – es hat niemanden gekümmert!

Salesch: Herr Liebling, das ist ja alles schön und gut –

Liebling: Ist es nicht, Frau Salesch, ist es nicht. Es ist im Gegenteil höchst ärgerlich, wie leicht solche Gerüchte entstehen und was dann aus ihnen wird. Ganz abgesehen davon, daß es doch egal sein sollte, mit wem Herr Claydermann oder Herr Popautor ihre wohlverdiente Freizeit verbringen, sollte der Umstand, daß Künstler ihre Werke Frauen widmen, uns doch in Verzückung versetzen, als abstrakte Hommage an die Romantik. Aber nein, Sie denken gleich an Ehebruch – sagt das nicht eher etwas über unsere Gesellschaft als über den Popautor und die Comedyqueen? Ich meine, sagen Sie mal ehrlich, gibt es etwas Schöneres als die Vorstellung, ein Arbeiter im Weinberg des Herrn pflückt die Trauben nicht des Saftes wegen, sondern um derentwillen, deren Durst dieser Saft zu löschen vermag? „Für Elise" und nun, 20 Jahre später, „Für Anke" – ich bitte Sie!

Bettina Böttinger: Sie sind oft auf den Seiten der Illustrierten Bunte zu sehen gewesen, Frau Stahnke, und auch Sie, Herr v. Stuckrad-Barre, waren mit einer Geschichte in der Bunten – daß Sie angeblich ein Verhältnis mit Anke Engelke haben.
Popautor: Habe ich auch gelesen.
Böttinger: Anke auch?
Popautor: Ja sicher. Klar, wir lesen alle immer die Bunte.
Böttinger: Und zwar zusammen?
Popautor: Nein, die gibt es ja an jedem guten Kiosk, da muß ich ja nicht extra nach Köln reisen. Sehen Sie, Frau Stahnke, ich habe so viel Verständnis für Ihre Situation, denn ich habe selbst gemerkt, wie man leidet, wenn in der Presse einfach das Falsche steht. Ich habe also durch die Schweinepresse den Eindruck erhalten, daß Sie ein Urinal eröffnet hätten. Und Frau Böttinger hat den Eindruck, ich würde mit der Komödiantin Anke Engelke gemeinsam Zeitschriften lesen – aufgrund der Darstellung in der Schweinepresse. Und da sieht man mal, Sie sind doch auch Journalistin, man darf nicht alles glauben, was der Blätterwald –
Stahnke: Das ist doch schon eine schöne Quintessenz.

Büro City Lights. Ey gießt Blumen und singt Tom-Jones-Lieder. Villé kommt herein, sieht müde aus. Ey hört auf zu singen.

– Morgen Ey. Wo ist die ganze Bande? Reicht doch, wenn ich zu spät komme.

– Wer spät geht, darf auch früh kommen, Herr Villé, Sie haben doch sicher wieder bis tief in die Nacht ge- -soffen, -hurt, -raucht, -meinheiten ausgeheckt – haha.

– Ach, Herr Villé! GeARBEITET, meinte ich! Sie machen es einem aber auch ganz schön schwer manchmal. Also, was ich sagen wollte: Die anderen sind schon fleißig bei der Arbeit. Hajo horcht mal die Nachbarn und Girokontobetreuer aus, Bob checkt die Geburtsurkunden, Führungszeugnisse und Meldeunterlagen sowie alte Poesiealbumeinträge, ob da was Verdächtiges dabei ist, Rainald liegt vor den Erstwohnsitzen auf der Lauer und durchwühlt nebenher die Altpapiercontainer im Umkreis von 5 Kilometern, irgendwo müssen die Liebesbriefe ja hin sein, die e-mail-Eingangsordner der beiden hat er nämlich ergebnislos angezapft, da war nichts dabei, und im Ofen verbrannt haben können sie sie auch nicht, denn beide haben Zentralheizung, das hat Andrews abgecheckt.

– Haben sie wenigstens verräterische Zugangswörter zum e-mail-Server? Kosenamen für den anderen oder so?

– Wüßte ich jetzt nicht, das hätte Rainald ja gesagt, wenn ihm da was aufgefallen wäre.

– Ey, du weißt, ich liebe den Rainald heiß und innig, als Mensch sowieso, und auch als Mitarbeiter, er ist wirklich n wichtiges Zahnrad im Getriebe City Lights, keine Frage, aber manchmal ist der einfach nen Tacken zu verträumt,

da ist der mit seinen Gedanken sonstwo. Also, hak da noch mal nach, nicht daß uns das durch die Lappen geht.
– In Ordnung.
– Und wo ist mein Goldstück Petra?
– Petra ist beim Institut für Julia-Roberts-Exegese. Mehr hat sie nicht gesagt.
– Herr im Himmel, die Hahne nun wieder. Na, das wird sie mir sicher erklären können nachher. Hm.

Villé hat alle durch und vorerst fertig gepoltert. Letzte Chance: Die Geschirrspülmaschine. Er zieht die Klappe auf – Mist. Ausgeräumt. Verdächtig fehlerfrei heute, sein Tollhaus. Jetzt müßte er mal selbst loslegen. Ach, nö, keinen Bock gerade, also noch mal Kommando zurück.

– Ey, sag noch mal, WO lungert der Scholz rum? Nachbarn und – Girokontobetreuer? Ist mir irgendwas entgangen? Wohl nicht! Wir gehen doch im Moment von einer amour fou aus und nicht von einem honorierten Liebesdienst. Verbind mich mit Hajo, was soll die Scheiße, manmanman!

Salesch: Herr Liebling, Ihr Mandant könnte ja, wenn es ist, wie Sie behaupten, den erhobenen Verdacht mühelos widerlegen, indem er uns den Nachnamen und die Meldeadresse jener Dame präsentiert, die er –
Liebling: Entschuldigung, Frau Salesch, dies wäre zwar in der Tat ein leichtes für meinen Mandanten, doch wird er dies tunlichst unterlassen, da die Beweispflicht, ich wiederhole mich nur ungern, eindeutig auf Seiten des Klägers liegt, und wir meinen, da liegt sie ausgesprochen

gut! Andernfalls würde ich dann Sie bitten zu beweisen, daß Sie keine IM der Stasi waren, daß Sie nicht wissen, wo die verschollenen Tausender aus sowohl der Albrecht- als auch der Reemtsma-Entführung sind, daß Sie ferner Dieter Baumanns mit verbotenen Medikamenten versetzte Zahnpasta nie angerührt und auch Graf Eutin aus dem Spiel Cluedo ganz bestimmt nicht umgebracht haben.

Salesch: Ich tue hier nur meine Arbeit!

Liebling: Ich bitte darum. Doch bedenken Sie dabei, daß Claydermann den Prozeß damals natürlich gewann. Selbstlos wie er ist, wollte er das Schmerzensgeld spenden, „For little kids", wie er sagte, doch Steinhöfel riet ihm ab, um dem Pianisten ein weiteres bodenloses Verfahren, diesmal wegen Verdachts der Pädophilie zu ersparen. So, und jetzt reicht's, sonst hole ich Charles Brauer, und wir singen, von Klaus Doldinger begleitet, „I Fought The Law".

Salesch: Auf gar keinen Fall, Herr Liebling. Die nachfolgenden Verhandlungen verschieben sich jetzt eh schon deutlich, ich glaube, die Anhörung des Ältestenrates schenken wir uns.

Sichtermann: Mich hätte schon interessiert, was Peter Boenisch, Josef Nyari und Michael Graeter zu sagen haben, aber eigentlich ist ja soweit alles geklärt.

Popautor: Ich habe mir was zu lesen mitgebracht.
Roberto Cappelluti: Ich habe dir auch was zu lesen mitgebracht, Achtung, jetzt wirds lustig.
Popautor: Ha, die Bunte.
Cappelluti: Kennst du, ne, die Bunte.

Popautor: Ja, Riesengeschichte. Darf ich dazu kurz was sagen?

Cappelluti: Nein, darfst du erst mal ganz kurz nicht, weil, ich will es erst mal den Zuschauern zu Hause zeigen.

Popautor: Ach, das ist doch so langweilig.

Cappelluti: Findest du langweilig? Also, hier. Ihn: kennen wir. Und da steht: Was man Anke so andichtet. Die da. Die Anke. Und da er. Und da ist was gelaufen zwischen euch.

Popautor: Nein, aber das steht ja auch in dem Artikel.

Cappelluti: Da steht doch drin, daß da was gelaufen ist.

Popautor: Nein, da steht, daß da nichts gelaufen ist, das ist so lächerlich –

Cappelluti: Das sagst du! „Das ist doch unglaublich, das hätte ich doch dazugeschrieben, wenn da was gelaufen wäre." Das sagst aber du.

Popautor: Ja, und ich muß es ja wissen, oder?

Cappelluti: Ehrlich? Ich find gemein, daß da auch ein Bild von ihrem Mann abgebildet ist. Hat das weh getan, das daneben zu sehen?

Popautor: Ja.

Cappelluti: Hat weh getan?

Popautor: Das ist doch einfach totaler Schwachsinn.

Cappelluti: Ist das von dir lanciert? Du bist ja schon ein Promokönig.

Popautor: Darf ich jetzt auch mal was sagen? Also, paß auf. Das ist ein lächerlicher Artikel, macht ja nichts, aber wirklich schade daran ist, daß meine Freunde, die ja wissen, wie die oft unmoralische Presse in Medien-Deutschland tickt, um nicht zu sagen: spinnt, jedenfalls, es war denen also sozusagen wurscht, aber sie haben gesagt, lieber Benjamin, wenn du noch einmal dort sitzt, wo auch Fotografen sind, dann achte doch darauf, daß du keine Wintersocken trägst. Huch!

Cappelluti: Ach, du hast ja da Wintersocken an.

Popautor: Ja, Mensch! Das ist das Entscheidende an diesem Artikel.

Cappelluti: Das war der eigentliche Skandal für dich?

Popautor: Das war der Skandal, das mit der Frau Engelke, meine Güte ja, dann denken die sich halt so eine Geschichte aus, und dann sagst du, nein, das stimmt nicht, und dann sagen die, gut, das stimmt nicht, dann drucken wir nur zwei Seiten darüber, daß das nicht stimmt, und dann rufen halt wieder fünfzehn Idioten von der Bild am Sonntag oder wie das alles heißt an, und sagen, ach das stimmt nicht, dann drucken wir jetzt mal sieben Seiten, daß das nicht stimmt. Und schon ruft meine Mutter an und fragt, ach, du bist jetzt mit dieser Frau aus dem Fernsehen zusammen? Und ich sage, NEIN, bin ich nicht – aber du liest die Bild am Sonntag, Mami? Nein!

Cappelluti: Du wirst viel nach deinen Eltern gefragt in Interviews, nicht?

Popautor: Ja, aber im Hessischen Rundfunk ist mir das noch nie passiert.

Cappelluti: Was sagen deine Eltern dazu, was du schreibst?

Popautor: Meine Eltern sagen, das ist ja geil. Das ist ja geiler als alles, was wir bisher an ungarischen Romanen gelesen haben.

 Ey hechtet zum Telefon und schließt Villé mit H-h-h-h-hajos H-h-h-h-handy kurz.

– B-b-b-bb-oß, w-w-w-w-was gibts?

Villé pult sich seine Mokassins von den Füßen, denn am liebsten rennt er auf Socken durchs Büro. Dabei kommen ihm die besten Ideen. Aber erst mal: Anpfiff.

– Was gibt es? Das frage ich dich, du Armleuchter! Was soll das mit den Girofritzen? Das ist strafbar, was ja egal ist, aber vor allem ist es Zeitverschwendung. Und du weißt, welche Strafen Onkel Titus für vorsätzliche Zeitverschwendung angedroht hat?

Wenn Scholz vor Angst zittert, hebt das sein Stottern auf. Ein Idealzustand, so gesehen. Villés harte Hand tut Scholz gut.

– O ja, das kann bis zur Höchststrafe gehen, Zwangsversetzung in irgendeine zwecklose Entwicklungsredaktion. Aber ich habe gute Gründe für mein Vorgehen.

– Bin gespannt, Alter.

– Ich habe mir gedacht, wenn die beiden zufällig, ich meine, haha, Boß, wir beide wissen ja, was mit zufällig gemeint ist –

Villé nickt grimmig, Scholz fährt fort

– wenn sie also zum Beispiel beide in derselben Stadt Geld abheben im selben Zeitraum, dann bedeutet das mit an Sicherheit grenzender Wahrscheinlichkeit –

– Mensch, laber nicht. Du meinst: gleiche Stadt, gleiches Hotel, gleiches Bett?

– Exakt. Und wenn nur einer Geld abgehoben hat, dann kann der andere trotzdem dabeigewesen sein und einfach genug Geld mitgebracht haben oder sich sogar vom anderen –

– aushalten lassen, ergänzt Villé. Pfui Teufel, Hajo, das wäre ja der Gipfel der Geschmacklosigkeit. Was natürlich

auch sein könnte: Schweigegeldzahlungen an Mitwisser. Aber wahrscheinlich gingen die bar über die Bühne. So blöd ist ja keiner. Obwohl, obwohl, sag niemals nie – denk an Conny Wecker, wie er den Dealer mit Euroschecks bezahlte, ganz zum Schluß. Apropos, na, egal, nicht am Telefon. Gut, ruf mich an, wenn du von der Gesellschaft für Zahlungssysteme, in Frankfurt sitzen die, die Hotelabbuchungen von den Kreditkarten der beiden im letzten Quartal ergaunert hast. Dann geht es in den Nahkampf: Portiers verhören. Und den Room Service ölen: Na, wer hat da verdächtig viel Frühstück für, haha, eine, haha, Person bestellt, hm? Und so weiter: Gästebücher beschlagnahmen, Zimmermädchen aushorchen. Muß ich dir ja nicht erklären. Schmiergeldetat zu deiner freien Verfügung: Zehntausend pro Großstadt.
– Perfekt, Boß.
– Okay, Hajo, bist n Guter.
– D-d-d-d-d-d-dan-dan-dan –

Liebling: Hohes Gericht, liebe Gebührenzahler! Ich würde die Beweisaufnahme gerne abschließen mit einer kleinen Filmvorführung.

Salesch: Wenn es der Wahrheitsfindung dient, bitte.

Sichtermann: Dann ist der Reigen ja perfekt: Sex, Lügen und Videos.

Liebling: Nun, es fehlen auf Seiten meines Mandanten nur noch Sex und Lügen. Wissen Sie, es geht ja in diesem Prozeß zumindest am Rande auch um die Schwierigkeit der Unterscheidung von Show und Leben, um die Schwierigkeiten, die Darsteller wie Publikum damit haben. Um Grenzübertretungen, die wiederum Grenzübertretungen der Gegenseite zur Folge haben.

Sichtermann: Die Trennlinie zwischen kamerafreiem Privatraum und TV-Studio wurde systematisch verwischt. Doch solange es erlaubt bleibt, die Tür verschlossen zu halten, wenn das Fernsehen anklopft, sollen diejenigen, die es begeistert reinlassen, tun, wie ihnen beliebt.

Liebling: Sie sprechen vom idealen Bürger, ich vom realen. Man muß leider bei den allermeisten Figuren diesseits und jenseits des Vorhangs, also auf Seiten der Darsteller genauso wie beim Publikum, ein durchaus nachvollziehbares, aber nichtsdestotrotz illegitimes Verhalten attestieren, einfach absurd verschobene Koordinaten. Hirnforscher bezeichnen diesen Defekt bei Darstellern als Boulevard-Bio-Syndrom: Die Patienten reden sich völlig freiwillig, zumindest ohne direkten Zwang von außen, um Kopf und Kragen. Den analogen Defekt beim Publikum nennt die Hirnforschung Spanner-Syndrom: Interessant ist das Verborgene, und zwar allein, weil es verborgen, nicht weil es interessant ist. Wie man da heile rauskommt, weiß der liebe Gott allein. Dagmar Berghoff jedenfalls weiß es auch nicht, was sie uns nicht unsympathisch macht, i wo. Der folgende kurze Ausschnitt aus einer Interviewsendung des Mitteldeutschen Rundfunks zeigt Dagmar Berghoff, befragt von Juergen Schulz, mit ue, der Juergen. Ich denke, beim MDR hat man doch inzwischen sicherlich Umlauttasten auf den Computern, also ist das vermutlich die korrekte Schreibweise, Juergen mit ue, warum auch nicht. Band ab, bitte!

Andreas Elsholz: Hallo und herzlich willkommen bei „Die dümmsten Verbrecher der Welt" hier auf RTL2, ich bin Andreas Elsholz und präsentiere Ihnen heute einige wirkliche Härtefälle –

Liebling: Selber Härtefall – stop, stop, stop!
Sichtermann: Ja, ja, ja!
Liebling: Bitte vorspulen, direkt danach kommts. Ja, halt, Stück zurück, genau, da ist es. Und los.

Juergen Schulz: Ein japanischer Rosenzüchter hat eine Rose nach Ihnen benannt.
Dagmar Berghoff: Im Friedenspark Hiroshima steht die, das ist natürlich eine große Ehre für mich.
Juergen Schulz: Die heißt Tagesshiva.
Dagmar Berghoff: Nein, die heißt Dagmar Berghoff.
Juergen Schulz: Ja, und Tagesshiva.
Dagmar Berghoff: Ach so.

Liebling: Die arme Dagmar Berghoff, nicht wahr? Die Kunstfigur überlagert die Person, die Öffentlichkeit erhält eine universelle Zugangsberechtigung, das Ich wird dem Darsteller zum Mittelpunkt des Weltgeschehens. Und nun raten Sie bitte einmal, liebes Gericht, welchen Beruf der Lebensgefährte von Frau Berghoff ausübt, jener Mann, um den sie sich in Zukunft mehr kümmern möchte, so die offizielle Begründung für ihr Ausscheiden aus dem Sprecherteam der ARD-Nachrichten? Ich gebe Ihnen einen Tip: Er ist Mediziner.
Salesch: Friseur?
Sichtermann: Schönheitschirurg?

Liebling: Nein, das Gegenteil, Frau Sichtermann. Er ist Hirnspezialist. Und Frau Berghoff sagt, sie wolle sich UM IHN kümmern. Das meinte ich mit Verschiebung von Koordinaten. Amen.

Sichtermann: Die deutsche TV-Unterhaltung wird dominiert von Selbstdarstellern, bei denen man nie weiß, wo das Selbst aufhört und die Darstellung anfängt.

Popautor: Wissen Sie, ich habe einen Ohrwurm. (singt:)
Movie star, oh movie star
I think you are a movie
Star

Salesch (fällt ein): A-ha-ha. Hm, ja, schönes Lied. Und?

Popautor: Na ja, so wie das titelgebende Substantiv da aus Rhythmusgründen getrennt wird, bekommt der Refrain doch eine ganz neue Bedeutung:
Ich glaube du bist ein Film
Star
Also kein Filmstar, sondern ein Film, lieber Star. Es gibt ja auch diese Redewendung, man fühlt sich wie im falschen Film. Oder diese Werbung eines TV-Senders: Ich glaub, ich bin im Kino. Na, ich wollts nur gesagt haben, weil der Herr Liebling gerade über das Verschwimmen der Bühnengrenze sprach. Ist vielleicht auch nicht so wichtig.

Sichtermann: Das wirkliche Leben gewöhnt sich an die Kamera und zwinkert ihr zu. Und die Kamera zwinkert zurück.

– Willkommen zurück bei der FAHNDUNGS-ANKE. Bei mir jetzt Harry Rowohlt, grüße Sie, Herr Rowohlt, schön, daß Sie –

– Moin.

– Herr Rowohlt, wir habens gerade gesehen, ein pikanter Fall –

– So, finden Sie?

– Aber hallo.

– Ja, Moin, wie gesagt.

– Und jetzt eine Frage an Sie als Experten, wie schätzen Sie so einen Popautor ein, Sie sind ja Verleger.

– Hör zu, du Kreuzung aus Robert Engel und Else Kling, ich bin kein Verleger, sondern Übersetzer. Danke, das wars. Ich mag nicht mit Ihnen reden. Sie sind irgendwie so langweilig. Außerdem riechen Sie aus dem Mund wie eine Budnikowski-Verkäuferin unterm Arm. Kurz nach Feierabend. Verkaufsoffener Samstag. Vierter Advent.

– Was ist denn Budnikowski?

– So heißt Schlecker in Hamburch. So, tschüs.

– Aber Herr Rowohlt, Sie können hier nicht einfach gehen, ich habe keinen Text bis zur Werbung, den Take müssen wir zusammen durchschaukeln.

– Also mit Ihnen schaukel ich gar nichts, aber alleine singe ich noch was, meinetwegen. Was Irisches.

– Aber Herr Rowohlt, Sie können hier nicht einfach –

– Sagen Sie das noch EINMAL –

– Aber Herr Rowohlt, Sie können hier nicht einfach –
PATSCH, KLOINK, BADONG.

– Technische Störung. Einen kleinen Moment Geduld bitte.

– Redaktion City Lights, Andrews, Apparat Villé.
– Bob, ich bins, die Petra. Aufmacher, Titelstory, Hitlertagebücher, Druckmaschinen stoppen!

– Petra, du bist ja ganz naßgeschwitzt!

– Hä? Woher weißt du das denn?

– Das hört man. Hinterher sagt dann Onkel Titus bei der Blattkritik wieder: Und das LIEST man sogar. Also. Worum gehts? Hermann ist nicht am Platz, der ist gerade zu Tisch.

– Egal. Sag unserem bärtigen Layout-Gott Daniel, er soll schon mal vierzig Sonderseiten anlegen, von der Aufmachung her so eine Mischung aus Fall Weimar und Di-Beerdigung, mit zerbrochenen Herzen und Tränen, ich meine, ich habe hier eine Mordsstory, da ist alles drin, Vergeltung, Drama, Liebe, Leidenschaft, Abhängigkeit, Lüge, Verrat, verstehst du, ALLES. Also, Layout: Erst knüppeln mit der Moralkeule, so aufdeckermäßig auch, halt so typewritermäßig, Watergate, und dann kontern wir das blaßrosa –

– Petra, jetzt beruhige dich mal! Daniel ist in London bei einem Workshop. Andy vertritt ihn.

– Sitzt der nicht im Rollstuhl und verkauft in Charlys Laden Sweatshirts und Muffins an Nathalie und Nico bzw. internationale Wirtschaftszeitungen an Jo Gerner?

– Nein, der kann wieder laufen und greift uns hier unter die Arme.

– Ist er eigentlich noch mit Flo zusammen?

– Glaube nicht.

– Siehst du, das ist doch der Beweis, ich sags doch immer wieder, Beziehungen halten eben NIE sehr lange.

– Moment, Petra, der Hermann kommt gerade zur Tür rein, ich stell dich rüber, Sekunde.

– Petra-Baby, wo brennts denn? Was hast du denn bitte beim Institut für Julia-Roberts-Exegese gemacht?

– Boß, ich hatte doch von dieser merkwürdigen Pressekonferenz der Comedyqueen erzählt, und du hattest gesagt, ich soll das hart machen. Nun, das habe ich gemacht. In dem Film „Notting Hill" spielt Julia Roberts den Filmstar Anna Scott, die sich in den unbekannten, linkischen, jetzt kommts, Boß, BUCHHÄNDLER William Thacker, gespielt von Hugh Grant, verliebt. Komplizierte Sache, die Boulevardpresse kommt dazwischen, Riesenmißverständnis zwischen den beiden, dann sehen sie sich eine Weile nicht, aber am Ende kriegen sie sich natürlich doch, und wo findet das große Finale statt, das Wiedersehen inklusive Heiratsantrag? Auf einer Pressekonferenz von Anna Scott, zu der der Buchhändler sich unrechtmäßig Zugang verschafft hat, er tat so, als sei er Journalist der Zeitschrift Horse & Hound und stellte Anna Scott doppeldeutige Fragen, die seinen angeblichen Kollegen normal vorkamen, von ihr aber als Liebeserklärung verstanden wurden. Tja. Jetzt biste platt, was?

– Geht so, Petra, klingt toll, also nach einem guten Film. Aber was –

– Geht ja noch weiter! Boß, es klingt verrückt, aber der darauffolgende Film von Julia Roberts hieß „Die Braut, die sich nicht traut". Am Ende heiratet sie einen Journalisten, gespielt von Richard Gere.

– Petra, das sind Hollywood-Filme und keine Beweise. Sorry, echt nicht.

– Und als nächstes kam dann ein Film, in dem sie vor Gericht kämpft und gewinnt!
– In einer Eheangelegenheit?
– Nee, nicht ganz, es geht um einen Umweltskandal.
– Petra, geh mal kalt duschen. Und wenn du schon mal im Bad bist, kannst du dir da auch gleich den Job in Paris abschminken. Hehe. Warum bin ich eigentlich ausschließlich von Schwachmaten umgeben?

⚖️ Einhundert, wenn nicht mehr, als Engel verkleidete Boulevardreporter kommen auf einer vom Wetten-daß-Bühnenbildner gezimmerten, überdimensionalen Sperrholzwolke mit Rädern unten dran hereingerollt (die Nylonfäden werden von der Angeklagtenbank aus gezogen!), werfen – um Symbolik bemüht – ihre Fotoapparate fort, die knirschend auf dem Gerichtsparkett verenden, und dazu singen sie
It's sad
So sa-had
It's a sad, sad situation
Always seems to us
Sorry seems to be the hardest word

Sie tragen T-Shirts mit aufgebügeltem Fotofixstreifen (der von www.Lecktunsdochallemal.de) – die Gesichter der beiden Angeklagten sind nunmehr mit schwarzen Balken unkenntlich gemacht, auf den Balken steht in Neongrün:
„Wir haben verstanden!"
Im Zuschauerraum flammen Wunderkerzen auf, die Menschen fassen sich an den Händen, und dann setzen

die Engel noch einen drauf und lassen das Elton-John-Gejammer übergangslos münden in ein ohrenbetäubend skandiertes

> I'd like to change my point of view
> If I could just forget about you
> To know you is to love you
> You're everywhere I go
> And everybody knows
> I looked into your eyes
> And my world came tumbling down
> You're the devil in the skies
> That's why I'm singing this song

Sie drehen sich um, winken, werden auf der Wolke hinausgerollt, und gut lesbar bis in die letzte Zuschauerreihe des Gerichtssaals ist die Rückseitenbestickung der T-Shirts, ein Rätselspruch von Georges Braque:
  „Les preuves fatiguent la vérité."

Jetzt gehts ja wohl los. Entlastungsoffensive ausgerechnet durch das Anklagebatallion! So was gibts nicht alle Tage. Der Saal tobt. Das hohe Gericht allerdings auch.
  Salesch: Was ist das denn nun, was soll das – Monica, können Sie mir das bitte –
  Gerichtsdienerin Monica Sundermann: Die Saalwette, Frau Salesch.
  Comedyqueen: Ah, dies Lied von Madonna.
  Sichtermann: Madonna, Paparazzo – Fellini!
  Salesch: Was, wie? Ach, richtig, die Saalwette. Sorry, hatte ich gerade hinter der Bühne nicht auf dem Schirm.

Monica, könnten Sie mal gerade hinter der Bühne durchzählen, wie viele zusammengekommen sind? Und Ingolf, würden Sie so nett sein, uns noch ein Lied einzuspielen, derweil?

Formel-1-Moderator, Yello-Strom-Anbieter, Nichtliebhaber und Gerichts-DJ Ingolf Lück läßt den Saal nicht lange warten und spielt einen Smash-Hit ein, über den die Comedyqueen sich im Zuge eines Jahresrückblicks mit Johannes B. Kerner unterhalten hatte.

> Spürst du, was ich fühl
> Denn was ich fühl, ist real
> Es ist mehr als nur ein Spiel
> Ich lieb deinen Stil
> Dein Sexappeal
> Komm, relax mit mir

Salesch: Ein affenstarker Song, finde ich.

Sichtermann: Und ein ausgesprochen gutes Video.

Salesch: Das kann ich nicht beurteilen. Aber wir müssen jetzt mal zu Potte kommen, zurück zum Ausgangspunkt: die Widmung. Was wollte der Popautor wohl damit erreichen?

Comedyqueen: Man kennt ihn ja, Sie kennen ihn ja auch. Ich kenne ihn als sehr geistreichen, klugen – wie soll ich sagen? – Verkäufer. Und Showmann. Er weiß, wie man das macht. Das finde ich sehr gut, sehr gut.

Sichtermann: Ich finde Sie aber als Verkäuferin auch nicht schlecht, also, Ihre Werbung für Neckermann, die war erste Sahne.

Comedyqueen: Danke. Meine Strategie ist es, daß

nichts so selbstverständlich werden darf, daß ich es in ein paar Jahren, wenn ich es vielleicht nicht mehr habe, vermissen werde.

Salesch: Verstehe. Aber jetzt mal Tacheles! Hat er Sie nun gemeint mit der Widmung oder nicht – was meinen Sie?

Comedyqueen: Da müssen Sie ihn selbst fragen. Das ist seine Angelegenheit, es geht mich nur begrenzt etwas an.

Salesch: Na, immerhin wird Ihre Ehe in Frage gestellt!

Comedyqueen: Bei uns gibt es keinen solchen kindischen Pipikram. Das ist fast schon eine männliche Beziehung zwischen meinem Mann und mir. Keine falschen Rücksichtnahmen. Keine Zeitverschwendung. Mein Mann weiß mehr, als manche denken. Und er hält auch verdammt viel aus.

Salesch: Verdirbt Ihnen die Angelegenheit Ihr Kapital – Ihren Spaß?

Comedyqueen: Es ist unangenehm, aber auch berechenbar. Man muß das wohl mal erlebt haben. Man denkt: Das kann doch nicht wahr sein.

Salesch: Wenn Sie sich dann gemeinsam mit dem Popautor in der Öffentlichkeit zeigen, geben Sie Anlaß zu gegenteiligen Annahmen – daß das DOCH wahr sein kann. Eventuell.

Comedyqueen: Nee, nee Frau Salesch, mal halblang. Er hat ein Recht auf ein Privatleben, so wie auch ich ein Recht auf ein Privatleben habe.

Sichtermann: Exhibitionismus hier – Voyeurismus dort: Das beste ist, wenn wir ohne Wenn und Aber zugeben, daß diese Wünsche vorherrschen.

Comedyqueen: Wir haben das beide dann richtig eingeordnet. Aber das muß man lernen. Das sagt einem ja auch vorher keiner.

Salesch: Aber jetzt wissen Sie ja Bescheid.

📺 – Willkommen zurück bei der FAHNDUNGS-ANKE. Liebe Zuschauer, entschuldigen Sie bitte den Kopfverband und die Krücken, das sieht schlimmer aus, als es ist, sowieso unser Motto hier, na ja, was soll ich sagen, kleiner Unfall im Haushalt, äh, Treppe runtergefallen, so was kommt in den besten Familien vor, aber bei mir zu Hause auch, egal, Job ist Job und das hier meiner, also – bei mir jetzt Rudolph Mooshammer, grüße Sie, Herr Mooshammer, Sie schon wieder –

– Haaaalllooo, Herr Meyer, danke für den reizenden Empfang, Sie glauben ja nicht, was die Daisy –

– Bedanke mich für Ihren Besuch, Moosi, tja, meine Damen und Herren, damit schließt sich die Fahndungsanke für heute, gleich begrüßt Sie hier der Kollege Harald Schmidt, und wir sehen uns, wenn Sie mögen und mein Durchgangsarzt grünes Licht gibt, am kommenden Dienstag wieder, und bis dahin arbeiten wir für Sie unter anderem an folgendem Thema –

📺📺📺 Dietl dreht den Ton leise. Der zwischenzeitlich zu Hilfe gerufene Menschenrechtler Hans W. Geißendörfer hatte sich schnell wieder verabschiedet, nicht ohne Dietl zu raten, einen HIV-positiven, arbeitslosen Halbsudanesen aus den neuen Bundesländern einzubauen, um den Quatsch realistischer zu machen. Roemer und Fuller sind schon lange eingeschlafen. Dietl deckt sie mit Mohairdecken zu und geht nach draußen. Er will mit der Scheiße nichts mehr zu tun haben. In den Containern geht es weiter, no one gets out of there alive, so ist das Showbiz. Dietl jedoch macht es richtig und geht heim, summt dabei ein hervorragendes Lied, das er gerne für den Soundtrack benutzt hätte, wenn das Projekt nicht so jämmerlich gescheitert wäre. Im Refrain singt jemand

– Man muß immer weiter durchbrechen.

Die Band heißt Egoexpress.

Als er an der Haustür seiner Gründerzeit-Villa klingelt, öffnet ihm Veronica Ferres und fragt besorgt

– Sag mal, weinst du

Oder ist das der Regen,

Der von deiner Nasenspitze tropft?

– Das ist doch ein Lied, das du da zitierst, Vroni, wie heißt die Band noch mal?

– Echt. Wieso?

> And when the summer begins / He slept in the container / Not for control / But for love / Don't touch his container / It's his container! / He fell in love with his container! — PHILLIP BOA

> "Aber ich bin von der Zeitung!" Seine Stimme klang überraschend niedergeschlagen und schmeichlerisch. "Ich bin von der Zeitung!" — JULIE BURCHILL

> Wir waren wie Comic-Figuren, und das rechtfertigte alles – alle Lügen und Gerüchte, die im Umlauf waren. — KURT COBAIN

> Ich sage nicht, daß es ein liederliches Verfahren ist, aber ich möchte Ihnen diese Bezeichnung zur Selbsterkenntnis angeboten haben. — HERR K.

> Jede Strafinstitution, die das Gefängnis ersetzen soll, gipfelt doch in der Zelle, auf deren Mauern in schwarzen Lettern geschrieben steht: "Gott sieht dich." — MICHEL FOCAULT

> Diese Rechte (Freiheit der Meinungsäußerung) finden ihre Schranken in den Vorschriften der allgemeinen Gesetze, den gesetzlichen Bestimmungen zum Schutze der Jugend und in dem Recht der persönlichen Ehre. — GRUNDGESETZ, ARTIKEL 5 (2)

> The pause button's broke on my video / And is this real 'cos I feel fake / Ophrah Winfrey, Rikki Lake / Teach me things I don't need to know. — ROBBIE WILLIAMS

> Daß die Gezeigten selbst Betrogene sind, der Prominente sein eigener Komparse, die Kaiserin ihr eigenes Mannequin – die makabre Ironie dieses parasitären Blitzlichtbetriebes durchschaut der Zuschauer nicht. — HANS MAGNUS ENZENSBERGER

an Anke so an...

n von Stuckrad-Barre, total verlieb
Zigarette und die Nichte von Chris

ebte Bli- ... aber auch küssend) an der Anke-Fan: „Ich gönne i
h immer Hamburger Alster gesehen ha- diesen Erfolg. Eine stark
er Ziga- ben. Mavie, was läuft da bei Leistung!"
ar **Ben-** euch??? Mavie: „...
d-Barre,
und **Ma-** ...tuckrad-Ba..., die auf ihr
(Nichte **Mavie** er junge Dichter. Mit imacht werden. Ein aktueller
örbiger), **macht Lust** ...nke eine Romanze ha Anke hat eine Romanze. Aus
Flugha- **auf mehr:** ...et mit einem Spaßvogel, wie
autor „Ich liebe es, enlänge „funken" – wie A er ist. Benjamin von Stuckr
rurlaub **das Luder zu** Benjamin – sich so gut ver arre heißt der junge Mann, ist
rückge- **spielen."** ogar bis zu Küssen soll es ge
uspiele- ...sein. Na und? Anke Engelke

öfter in Begleitung des Schriftstellers Benjamin von Stuck... länner und Fr **Ankes Neuer: Tote H**
an ihrer Biographie arbeitet? +++ ... ...wirklich... ich nicht gleich... **in Sex-Tagebuch**
n Gene Simmon...(Kiss) ...immer i der ein wil

...rtau- Nanu? Welche kesse...
Auf die Fragen zu Bezie...ht zu schl...londine sexelt denn Flughafen Te
ngsgerüchten zwischen ihr während mit Kino-Star **Ben-** (32) berichte
d Schriftsteller Benjamin von eißt o **Fürmann,** 28? Nach- tanzte und sch
uckrad-Barre, 24, sind ihre wuchs-Schaupielerin lieber auf der
itworten ein bisschen auswei- dem **avie Hörbiger,** 20, ner Premieren
ender. Über die entsprechen- ie gel ichte von TV-Star Fürmanns neu
n Zeitungsmeldungen sagt **Christiane Hörbiger,** film „Anato
.: „Unangenehm, aber auch cheint prominente Ab- mit **Franka**
rechenbar. Man muss das wechslung zu lieben – Barre hat ge
hl mal erlebt haben. Man besonders wenn sie aus der „FAZ" g
ikt: Das kann doch nicht Berlin kommt. Neulich um in Ruhe u
hr sein." Der junge Dichter knutschte sie noch schreiben. Ru
tte sein Buch „Livealbum" ei- frisch verliebt mit **Ben-** nichts für
r „Anke" gewidmet. dazu ei **jamin von Stuckrad-** Mavie.
at aus den... **Barre,** 24, Autor und

...raum Coole Begrüßung am Flughafen: Benjamin von Stuck- Neben der Louis Vu
rad-Barre, 24, und Schauspielerin Mavie Hörbiger, 20 für Freundin Mavie.

g für den Ehemann. Anke E
iratet, 1 Kind) küsst jungen D

Autoren der dy-Star lebt seit Jahren mit dem Musi- den meint de
von Stuck- ker Andreas zusammen, die beiden ha- Wochenshow:
neues Buch ben eine Tochter, Emma (3) und gelten ner und viele
e heraus und als glückliches Paar. Über die Bezie- ich nicht lesbi
ike Engelke? hung zu Anke Engelke sagt Barre: „Wir der sein.". Üb
remiere sah sind Bekannte. Wenn man was mit Brainpool und
irtend. Anke Fernsehen zu tun hat, läuft man sich Schmidt, die
Wir sind gut häufiger über den Weg." Zu den Umar- neue „Anke-S
Der Come- mungen und Küssen zwischen den bei- sich die beide

▷ ☐ herunterfahren
▷ ☐ vom netz
▷ ☐ speichern unter: krankenakte dankeanke
▶ ☐ **strg s**
▷ ☐ soundfiles
▷ ☐ standarddokument
▷ ☐ dialogfelder
▷ ☐ neustart

Strg S

Und dann kam die Paßhöhe des Geschmacks,
auf der, wenn Überdruß und Ekel, die letzten
Kehren, bezwungen sind, der Ausblick in eine
ungeahnte Gaumenlandschaft sich öffnet;
eine fade, schwellenlose, grünliche Flut der Gier,
die von nichts mehr weiß als vom strähnigen,
faserigen Wogen des offenen Fruchtfleisches,
die restlose Verwandlung von Genuß
in Gewohnheit, von Gewohnheit in Laster.
Walter Benjamin

S isst nicht normal. An den letzten wirklichen Hunger kann S sich nicht erinnern. Gemeint ist nicht Appetit, nicht Heißhunger, sondern wirklicher Hunger, ein leerer Magen, der vor lauter Hunger sogar knurrt. Den kennt S nur von anderen, die, wenn sie solch ein Geräusch von sich geben, um es zu übertönen und zu beenden, sich schamhaft räuspern und ihre Sitzposition ändern. Stolz ließe S den Magen gewähren, wenn er doch bloß mal knurrte. Doch kommt S ihm stets zuvor.

Der ganze Tag ist beherrscht davon. Wenn S gerade nichts zu sich nimmt, denkt S an das nächste und an das vorangegangene Essen, denkt an sonst gar nichts mehr.

Mit dem ersten Bissen, egal wovon, wird ein Schalter umgelegt. Dann hat S plötzlich eine virtuelle Großmutter im Nacken, die unnachgiebig mit dem Tortenheber winkt:

– Nimm doch noch!
– Ein kleines Stück noch!
– Iß nur, Kind, iß!

– Hau tüchtig rein!

S kann sich kein Eis mit einer Kugel kaufen. Wohl auf Sahne verzichten, natürlich, denn Sahne macht dick, aber mit weniger als fünf Kugeln geht S nie aus einer Eisdiele hinaus. Damit das niemand sieht, beeilt sich S sehr, lutscht oder leckt das Eis nicht, sondern saugt die Kugeln ein, Softeis wäre am bequemsten, aber Softeis kauft S nie, denn Softeis macht ja dick. Beim Bäcker ist es genauso: Wenn der Startschuß gefallen ist, kann S nicht EIN Stück Kuchen zum Nachtisch kaufen. Eins davon und eins davon, bitte. Mindestens. Immer hat S für das zwingend folgende schlechte Gewissen die unglaubwürdige Ausrede parat, eines der ausgesuchten Stücke könne ja nicht schmecken, eventuell; unglaubwürdig, da nie etwas ungegessen bleibt, wie es schmeckt, scheint einerlei, noch die allerletzten Krümel klumpt S mit den Fingern zusammen – und rein damit. Auch in diesem Punkt gesunde Menschen kennen jenes Stopf-Phänomen, ihre Erfahrung allerdings beschränkt sich auf das Essen von Chips: Sobald eine Tüte aufgeknallt ist, muß sie leer gegessen werden, es geht dabei um nichts so wenig wie um Hunger, es ist nur so, die Tüte ist offen, das Ende nicht, es ist markiert durch die Füllmenge, weg damit, reingreifen, noch kauend schon nachfassen, das läuft automatisch. Damit man es nicht so merkt, werden die Chips bei einer parallel ausgeführten Tätigkeit gegessen. Zum Beispiel beim Fernsehen, man guckt auf den Bildschirm, in die Tüte indessen gar nicht, da greift man blind hinein, vergewissert sich mit jedem Griff auch des Restbestandes, zum Schluß lutscht man an den salzigen Fingern, die dann nach einem letzten Tütentauchgriff die letzten Krümel an sich binden, und damit ist die Tüte leer, und man wundert sich und ärgert sich. So essen viele Menschen Chips. Der Mechanismus ist derselbe, bei S ist er nur ausgeprägter, umfassender, und deshalb möchte S verschont bleiben mit hysterischen BEICHTEN solcher FernsehabendSÜNDEN. Nichts wissen die, denkt S, gar nichts, ist doch lächerlich, dieses Gejammer wegen einer Tüte Chips. Am lächerlichsten findet S Diätprodukte. Es gibt ja wirklich Diätpralinen. S ist der Meinung, die Kopplung der Wörter Diät und Praline ist ebenso grundverkehrt wie die von beispielsweise Techno und unplugged. So naiv findet S das. Sollen die Menschen sich doch beherrschen – zumindest entscheiden. Disziplin, darum geht es. Schön wärs.

So, ab jetzt ist es zuviel, merkt S und beschleunigt die Nahrungsaufnahme noch mal, damit der Gedanke sich verpißt und S weiteressen kann. S geht durch die Straßen und sondiert die Möglichkeiten. Dort: ein Imbiss. Keine Pommes, zuviel Fett. Aber doch gerne eine Blätterteigtasche mit Spinat drin. Ist nicht Blätterteig auch – doch, aber Spinat ja irgendwie gut. Ah ja. Zum Mitnehmen? Selbstverständlich. Immer alles zum Mitnehmen, dann aber sofort nach Wechselgelderhalt reinbeißen. Gerade gekaufte Nahrung unangebissen über die Türschwelle nach Hause zu tragen, hat S verlernt, isst unterwegs, guckt keinem Passanten in die Augen, weil S Angst hat, die Passanten könnten lachen, so gehetzt wie S abbeißt, zerkleinert, schluckt, würgt, stehenbleibt und vornübergebeugt reinschaufelt, kaum kaut, eher tatsächlich: verdrückt. Würde S langsamer essen, ginge weniger hinein. Dann würde plötzlich eine Meldung von da unten nerven: Danke, reicht, satt, Schluß jetzt. Als ob es darum noch ginge:

satt sein. Ein Witz. Gesättigt werden bedingt ja einen vorausgegangenen Hunger. Woher denn. Wovon denn.

Hinterher wird S oft heiß. Das liegt zu gleichen Teilen, glaubt S, an Scham und Kalorienaufnahme. Eigentlich bedeutet Essen ja Energiezufuhr. Für S jedoch ist die mit der Nahrung zugeführte zum Großteil keine umwandelbare Energie, sondern lähmende Überversorgung. Andere essen, um sich zu stärken. S hingegen schwächt sich durchs Essen, ist nach einem solchen Gelage zu nichts mehr fähig. Die Arme stehen vom Körper ab, der Atem geht schwer und kurz, der oberste Hosenknopf muß geöffnet werden, das Aufstoßen aus der Magengegend ist ein verstörtes Kopfschütteln des Körpers. Zuviel des Guten. Jetzt sofort fasten. Lächerlicher Gleichklang: Ganz lange nichts essen und dabei an nichts anderes denken. Wie schaffen es Menschen, das Essen zu vergessen, fragt sich S. Es wird doch überall ständig gegessen. Fernsehen: ein einziges Beim-Essen-Zuschauen. Da kochen sie ja sogar (und probieren dabei dauernd, klar, und der dramaturgische Höhepunkt dieser Sendungen ist, was sonst, das Essen). Die Werbung: simpelste Reize werden bekitzelt, und wenn auch die Werbung oft gescholten wird, S fällt bewußt drauf rein, gerne auf die einfachsten Tricks: Dem Bäcker, der seinen Ofen zur Straße hin auslüftet, damit die Menschen ihrer Nase folgen wie im Comic mit Wurst gelockte Hunde, kann S nicht widerstehen.

S kann sich das alles selbst erklären, das ist nicht das Problem, oder, anders gesagt, genau das ist das Problem. Sonst würde S vielleicht Hilfe aufsuchen, professionelle Hilfe – dieser schöne Euphemismus für den Irrenarzt. Nein, nicht wieder zum Irrenarzt. Wie immer man ihn nennt, wie weich auch immer sein Sofa, wie umfassend auch immer die Beteiligung der Krankenkasse. Was soll der sagen, analysieren und empfehlen, was S nicht längst wüßte. Am Ende des so langwierigen wie kostspieligen Auf-den-Wecker-Gefalles würde er S bitten, im Lederstuhl vor seinem Schreibtisch Platz zu nehmen, und da säße S dann, der Irrenarzt würde die Lesebrille aufsetzen, den Kopf zurückziehen und noch einen letzten, ausdeutenden Blick auf seine Protokolle werfen, dann die Hände falten, die Lesebrille abnehmen und den Kopf vertraut vorbeugen, um sein erwartbares Fazit abzuliefern:

S isst zum Davonlaufen.

Das weiß S auch. Dafür braucht S keine Hilfe. Natürlich doch, auch das weiß S. Aber der Fall ist kaum lösbar, denkt S. Und versucht es jeden Tag. Heute nicht! Glaubt, schwört, hofft S. Der Morgen: S geht los; frühstückt nicht zu Hause, denn die Zutaten im Haus zu haben hieße, sie umgehend im Bauch zu haben. Vorratskammern sind für S Aufforderungen zur Druckbetankung. Die Kalorientabellen kennt S auswendig. Weiß, was zu meiden ist. Man muß den Käse fettarm nehmen und so dünn schneiden lassen, daß man fast hindurchsehen kann, dann entfaltet er gar nicht erst seinen Geschmack und ist somit keine Bedrohung. Kaffee schwarz, obwohl Milchkaffee besser schmeckt, aber schwarz hat er keine Kalorien, kurbelt sogar deren Verbrauch an, angeblich. Wenn Milch, dann bloß ein ganz, ganz kleiner Schuß, so ein Streifschuß nur, und die Milch natürlich (wenn überhaupt) fettarm, 1,5 % Fett statt Vollmilch, diese sahneähnliche Kalorienbombe mit 3,6 % Fett. Butter sowieso nicht, und dann kann man auch die Margarine gleich weglassen. Quark: ja, aber

Magerstufe. Wenn es nicht so gut schmeckt – um so besser, dann isst man automatisch weniger. Viel Obst und Gemüse. Kein Fleisch. Kein Kuchen. Keine Süßigkeiten. Keine Weißmehlprodukte. Kein Bier. Wein selten und dann am besten zur Schorle verdünnt. Immer auf der Hut sein vor versteckten Fetten, verstecktem Zucker. Ketchup – nie! Das weiß S alles, beherzigt vieles davon sogar. Das eigentliche Problem sind die Portionsgrößen. Zum Beispiel ein Teller leckerer, in Maßen genossen gesunder Kornflakes: 110 Kcal. Mit einer halben Tasse fettreduzierter Milch: 176. Das geht. 1000 Kalorien pro Tag haben Walze aus der Lindenstraße dünn gemacht. 2000 pro Tag sind für einen Erwachsenen gesund. 176, das ist nicht weiter bedenklich. Aber dieser Wert ist errechnet auf Basis der Annahme, eine Portion bestehe aus lediglich 30 Gramm. Daß man also die Schachtel danach zurückstellt und was anderes macht als weiteressen. Eine Packung hat 325 Gramm, also fast 11 solcher Portionen. Für S aber höchstens zwei. Nicht Portionen, sondern Eßvorgänge. Geht auch in einem. Dann muß man die 176 mal elf rechnen. Und das ist noch untertrieben, denn wer bitte mißt eine HALBE Tasse Milch, noch dazu fettreduziert, ab? S auf jeden Fall nicht.

Früher probierte S den Trick, von allem die kleinstmögliche Packung zu kaufen. Traf S jemanden im Supermarkt, so wie es manchmal passiert vor irgendeinem Regal (-Huch, was machst du denn hier/-Na was wohl, und selber/-Ja, einkaufen, nicht/-Verstehe/-Und: Mal was von dingens gehört?), wenn man kurz plaudert und die Einkaufswagen sich beschnuppern läßt, so daß sie sich wie Hunde ineinander verhaken, vorne, der meist orangefarbene Taschenhaken dem anderen entgegenschwingt, und der Kindersitz entsichert wird, wenn der Wagen gar zu abrupt gestoppt wurde, dann sagten diese Menschen mit Blick auf die Miniportionen und Kleinstbeutel im Einkaufswagen von S

– Das ist doch viel teurer so – oder fährst du bald in den Urlaub?

Kaufte S dagegen die preisbewußten Klinikpackungen, hieß es manchmal

– Kriegst du Besuch?

So gedankenlos dahergesagt, weil einfach irgendwas Einkaufsbezügliches gesagt werden muß bei so einem unerwarteten Zusammentreffen – doch das chronisch schlechte Gewissen bewirkt, daß S jede themennahe Äußerung als Kommentar auffaßt. Im Supermarkt kauft S nur noch für sofortigen Verzehr; daß S trotzdem meistens das gesamte Förderband vollräumt, versteht sich von selbst. Einen Einkaufswagen benutzt S nicht mehr, kauft nur noch, was mit den Händen zu halten ist. Doch so leicht kann S sich selbst austricksen: Glücklich am Kühlregal vorbei, super, nur drei Joghurts, und zwar keine 500-Gramm-Gläser, nein, die kleinen 125er Plastiktiegel, und noch nicht mal eine Milchschnitte, prima, weiter so, sogar im langen Gang der Versuchungen mit links Keksen und rechts Weingummis und Bonbons, der ja am Ende Packungsgrößen für ganze Kindergärten bereithält, auch dort vorbildlich widerstanden, dann ein bißchen geschnittenes, zum Sofortverzehr geeignetes Brot (Vollkorn natürlich), Käse, alles vertretbar, dazu vielleicht sogar was Nützliches, was Bleibendes, also etwas nicht Eßbares, einen neuen WC-Duftstein oder eine Spülbürste oder Tesafilm, dann zur Kasse, aufs Förderband damit, Warentrennhölzchen dazwischen – und dann. Hände wieder frei und reinfallen auf das Schokoladensortiment an der Kasse, das eigentlich ausschließlich für Kleinkinder dort angebracht ist, deren auf diese Weise künstlich generierter, quäkend vorgebrachter Bedarf die Schlange stehenden Mütter bis zum kaufenden Zugeständnis nerven soll. Daß S sich insgesamt, zumindest was das Eßverhalten betrifft, stark regressiv verhält, würde der Irrenarzt auch nicht extra attestieren müssen, auch dessen ist sich S. bewußt.

Ein Supermarkt wirkt auf S so wie eine 128-Kanal-Pornovideokabine auf einen Menschen, der lange niemand Nacktes hat sehen dürfen. Das unfaßbare Angebot, die Übererfüllung der Sehnsucht, optional – von allem ist nicht nur genug, sondern zuviel da. Man kann es nicht alles schaffen. Das ist so erleichternd! Man kann ja wiederkommen, immer wieder. Das Überangebot nötigt zur Spezifizierung der Nachfrage, zur Antwort auf jene Frage, die S sich am häufigsten stellt, die nicht wie offiziell lautet

Was darf es denn sein?

Denn all das DARF natürlich nicht.

Nein, die Frage geht eine Nuance anders, weniger höfliche Bedienungen gebrauchen sie ebenfalls, und der Zwang schwingt gleich düster mit, von freier Wahl kann im eigentlichen Sinn keine Rede sein, das nämlich schlösse die Möglichkeit des Verzichts mit ein, und den kann, den muß S leider ausschließen. Also lautet die Frage

Was SOLL es denn sein?

Genauso muß sich auch der Pornokabineninsasse irgendwann konzentrieren, spezialisieren und, ja, beschränken:

Was denn jetzt?
- Blutjunge Schulmädchen
- Abgeklärte Hausfrauen
- Gewiefte Studentinnen
- Obszöne Dienstleister
- Zwei gegen einen
- Kaum zählbares Knäuel
- Epische Hinführung
- Brutale Dauer-Nahaufnahmen

In Gesellschaft isst S nie sehr viel, auf keinen Fall mehr als die anderen, das wäre peinlich. Vielleicht doch mehr (weil schneller, dabei gleichlang), aber dann unauffällig. Wenn jemand bei einem gemeinsamen Restaurantbesuch mit S bekundet, kaum Hunger zu haben, und lediglich eine Suppe bestellt, bewundert S diesen Menschen, wie der freiwillig eine Mahlzeit auslassen kann, obwohl doch der Tisch gedeckt ist, der Kellner notiert, was immer man aussucht, der Koch hinter der Schwingtür nur darauf wartet, einem alles zuzubereiten, was man möchte – wie es jemandem gelingt, diese perfekte Angebotslage nicht bis zur Neige auszuschöpfen, ist S unbegreiflich. Das muß ein Gefühl von Freiheit sein, von Entscheidungshoheit.

Lieber geht S alleine essen, da kann man mehr bestellen, auch nachordern, und muß das vor niemandem außer vor sich selbst (das reicht ja auch wirklich) rechtfertigen. Wenn der Kellner sich ungefragt einmischt und, während er verwundert die so ungewöhnlich rasch leer gegessenen (und zwar komplett, natürlich) Körbe, Teller und Terrinen abräumt, das Eßtempo kommentiert mit Schießbefehlen wie

– Das ging aber schnell
oder
– Da hatte aber jemand Hunger
dann rächt sich S durch Trinkgeldverweigerung. Soll doch der Kellner weniger bringen! Und nicht noch nach Dessert fragen. Wenn er aber von selbst die Karte (oder gleich das Dessert-Menü!) bringt, dann fühlt S sich zum Essen genötigt (wie eigentlich immer). Zumindest von sich selbst. Ein paarmal hat S versucht, selbstbeherrscht auf den letzten Gang zu verzichten, hat auf die entsprechende Kellnerfrage hin einfach die Hand gehoben, freundlich den Kopf geschüttelt und verwundert festgestellt: Die sind dann nicht beleidigt! Viel eleganter als das zügellose Bestellen fettreicher Süßpampe ist ein Espresso nach dem Essen, denkt S und schiebt mit großer Geste den einsatzbereiten Zuckerstreuer fort, befördert aber, wenn keiner guckt, natürlich umgehend den beigelegten Keks in den Mund, kaut ihn nicht, das könnte jemand anders sehen oder hören, nein, S trinkt einen Schluck, preßt den Keks mit der Zunge gegen den Gaumen, bis er aufweicht, schluckt den Matsch dann unauffällig runter, so merkt es keiner. Also hat die Zufuhr nicht stattgefunden.

Natürlich, weiß S, haben die Kellner mit ihrer Verwunderung vollkommen recht, aber sie funken in den inneren Monolog, das macht sie so störend, denn sie sagen die Wahrheit, und S versucht doch mit aller Kraft, sich zu belügen. Von einem Kreditkarteninstitut möchte man auch lieber nicht durch eng bemessene Überziehungsrahmen im Kaufen unterbrochen werden, auch wenn es weise ist, die durch eine solche Karte vermittelte scheinbar unendliche Verfügbarkeit von Geld irgendwo enden zu lassen. Doch Rat dieser Dienstleister, die sich immerzu als PARTNER ranschmeißen möchten, lehnt man ab, da er unbestechlich ist, es sich um Experten handelt. Sie könnten recht haben! Mit dem eigenen schiefen Regelkonstrukt ist man flexibler, läßt sich noch alles durchgehen. Erkenntnisschwere Ratschläge von Expertenseite anzunehmen, hieße, den Kampf schon gewonnen zu haben, jenen Kampf, in dem täglich zu unterliegen S noch als Lustgewinn, immer kürzer werdend natürlich, empfindet.

Die Frauenzeitschriften, die jedermann banal und dümmlich schimpft – S findet sie klug. Neulich wurde dort Menschen wie S, S-Gestörten, empfohlen, jegliche Nahrung nackt und vor einem Spiegel einzunehmen. S hatte eine Supermarktladung mit einem kleinen Trick bis nach Hause befördern können, ohne auf dem Weg alles, bloß kein Gewicht, zu verlieren, indem S gemeinsam mit der Nachbarin einkaufen gegangen war. Zu Hause vor dem Spiegel, nackt, hatte S nach zwei Bissen schon nicht mehr weitergekonnt, der Trick funktionierte wirklich. Seitdem isst S wieder angezogen und überall, nur nicht im Badezimmer.

Eine sehr teure Diät aus Amerika wäre für S das richtige, und da sieht man, was diese KRANKHEIT (auch um das so explizit aussprechen zu können, braucht S keine professionelle Hilfe) aus den Menschen macht: Mündel. Die Diät geht so: Man kriegt das Essen genau berechnet und exakt auf die ZIELE genannten REGLEMENTIERUNGEN portioniert ins Haus geschickt, ein Päckchen für morgens, eins für mittags, eins für abends, da entfällt die von S immer sehr nachgiebig mit sich selbst diskutierte Hinundherüberlegung zwischen Nachschlag und Verzicht – nein, selbst wenn man alles aufißt, ist man noch im Plan, und daß man drum herum nichts essen darf, das kann man sich ja vielleicht gerade so merken. Ja, vielleicht, ganz, ganz vielleicht.

S verunstaltet sich bewußt. Mögen andere zu ihrem Körper stehen oder sonstwas, S haßt den eigenen Körper und damit umweglos sich selbst. Der einzige Moment, in dem S sich mag, ist der des Startsignals, dann fühlte S sich immer so sicher. Wie für kleine Kinder, denen man fünf Mark in die Hand drückt und die dann wie aufgezogen lospesen zum Bäcker oder Dealer oder wo auch immer hin und ganz beseelt sind von dem Gedanken, was sie jetzt alles kaufen können, so ist dies der schönste Moment für S: Kurz bevor aus dem Geld Essen wird und man noch wählen kann, womit man sich unglücklich macht. Während des großen Fressens fühlt S gar nichts, auch das ist angenehm. Anstrengend wird es erst direkt danach.

So wie man einen Mückenstich betrachtet und genau weiß, an ihm zu kratzen verschlimmert alles, doch kann man es gleichwohl nicht lassen. Sieht ihn, denkt
NICHT KRATZEN.

Doch schallt einem diese Vernunft seltsam fremd in den Ohren, als beim Alleinsein gut ignorierbarer Tip von anderer Seite, obwohl der bloße Rat schon durch den falschen Umgang mit vorangegangenen Stichen eigene Erfahrung geworden war, man es also
BESSER WEISS.

Man glaubt, heimlich kratzen zu können. Die schädliche Wirkung des Kratzens durch das Verheimlichen zu mindern. Und dann kratzt man, mit immer tiefer schabenden Fingern, nimmt bald vier Finger zu Hilfe und schürft sorgfältig die Gegend rund um den Stich ab, schraffiert in allen Richtungen die sich rasch rötende Haut, und der Vorgang beansprucht den sich selbst Schaden Zufügenden in Gänze, all zur Verfügung stehender Eifer wird darauf verwendet, so daß die um das Danach wissende Stimme (desselben!) schreien kann, wie sie will, erst wenn die Verstümmelung vollendet ist, wird sie wieder vernommen, dann um so lauter, und voll Abscheu und Selbstekel, Ärger über die eigene Zügellosigkeit, wird das Ergebnis betrachtet. Der weiß sich erhebende, angeschwollene, vielleicht gar blutig gekratzte, vormals kleine, harmlos erscheinende Stich hat sein Areal ausgeweitet, man selbst hat ihn dabei nach Kräften unterstützt.

Jedesmal wieder nimmt S sich angesichts dieser deprimierenden Kontrollverluste beherzt das Versprechen ab, in Zukunft vernünftig zu sein. Sich
bewußt zu ernähren
statt
bewußtlos zu nähren.

Wenn die Dinge dann in S ihrer Wege gegangen sind, zum Großteil direkt hinaus (S isst zum Kotzen), denn wohin noch damit, denkt der Körper, dessen Signale S ja sonst stoisch ignoriert, mit dem S, wenn die Fresserei gerade losgeht, das tut, was die Lösung für S wäre:
Den Mund verbieten.

Bitte, man möge S mit Erklärungen verschonen. Ja, ist alles logisch. Genau, normal war alles zuletzt, als, jaha, ist ja schon gut, als S nicht nur verliebt war, sondern auch geliebt wurde. Auch da hatte S ab und zu großen Appetit, größer als Hunger, verlor aber nie die Kontrolle, fand immer freiwillig ein Ende. Dazu reichte der Gedanke an ein täglich mögliches Treffen, halt, dachte S dann beim Essen, aufhören jetzt, nachher wird vielleicht noch geküßt und so weiter, da ist so ein aufgeblähter Bauch nicht schön, der stört uns nur beide, mich noch mehr, weil ich die ganze Zeit dran denken muß, und Küssen und so weiter funktioniert nur richtig gut, wenn man dabei an nichts anderes denken muß; wenn man abgelenkt ist und es trotzdem tut, ist Küssen so einsam, dann wird es sehr technisch und abstoßend, man denkt, o. k., sauge ich jetzt hier so n bißchen, und da das und jetzt vielleicht –

Mit dem Ende der Liebe begann die unkontrollierte Fresserei. Und die Selbstgespräche, die begannen auch in jener Zeit. Nahmen ungefähr den Raum ein, den vorher – nicht mehr dran denken. S weist sich selbst zurecht, beschimpft sich, erklärt sich all das, lacht sich sogar aus:

– Na, schmeckt gut, was, so, nimm doch noch nach, du siehst hungrig aus, ja, komm, iß ruhig noch eine Ritter Sport hinterher, bist gerade so schön dabei, und obendrauf, aber klar, Pudding, der paßt immer, ja, mach es richtig schizophren, zwick dir mit der linken Hand im Hüftbereich herum und nimm verzweifelt Stücke Lebendfleisch zwischen Daumen und Zeigefinger, lad zugleich mit der rechten Hand nach und gratuliere dir selbst, daß du keine Cola dazu trinkst, weil Cola ja, hoho, dick macht.

S braucht andere Menschen nur kurz speisen zu sehen, um eine Eßtypeinschätzung liefern zu können. S unterteilt in folgende Rubriken:

– Schamhafte Dickerchen („Ich muß Sahnekuchen nur angucken, schon nehm ich zu.")

– Scheinbar selbstbewußte Dickerchen („Mir steht mein Gewicht; Lebensfreude! Lebensfreude!")

– Asketische Dünne („Bewußte Ernährung, viel Bewegung, wenig Alkohol, viel Wasser.")

– Begnadete Dünne („Kann essen was ich will, werd nicht dicker, hab wohl nen rasanten Stoffwechsel!")

Die begnadeten Dünnen beneidet S schon sehr – ich dagegen esse, was ich eigentlich nicht will, denkt S und wird traurig. Am meisten beneidet S aber eigentlich die NORMALEN, nicht zu

dick,

quasi, die sich einfach mit anderen Dingen beschäftigen und manchmal zuviel essen und manchmal zuwenig, denen Essen kaum etwas bedeutet, die darin nichts finden als unterschiedlich genossenes Batterieaufladen, keinen Trost, bloß Sättigung. S hingegen fühlt sich nie so sicher wie beim Reinladen. Die einzige Tätigkeit, die für ihre Dauer keine anderen Gedanken und keine Parallelaktivität zuläßt.

So isst S.

▷ ◻ herunterfahren
▷ ◻ vom netz
▷ ◻ speichern unter: krankenakte dankeanke
▷ ◻ strg s
▽ ◻ **soundfiles**
    ◻ **arschloch.de**
    ◻ **bookmarks**
    ◻ **provider**
    ◻ **inhalte einfügen**
        (diese einstellungen gelten)
    ◻ **server**
    ◻ **alles ändern**
▷ ◻ standarddokument
▷ ◻ dialogfelder
▷ ◻ neustart

Soundfiles

Der unendliche Gebrauch endlicher Mittel unterscheidet das menschliche Gehirn von buchstäblich allen Erfindungen mit künstlicher Sprache, denen wir sonst so begegnen, wie Sprechpuppen, Autos, die dich drängeln, die Tür zu schließen, und munteren Anordnungen automatisierter Bestelldienste, welche allesamt auf eine geschlossene Liste vorgefertigter Sätze zurückgreifen.
Steven Pinker

I. Arschloch.de

Man muß eins ganz klar sehen: Wenn ich mich den ganzen Tag lang beschwere, statt die Sache anzugehen, ist es logisch, wenn der Dampfer ohne mich ablegt. Das hat auch viel mit Unbeweglichkeit zu tun. Ich kann nicht erwarten, daß mir jemand den Topjob frei Haus liefert, da ist Eigeninitiative gefragt. Der Markt ist frei und offen, es kann heute jeder eine Firma gründen. Als ich anfing, hatte ich nichts. Ich habe keine reichen Eltern, ich habe mich auf den Hosenboden gesetzt, so einfach ist das. Bereich Dienstleistung – eine Wachstumsbranche sondergleichen. Aber von selbst passiert gar nichts. Eine Firma gründen bedeutet auch Risiko, klar. Und ich muß sagen, im nachhinein wundere ich mich schon, wie naiv ich damals da in die Bank marschiert bin, so Hoppla-jetzt-komm-ich-mäßig, aber ich habe nicht aufgegeben, bis ich jemanden gefunden habe, der meine Vision kapiert hat. Die Sache war: Es gibt überall, in jeder Wohnung, Sachen, die der Besitzer nicht mehr braucht, einfach loswerden will. Andere brauchen genau diese Sachen. Uraltes Prinzip, der Tauschhandel. Viel läuft über Flohmärkte und Kleinanzeigen, aber ich habe einfach gesagt, rufen Sie an, wir holen das Zeug ab, aber nicht wie beim städtischen Sperrmüll mit Warten auf einen Termin und dann Warten auf den unpünktlichen Abholer, nein, wir sind rund um die Uhr für Sie da, von einem Tag auf den nächsten, machen keinen Dreck, keinen Lärm und bringen sogar ein kleines Präsent mit, Fläschchen Wein oder so. Dem Kunden entstehen keine Kosten, und er ist sein Zeug los. Ja, so hat das im Grunde angefangen. Damit habe ich keine Unsummen verdient, aber es war ein Einstieg. Am Anfang bin ich noch selbst mit dem Auto von meinem Vater rumgegurkt und hab die Sachen bei uns im Keller gelagert, zum Teil auch selbst repariert, und dann verscherbelt, zu niedrigem Preis, deutlich unter Marktwert, denn ich hatte ja praktisch keine Anschaffungskosten. Ganz simples Rechenspiel. So, das lief dann ne Weile, natürlich gab es oft auch nur Müll abzuholen, aber das war dann mein Pech, und irgendwas Brauchbares war meistens schon dabei, man glaubt ja nicht, was die Leute alles wegschmeißen. Irgendwann konnte ich mir ein Büro und Angestellte leisten, ein eigenes Auto, und dann wurde das Ding zum Selbstläufer, und für mich war natürlich nicht Ausruhen angesagt, sondern die logische Frage, wo dock ich als nächstes an, was ist die nächste Lücke. Gar nicht unbedingt, um jetzt groß Gewinn zu machen, das ist nicht die Hauptmotivation, mich interessiert mehr der Spaß am Umsetzen von Ideen, kreativ sein, mein eigener Chef, selbst die Ansagen machen. Klar, das ist viel Arbeit, hin und wieder ist mir auch mal ein Projekt abgeschmiert, und vor drei Jahren war ich faktisch zahlungsunfähig, aber so läuft das Spiel, man ist mal oben, mal unten, wer dann den Schwanz einzieht, ist falsch in der Bundesliga, der muß es halt ne Nummer kleiner probieren, das ist der Deal. Es gab natürlich von den ersten Erfolgen an Versuche von Großkonzernen, meine Company zu schlucken, mich platt zu machen. Und als sie merkten, das geht nicht, der Bursche ist immer eine Ecke weiter als wir, haben sie versucht, mich anzuwerben, bei sich einzubinden, zwar absolut nach meinen Vorstellungen, ich hätte Blanko-Verträge ausfüllen können, die hätten mir erst mal alles bewilligt, aber sorry, so naiv bin ich halt nicht, darauf reinzufallen – also, daß die nicht die Wohlfahrt sind, das ist ja mal ganz klar. Und was hätte ich davon, ich meine, außer Geld, und zwar richtig Geld, aber da behalte ich lieber meine Freiheit. Ich bin jung und gut, das ist mein Kapital. Und jünger werde ich nicht, aber besser. Ausruhen ist Selbstmord. Es heißt ja in den Medien immer, am Lehrstellenmangel ist allein die Industrie schuld, und die armen Jugendlichen und so weiter. Dazu kann ich nur sagen, ich bin ja selbst noch jugendlich im Grunde, und wir bilden auch aus, natürlich, das ist selbstverständlich, aber wie die Leute sich bei mir vorstellen, da rollt es einem schon die Fußnägel auf – also mit was für überzogenen Forderungen die hier reinschneien, so nach dem Motto null Qualifikation, neun Uhr Arbeitsbeginn ist zu früh, und wann ist Urlaub, und warum werden die Überstunden nicht besser bezahlt. Also, wer da so rangeht, und das tun viele, ich gucke mir nun wirklich jede halbwegs ernstzunehmende Bewerbung persönlich an, Ehrensache, aber so, sorry, da kann ich dann auch nicht weiterhelfen, und da kann keiner weiterhelfen. Sicher, es gibt Geld vom Staat, und die meisten sagen sich, da haben sie ja bald mehr, wenn sie nicht arbeiten, aber so fährt dies Land vor die Wand, das geht noch zwei Jährchen so, dann kollabiert das alles, wenn es da nicht ernste Beschneidungen gibt. Es gibt Ausnahmen und Fälle, in denen die Solidargemeinschaft gefragt ist, daran besteht kein Zweifel, aber das Gros derer, die staatliche Unterstützung beziehen, ist einfach faul, das muß man knallhart so sehen. Hilfe zur Selbsthilfe, das muß das Grundmuster aller Zuwendungen sein. Und die, die wirklich hilfsbedürftig sind, trauen sich ja in vielen Fällen gar nicht, die ihnen zustehende Hilfe in Anspruch zu nehmen. Da gibt es also eine deutliche Schieflage. Es kann nicht angehen, daß sich jemand zu fein ist für ne Arbeit, die auch gemacht werden muß, nur weil sie jetzt nicht dem Image von Traumberufen entspricht, das in Soaps verkauft wird, wo ja alle direkt nach der Schule in der Werbeagentur landen oder so, ich meine, daß das nicht real ist, sollte klar sein. Jeder, das glaube ich wirklich, der zwei gesunde Hände hat, ist seines Glückes Schmied. Große Firmen waren noch nie so händeringend auf der Suche nach cleverem Nachwuchs wie im Moment, noch nie war es so einfach, Startkapital zu bekommen, und durch die neuen Märkte ist es heutzutage möglich, mit sehr wenig Startaufwand eine Firma zu gründen, da gibt es ja genug Beispiele, wo jemand nichts außer einer guten Idee hatte, kurz darauf an die Börse gegangen ist – und dann rappelts aber, hundert Prozent. Das ist eine historische Situation. Ich könnte jetzt von heute auf morgen alles verkaufen und mich zur

Ruhe setzen, ich muß nicht mehr arbeiten, aber darum kann es ja nicht gehen, ich meine, was soll ich dann machen, das kann es doch nicht sein, daß man sagt, ich arbeite nur, um Kohle reinzukriegen, und wenn die Kohle reicht, dann take the money and run, nee, ich investiere und mache weiter, das war für mich nie eine Frage. Ich werde oft eingeladen von Politikern oder Wirtschaftsbossen, und die nehmen mich schon ernst, müssen sie ja. Klar haben die sich am Anfang gewundert, und da gab es Barrieren, aber am Ende zählt nicht dein Alter, sondern dein Wille. Und so bin ich bis hierhin gekommen. Und weiter geht's. Wer sich immer nur beschwert, verdient nichts, im Grunde nicht mal Mitleid. Ich verdiene lieber Geld. Da habe ich mehr von.

II. Bookmarks

Wir haben uns hier sehr wohl gefühlt.

Das Wetter, der Service, das Essen, die Umgebung – es hat alles gestimmt.

Mal was ganz anderes.

Ein Hort der Ruhe.

Aus geplanten drei Tagen wurden drei Wochen – das sagt alles.

Für jeden war was dabei.

Wir kommen gerne wieder.

Ein gutes Preis-Leistungs-Verhältnis.

Mit dem Wetter hatten wir Pech, aber ansonsten stimmte alles.

Das üppige Büffet war immer eine Versuchung wert.

Einmal von A bis Z verwöhnen lassen.
Hier ist man Mensch.
Nature at its best.
So läßt sichs leben.
Herz und Sonne lachten um die Wette.
Bis auf das Ungeziefer im Bad keinerlei Beanstandungen.
Für Vati die Bar, für Mutti die Sauna, für uns Kinder der Pool.
Du kommst als Fremder und gehst als Freund.
Ein Stückchen Himmel auf Erden.
Hoffentlich bleibt die Ruhe erhalten – dem tollen Team und seinen hoffentlich zahlreichen künftigen Besuchern wünschen wir es von ganzem Herzen.
Tourismus und Wahrung von Ursprünglichkeit können durchaus Hand in Hand gehen, dies ist der Beweis.
Das Rahmenprogramm bot manche Überraschung.
Erholung – und Me(e/h)r.
Leider zu kurz, sonst alles perfekt.
Hoffentlich kommt der Gruß vor uns an.

III. Provider

Da stand die Mauer. Das war alles zu hier. Paar Kilometer weiter steht noch ein ganzes Stück. Der Rest – weg. Verkauft bis nach Japan. Und das war also Osten. Hier ist dann in den letzten Jahren unheimlich viel passiert. Da hat das Ganze natürlich auch viel von seinem alten Charme eingebüßt. Anfang der 90er war hier eine Zeitlang wirklich Anarchie. Überall illegale Bars. Jeder eröffnete eine

Firma. Eine wilde, eine chaotische, eine spannende Zeit. Wie immer: Übergangszeiten. Bis dann die Investoren kamen und kaputtsanierten. Trotzdem ist viel alte Bausubstanz erhalten, das schon. Das sieht man hier zum Teil auch. Natürlich: Touristen. Aber es gibt auch die Seitenstraßen. Es ist schon DIE Stadt im Moment, wer irgendwas bewegen will, kommt da nicht dran vorbei, dadurch entsteht eine Stimmung, die manchmal dicht an der Hysterie ist, aber es setzt eine unheimliche Dynamik frei; Vergleiche mit New York bieten sich an, ja drängen sich geradezu auf – doch zugleich erleben wir etwas völlig Neues. Das Tempo, das hier gegangen wird, ist schon beträchtlich, mancher bleibt da auf der Strecke. Es ist eine sehr ehrliche Stadt, offen, man hört sich an, was der andere zu bieten hat, doch ebenso schnell platzen hier auch Träume. Zunächst gab es natürlich vielfach die Angst, ein Vakuum herauszubilden. Alles zog ja hierhin, und da setzte schon auch eine Verdrängung ein, die Konzerne überboten sich in Großprojekten, viele normale Bewohner konnten die Mieten nicht mehr aufbringen. Monokultur, Seifenblase, schöne neue Welt, fürchteten viele, und nicht nur die üblichen Miesmacher. Doch jetzt füllt es sich mit Leben, mit Menschen unterschiedlichster Herkunft, mit Arbeit; die Utopie wird wahr. Kulturell wird eine Menge geboten. Galerien zum Beispiel. Eine neben der anderen. Überhaupt das neue Ding: Galerien. Interessant sowieso, der kulturelle Aspekt: Im Osten war man es ja gewohnt, zwischen den Zeilen zu lesen. Und nun: Schmelztiegel, auch hier und da noch verkrustete Strukturen, aber insgesamt eindeutig Aufbruch, neue Koalitionen, Boomstimmung. Das Angebot ist schon atemraubend. So, wenn Sie da mal schauen wollen, das ist dann der herrliche Blick, nicht, da hat man dann alles, das ist schon toll. Das? Das ist, ja, früher hieß das – ja wie noch mal? Ist eine Kette jetzt, oder? Ja, ich glaube, doch, genau, ist wohl eine Kette. Das ist für die natürlich der optimale Standort im Moment, besser geht es gar nicht. Jaja, da – das war Osten. Ist schon verrückt.

IV. Inhalte einfügen
(Diese Einstellungen gelten)

Sicherlich bin ich eitel, das ist jeder in dem Beruf. Aber meine Eitelkeit geht nicht zu weit. Ich gehe gerne ungeschminkt auf den Markt, oder wenn ich die Kinder von der Schule abhole, tu ich den Teufel, mich groß aufzubrezeln. Ich denke sowieso, Make-up sollte nicht einen anderen Menschen aus einem machen, sondern lediglich das Vorhandene etwas veredeln. Alles andere wirkt unnatürlich. Fürs Fernsehen muß man relativ stark geschminkt werden, um nicht wie eine Leiche auszusehen – das Licht. Längere Dreharbeiten bedeuten deshalb Streß vor allem für die Haut. Und da ist es unerläßlich, sie gut zu pflegen, da gucke ich auch bei Produkten nicht nach dem Preis. Obwohl man oft genug, gerade bei Kosmetikprodukten, enormen Aufpreis für den Namen zahlt. Was ja in der Mode nicht anders ist. Ich bin da in keinster Weise markenorientiert, ich trage, was mir gefällt. Auch das Material muß stimmen, ich trage nur Naturfaser, außerdem muß vom Hersteller garantiert werden, daß es nicht durch Kinderarbeit entstanden ist. Mal businessmäßig im Hosenanzug, dann im Schlabberlook oder in Jeans – es kann ein sündteures Designerteil sein, aber ruhig kombiniert mit Secondhand oder H&M. Ich kleide mich nicht dem Anlaß entsprechend, sondern meinem Bauchgefühl nach. Da bin ich eigen, eine Frau sollte ihren Stil haben und nicht so sehr auf die Etikette achten. Man sollte also zwar eine Linie haben, aber sich andererseits nicht festlegen und immer offen sein. Abwechslung ist mir in allem sehr wichtig, auch bei der Auswahl meiner Rollen. In Serien mitzuspielen ist für einen Schauspieler verlockend, schließlich bedeutet dies ein regelmäßiges Einkommen und eine enorme Popularität. Aber zugleich kann es sein, daß man künftig nur noch mit dieser Rolle identifiziert und immer entsprechend besetzt wird, also, einmal Millionärsgattin, immer Millionärsgattin. Oder Ärztin oder Lehrerin oder etwas ähnlich Charakteristisches. Da ist es dann schwer, den Absprung zu kriegen. Und es gibt einfach auch nicht allzu viele gute Drehbücher, es ist viel Belangloses dabei. Mich interessieren gebrochene Charaktere, Figuren, deren Leben auf den ersten Blick glücklich und erfüllt erscheint und die dann im Verlauf des Films nach und nach andere, überraschende Seiten offenbaren, sich häuten wie eine Zwiebel.

Um sich in eine solche Figur hineinzudenken, reicht es dann nicht, die Dialoge auswendig hersagen zu können, o nein, die Vorbereitung auf eine Rolle geht natürlich viel weiter. Für eine Rolle als Strafvollzugsbeamtin war ich einige Wochen in einem Gefängnis, als Hospitantin quasi, habe den wirklichen Beamtinnen bei der Arbeit zugesehen und viel mit ihnen gesprochen, auch mit Häftlingen. Dadurch bekam ich einen Einblick und konnte die Rolle realistischer ausfüllen. Natürlich spielt man etwas, das schützt einen auch, daß man also bewußt in eine Rolle schlüpft, für die man nicht verantwortlich ist, mit der man, und das ist oft ein Problem, aber natürlich identifiziert wird. Interessant ist ja zum Beispiel, daß Karl May nie in Amerika war – doch liest man seine Bücher, glaubt man, er sei lange dort gewesen. Für die Drehzeit LEBE ich das Leben meiner Charaktere, LEBEN mit fünf großen Buchstaben, wie Tschechow sagt, und wenn die letzte Klappe fällt, stirbt jedesmal etwas in mir, aber so ist der Beruf. Ein Drehtag hat nicht selten 18 Stunden, dazu kommt stundenlanges Warten in der Kälte, oft wird nachts gedreht, es ist schon auch ein harter Beruf.

Sicherlich verdienen wir viel Geld. Sehr viel Geld sogar. Wenn ich das vergleiche mit meinen Freundinnen, die zum Teil mindestens so hart schuften wie ich, aber nur einen Bruchteil dafür bekommen, dann werde ich hin und wieder schon sehr nachdenklich. Andererseits wäre es verlogen, das Geld nicht anzunehmen. Es wird ja mit mir Geld verdient, also wäre ich schön blöd, davon nicht auch einen Teil zu beanspruchen, so läuft es eben. Ich versuche einen Teil davon sinnvoll weiterzugeben, unterstütze direkt Projekte, die mir einleuchten. Aber ich möchte daraus kein Aufhebens machen, ich empfinde das als Selbstverständlichkeit. Ich habe in meinem Leben bislang soviel Glück gehabt, da ist es meine Pflicht, so sehe ich das zumindest, einen Teil davon zurückzugeben, indem ich anderen, die dieses Glück nicht hatten, helfe.

Natürlich muß man in Form bleiben, wenn man ständig im Licht der Öffentlichkeit steht. Ich kann es mir nicht leisten, ständig zu- und dann wieder abzunehmen. Doch fällt es mir nicht schwer, mein Gewicht zu halten. Früher habe ich auch alle möglichen Diäten probiert, ich war als Teenager ein richtiges Pummelchen, eine absolute Spätentwicklerin, erst mit Mitte 20 habe ich gelernt mich zu akzeptieren wie ich bin. Es gibt auch keine großen Tricks oder Geheimnisse, ein wenig Disziplin und ein ausgefülltes Leben, da ist Übergewicht kein Thema mehr. Ich bewege mich viel und trinke pro Tag drei Liter Wasser. Von Diäten halte ich nichts, es ist am wichtigsten, sich konstant bewußt zu ernähren, Ausrutscher und Sünden eingeschlossen. Radikales Fasten mag zwar schnell viel bringen, aber es ist Augenwischerei, denn am Anfang verliert der Körper nur Wasser. Zudem auch des weiteren nicht nur Fett, sondern Muskelmasse, und schnell kommt es zu Mangelerscheinungen – und hinterher hat man die verlorenen Pfunde meist ganz schnell wieder drauf, das ist der bekannte Jojo-Effekt. Ich halte auch gar nichts davon, sich die lebenswichtigen Vitamine und Spurenelemente durch Pillen zuzuführen – wer sich gesund ernährt, ballaststoffreich und viele frische Zutaten verwendet, der braucht keine Pillen. Ich halte mehr von natürlichen Heilmethoden; in der industrialisierten Welt ist ein Körper selbst bei gesunder Lebensweise dermaßen vielen Schadstoffen schutzlos ausgeliefert, daß regelmäßige Entgiftung notwendig ist. Ich bin große Anhängerin von Ayurveda-Behandlungen. Bei uns zu Hause sind Medikamente bei kleinen Wehwehchen tabu, denn zu schnell gewöhnt man sich an den Griff zur Tablette, und oft hat das Abhängigkeit zur Folge. Man sollte Schmerzen als Warnsignale des Körpers verstehen und sie nicht unterdrücken, sondern ihren Ursachen nachspüren. Wenn das auch manchmal langwieriger ist – langfristig zahlt es sich aus. In Streßsituationen hilft es mir oft, mich nur zehn Minuten hinzulegen, dieser Kurzschlaf ist enorm revitalisierend. Ich hole mir meinen Schlaf, wann immer es geht. Im Flieger, im Taxi, während Drehpausen – ich bin in Null Komma nichts eingeschlafen, aber genauso schnell auch wieder bei der Sache. Was auch hilft, ist Akupressur: einfach kurz die Außenwelt Außenwelt sein lassen, Augen zu und gleichmäßig, mit leichtem Druck die Schläfen massieren. Ich schwöre drauf. Auch Yoga finde ich interessant, gerne möchte ich, wenn ich mal die Zeit dazu habe, mehr darüber erfahren. Überhaupt sollte man nie aufhören zu lernen. Leben bedeutet Veränderung, und deshalb muß man bereit sein, die eigenen Standpunkte ständig zu überprüfen, und bestrebt sein, keine eingefahrenen Gleise zu nutzen, sonst wird man träge.

Zum Thema Workout sage ich nur: Ich habe noch nie ein Fitneßstudio von innen gesehen. Meine beiden Kinder sind das beste Workout – die durch den Tag zu kriegen, das fordert einer Mutter so viel Bewegung ab, da müßte ich Stunden im Studio schwitzen, um all die Muskeln zu trainieren. Und so habe ich noch Balsam für die Seele dazu, denn was ist schöner als das strahlende Gesicht eines Kindes? Doch wohl nicht der Anblick schwitzender Mitsportler.

Ab und zu verwöhne ich mich mit einem Kamillebad, dazu läuft eine CD, George Michael und Paolo Conte zum Beispiel liebe ich sehr oder Enigma. Und beim Buena Vista Social Club, da kommt dann richtig Urlaubsstimmung auf. Es darf aber gerne auch Klassisches sein, hier haben es mir Mozart und Vivaldi besonders angetan.

Wenn ich dieses Bad nehme, eine Gesichtsmaske auflege, dann weiß meine Familie, daß das Bad für eine Stunde restricted area ist, da rüttelt niemand an der Tür, meine Kinder haben gelernt, sich in der Zeit selbst zu helfen oder zu warten. Das ist wichtig. Meine Kinder wissen sehr wohl, daß sie eine berühmte Mutter haben, aber es interessiert sie nicht weiter. Natürlich werden sie in der Schule darauf angesprochen, aber als die anderen Kinder dann, wenn ich meine beiden mal abgeholt habe, gesehen haben, daß ich auch ein ganz normaler Mensch bin, hat das Interesse merklich nachgelassen. Anders wäre es für die Kinder auch gar nicht möglich, zu selbständigen Individuen heranzuwachsen. Es gibt ja genug abschreckende Beispiele dafür, daß Menschen von Beruf Kinder ihrer Eltern werden, ihre gesamte Selbstdefinition darauf fußt, und das möchte ich bei unseren auf jeden Fall vermeiden. Ich achte sehr darauf, daß sie nicht zu sehr verwöhnt werden. Nicht gespart wird an ihrer Ausbildung, beide lernen Instrumente bei guten Lehrern, und sicherlich werden sie auch jeder ein Jahr im Ausland verbringen, das habe ich selbst auch gemacht, als Au-pair, und was ich da an Sprache und Selbständigkeit gelernt habe, hilft mir sehr und ist durch nichts zu ersetzen.

Luxus – was ist Luxus? Luxus kann etwas ganz Kleines sein, ein Moment, ein Geruch, ein Geschmack, ein freier Tag. Mal nicht aufstehen müssen, sich noch mal umdrehen können. Ein langes Telefonat mit einer Freundin, so richtiges Tratschen, einmal die ganze Liste durch, ohne daß einem die Kinder dazwischenkommen. Oder ein Essen mit Freunden, ich koche selten, aber dann mit allen Schikanen, unter sechs Gängen kommt dann kein Gast davon. Ein Essen dann nicht als bloße Nahrungsaufnahme zu betrachten, sondern es wirklich zu zelebrieren, mit entsprechendem Licht, passender Musik und einer interessant zusammengestellten Runde, voll aufzugehen in der Rolle der Gastgeberin, vorher den halben Tag in der Küche stehen, auch das ist mir ein Luxus. Natürlich ist Luxus in vielerlei Hinsicht abhängig von Vermögen, aber nicht so eindimensional. Denn Geld ist ja nicht gleichbedeutend mit Glück, im Gegenteil. Aber über bestimmte Dinge nicht nachdenken zu müssen, das ist schon Luxus. Und andererseits ist es auch Luxus, am Ende einer anstrengenden Bergwanderung ein einfaches Schwarzbrot mit Butter zu essen und ein Glas Wein dazu zu trinken. Vielleicht kennen Sie aus der Fernsehwerbung die Mutter, für die sich die Familie – der mit den Kindern herumtollende Mann – erst wieder interessiert, als sie Toffifee ins Spiel bringt, ja, das bin ich, eine Jugendsünde von mir ist dieses Filmchen, obwohl ich heute noch voll dazu stehe. Und es läuft bei uns zu Hause sogar ähnlich ab, doch kann ich meine geliebte Rasselbande sogar mit etwas viel Bodenständigerem im Handumdrehen an den Tisch locken: Pellkartoffeln mit Kräuterquark, abgeschmeckt mit etwas Salz, Leinöl und ordentlich Schnittlauch und Knofi (wenn ich danach nicht noch drehen muß). Genuß muß nicht extravagant sein. Ich brauche keinen teuren Schmuck oder Autos oder so etwas. Auch unser Haus ist kein Palast. Eher eine Trutzburg, der ich jedoch allzuoft den Rücken kehren muß. Weil ich viel unterwegs bin und ich einfach den täglichen Kontakt mit den mir wichtigen Menschen brauche, fällt meine Handy-Rechnung entsprechend aus, da kriege ich schon manchmal Schwindelgefühle. Kleidung ist wie gesagt bei mir mal superteuer und dann wieder fast geschenkt. Wirklich etwas maßlos ist allein mein Schuhtick, ich habe circa 250 Paar Schuhe, oft kaufe ich nach einem Dreh die Schuhe, die ich im Film trug, als Erinnerung. Wofür ich noch sehr viel ausgebe, sind Reisen. Da sollte man nicht sparen. Die Welt sehen und die Menschen kennenlernen, das ist schließlich auch Teil meines Berufes. Und ich möchte unseren Kindern die Welt zeigen. Leider muß man heute sagen: Kinder großzuziehen ist ein Luxus, den sich nicht mehr jeder leisten kann. Früher war es umgekehrt, da waren die Kinder die Altersversicherung, heute sind sie eine Belastung, zumindest wird es so dargestellt. Dabei sind Kinder unsere Zukunft.

Viele meiner Kollegen sind überzeugte Buddhisten. Auch ich beziehe Kraft daraus. Diese bescheidene Art, mit der Glückssuche bei sich selbst anzufangen, Verantwortung zu übernehmen, das finde ich enorm einleuchtend. Aus der katholischen Kirche bin ich schon vor Jahren ausgetreten, das waren nicht mal vordergründig steuerliche Gründe, nein, Solidarität ist wichtig, aber dann muß man auch voll hinter den Inhalten einer Gemeinschaft stehen, und das konnte ich nun wirklich nicht. Die Haltung Roms zum Beispiel in der Verhütungsfrage finde ich weltfremd und verantwortungslos.

Körperliche Liebe mit einem geliebten Menschen ist doch etwas Wunderschönes, und nicht ein bloßer Zeugungsakt. In meinem Beruf geht es ja auch viel um Erotik, doch da ziehe ich klare Grenzen, ich habe nichts gegen Nacktszenen, wenn sie innerhalb eines Drehbuchs logisch sind, aber wenn sie nur die Quote nach oben drücken sollen, verweigere ich mich. Ich hatte schon diverse Angebote für Nacktfotostrecken in durchaus seriösen Magazinen, doch habe ich sie immer ausgeschlagen, auch wenn mir dadurch abenteuerliche Summen entgangen sind. Ich glaube nicht, daß ich prüde bin, aber für mich hat Erotik auch viel mit dem Verhüllen zu tun – daß man alles ahnt, aber eben nichts sieht. Alles andere ist plump. Außerdem gibt es im Moment eine solche Nacktfotoinflation, daß mir der eigene Zugang fehlt, ich wäre doch bloß eine weitere Nackte. Sicherlich, ästhetisch gemacht, ich denke an Helmut Newton zum Beispiel, sind Nacktfotos etwas ganz Wunderbares. Aber ich habe beschlossen, mich nur für meinen Mann auszuziehen.

Manchmal nehmen mein Mann und ich uns auch einen Babysitter und gehen richtig gemeinsam aus, das beginnt mit einem romantischen Candlelightdinner in einem urigen italienischen Restaurant, in dem außer uns nur alte, dicke Italiener essen, das ist ja immer ein gutes Zeichen. Die singen nach dem Essen, das finde ich wahnsinnig schön, ich könnte ihnen stundenlang zuhören. Neulich hat mein Mann ihnen dann auch mal ein Lied vorgesungen, da haben sie geklatscht und uns einen Grappa spendiert. Unbezahlbare Momente waren das. So ein Abend endet dann frühmorgens auf einer Tanzfläche, beziehungsweise verlegen wir dann den Ort der Handlung auf zu Hause. Man muß peinlich darauf achten, füreinander auch noch die Rolle des Geliebten einzunehmen und nicht nur Vater und Mutter zu sein, sonst schläft die Beziehung (dieser Aspekt der Beziehung zumindest) ein, das gibt es bei uns im Freundeskreis zur Genüge. Wir haben beide unseren Beruf und unsere gemeinsame Familie, so, aber da hört es eben nicht auf, sondern der dritte Teil, das sind dann wir beiden, das Ehepaar, das Erotik nicht gegen Sicherheit tauschen will, sondern beides vereinen. Dafür bedarf es einer gewissen Disziplin, und oft sitzen wir regelrecht mit unseren Terminkalendern nebeneinander und gucken, wo ein paar allein verbrachte Stunden einzubauen sind. Das ist ein Kraftakt, muß aber sein. Man muß den anderen stetig überraschen und sollte ruhig kleine Geheimnisse voreinander haben, sich bloß nicht alles erzählen, das nämlich killt die Neugier aufeinander.

V. Server

Ja, Scheibenkleister, einen Moment unachtsam gewesen, schon ist es passiert, was machen wir da, Panik, ein riesiger Fleck, das hatte uns gerade noch gefehlt. Und es ist kein Allerweltsfleck, also schon, weil, das kommt dauernd vor, daß ein Fettspritzer oder ein ähnlicher Alltagsstörenfried störrischer ist als seine Kollegen, die wir mit herkömmlichen Mitteln zur Strecke bringen, und da gehen wir jetzt nicht mit Pril und Schwamm einmal drüber, weil das nichts nützt, wenn wir da zu zahm rangehen. Andererseits greift es das Material an, wenn wir da mit Stahlwolle und richtiger Ätz-Chemie beigehen, und das kann ja auch nicht im Sinne des Erfinders sein, da heißt es sonst, Operation erfolgreich, Patient tot, will sagen, Fleck weg, aber Oberfläche im Arsch, um es mal auf deutsch zu sagen. Ja, was tun, sprach Zeus. Ich will es Ihnen sagen: Sie nehmen hiervon bißchen was auf einen normalen Schwamm, zwei drei Tropfen, fertig ist die Laube. Das tragen Sie auf den Fleck auf, lassen das eine Minute einwirken, soviel Zeit muß sein, und dann gehen Sie noch mal mit dem Schwamm drüber, klares Wasser, fertig, wie neu. Jetzt fragen Sie zu Recht, das kann doch nicht sein, wo ist der Trick, was ist das für ein Teufelszeug, aber, hier sehen Sie es, von unabhängigen Instituten getestet und bestätigt, es ist völlig unbedenklich, nur einfach eine völlig neue Wirkformel. Der Schmutz wird mit den eigenen Waffen geschlagen, mit Biokeimen. Das sagen viele, sagen Sie? Gut, machen wir den Test, hier, ich tupfe mir was auf den Unterarm, so, klares Wasser – und? Keine Rötung, nichts, das Zeug schadet nur einem, und zwar dem Schmutz, und da hat ja wohl keiner was gegen, nehme ich an. Jetzt sagen Sie, alles schön und gut, aber die Tube kostet deutlich mehr als mein bisheriger Allesreiniger. Irrtum, sage ich Ihnen. Tun Sie sich und mir einen Gefallen und vergessen Sie einfach Ihren Allesreiniger, damit können Sie die Mülltonne füttern, die freut sich, und nehmen Sie hier meine Tube mit, davon brauchen Sie pro Anwendung nur ein minimales Portiönchen bei voller Fettlösekraft, etwa soviel, ja, kommen sie ruhig näher, von weitem sehen Sie das nicht, so verschwindend wenig ist das, und um jetzt auf das Finanzielle zurückzukommen, mal solide durchgerechnet, müssen wir ja alle, klare Sache, also, da haben Sie ne Weile Spaß an so ner Tube, das versichere ich Ihnen, so wahr ich hier stehe. Und den Schwamm gibt es obendrauf. 20 Mark die Tube, das ist der Einführungspreis, ich stehe hier noch die ganze Woche, an Ihrer Stelle würde ich mir das nicht zu lange überlegen. Und weil heute Montag ist, wissen Sie, da habe ich die Spendierhosen an und lege Ihnen diese Rohkostreibe dazu, und es bleibt bei zwanzig

Mark, da kommen wir jetzt so langsam in den Bereich Geschenke, nicht wahr, aber wenn Sie glücklich sind, bin ichs auch, also was soll der Geiz. Nun, eine Reihe haben wir alle im Schrank, aber wenn wir ehrlich sind, das optimale Gerät haben wir nicht, und wir wollen ja auch nicht für jeden geriebenen Apfel eine Maschine anwerfen, da dauert ja das Reinigen länger als das Essen, das steht irgendwo in keinem Verhältnis, also brauchen wir eine gute, alte, handbetriebene Rohkostreibe, da besteht wohl kein Zweifel. Nun, was kann diese Reibe, was Ihre nicht kann? Ganz einfach, diese Reibe kann praktisch alles. Wo Sie bisher mit verschiedenen Geräten hantiert haben, verschiedene Aufsätze benötigt haben – können Sie sich künftig sparen, Obst, Gemüse, ein richtiger Alleskönner ist das, Edelstahlschnittfläche, bleibt also auch scharf, und ist natürlich komplett spülmaschinenfest und rostresistent, nicht, das ist ja ganz, ganz wichtig, denn was nützt Ihnen die schönste Reibe, wenn das Ding nach einer Woche anfängt zu zerbröseln, aber wie gesagt, von der Front droht keine Gefahr. Also, Tube, Schwamm und Reibe, komplett für 20 Mark, greifen Sie jetzt zu, ehe ich mir das noch mal anders überlege, das ist also ein Sensationspreis, das ist ganz klar. Für Sie einmal, aber logo, solange ich habe, gebe ich gerne. Geht das so mit?

VI. Alles ändern

Paß mal auf. Ich bin jetzt verdammt noch mal länger im Geschäft als du auf der Welt. Meine neuen Songs sind das beste, was ich seit Jahren gemacht habe. Sei du erst mal halb so lange dabei, dann sprechen wir uns wieder. Es ist mir klar, daß wir nicht mehr ganz so frisch aussehen, oder, wie du es nennst, „MTV-kompatibel". Hahaha, guck dir die alten Bilder an, dann weißt du, wie coolness buchstabiert wird, man. Aber sehen lassen können wir uns auch heute noch. Ich habe ordentlich abgenommen bei den Recording-Sessions. Gesund gelebt, weitestgehend. Morgens haben wir zusammen das Holz gehackt, mit dem wir dann den Kessel angeworfen und uns Tee gekocht haben. Wir! Tee! Ja, guck ruhig. Am Nachmittag sind wir regelmäßig an die frische Luft gegangen, waren angeln und baden, und abends gab es, was nachmittags an der Angel hing. Man braucht nicht viel, doch was man nicht zu knapp braucht, ist Respekt, Bürschchen. Wir haben in Kanada während dieser Sessions wirklich zu uns gefunden, zu unserer Musik, haben uns ein weiteres Mal kompromißlos neu erfunden. Das neue Material ist vielfältiger als alle unsere vorherigen Platten. Früher waren wir oft zu engstirnig oder zu feige.

Daß sich die Radiolandschaft verändert hat, brauchst du mir nicht zu erzählen. Das höre ich selbst. Beziehungsweise höre ich das nicht mehr. Muß ich nicht haben, den Scheiß. Diese Liedchen da, die sind in einem halben Jahr vergessen. Aber unsere Songs, die bleiben. Guck dir die Zahlen der Backkatalogverkäufe an: Sämtliche unserer Platten werden von euch lieferbar gehalten, und dafür kenne ich den Laden gut genug, um zu wissen, das machen die nicht aus nostalgischer Güte, sondern weil sie damit verdienen. Das sind reine Rechenspiele, wenn die Lagerkosten den Reingewinn übersteigen, wird von einem Tag auf den anderen, ohne mit der Wimper zu zucken, der

Rest eingestampft oder unter Wert verscheuert und nicht wieder aufgelegt, egal wie legendär die Scheiben sind. Ist ein Skandal aber bei uns noch nicht vorgekommen. Weil die Leute uns lieben, nach wie vor. Wir haben eine solide Fanbasis, und wenn ihr ein BISSCHEN mehr tun würdet, dann würde die sich easy wieder verdreifachen. Ja, unsere Konzerthallen sind kleiner geworden, aber wir locken immer noch genug Menschen hinterm Ofen hervor, um dem Veranstalter keine Schande zu machen. Mit uns hat auf lange Sicht noch keiner Geld verloren. Für handgemachte Gitarrenmusik wird es immer ein offenes Ohr geben. Hey, das sind SONGS; verstehst du das Wort, das sind keine TRACKS, das sind keine depperten Schlager, zu denen man nur eine kleine Tittenmaus durchs Bild schicken muß und schon eine goldene Schallplatte einfahren kann, aber auch fraglos zur Verseuchung des Erdballs beiträgt und nichts, verstehst du, nichts für die Kultur tut, eher was dagegen. Du sagst, wir sollen unseren Sound aufpolieren. Ja, haben sie dir ins Gehirn geschissen? Mann, wir verändern uns, seit wir zum ersten Mal zusammen auf einer Bühne gestanden haben. Damals noch aus SPASS, verstehst du das Wort in dem Zusammenhang? Wir wurden nicht gecastet, wir haben uns unsere Instrumente als Lagerarbeiter oder Leichenwäscher verdient, und sobald irgendwo jemand uns ein Bier kalt gestellt hat und uns die Anlage hat einstöpseln lassen, haben wir gespielt, gespielt, gespielt. Wir haben uns den Arsch abgetourt, jeden Schweinestall dieser Republik beschallt, immer so laut es ging, bis zu vier Stunden, und wenn am Ende auch nur ein paar Leute gesagt haben, hey, das war gut, das war richtig gut, Jungs, dann war uns das Gage genug! Heute sind

Bands durch aggressives Marketing schneller erfolgreich als damals. Aber langfristig Acts aufzubauen, das haben die Firmen, das habt IHR verlernt. Was zählt, ist der schnelle Erfolg, die fixe Mark, und dann wird das Ding ausgesaugt. Euer Programm laßt ihr euch von euren Aktionären vorschreiben und nicht von eurem Geschmack. Obwohl, ist vielleicht besser so, ist wahrscheinlich das kleinere Übel.

Daß du kein Geld für ein Video zur Verfügung stellst, finde ich asozial, aber meinetwegen, wenn sie es eh nicht spielen, dann o.k., man muß das Geld ja nicht zum Fenster rauswerfen, aber das heißt nicht, daß ihr sonst auch nichts tun sollt. Außerdem möchte ich nur anmerken, daß wir zur Tour auf eigene Kosten, das muß man sich erst mal reinziehen, ein Live-Video gedreht haben, auf Beta, und das wurde durchaus von Regionalsendern und offenen Kanälen anläßlich der Gigs gezeigt, so ist es ja nicht. Hat keine fünftausend gekostet. So ein Witz-Video, wie sie gerade jeder Drecksack geschenkt kriegt, solange die sogenannten Musiker, ich meine, die nennt ihr ja wirklich Musiker, eure minderjährigen Marionetten, also solange die unter 30 sind, verwechselbar genug aussehen und klingen und sich alles von euch diktieren lassen bis hin zum Bühnenoutfit, so ein bunter Schmierfilm geht nicht unter hundertfünfzigtausend aus dem Schnittraum, wenn ich richtig informiert bin. Und viele davon werden ebenfalls nie gezeigt, einfach weil es davon ganz eindeutig zuviel gibt. Mischkalkulation, ja, ist o.k., klingt gut, das Wort, die Musik aber nicht, ich mein, erzähl mir nicht, daß du dir das zu Hause oder im Auto freiwillig antust. Hab zufällig mal einen Blick auf den Inhalt des Dienstfahrzeug-

CD-Wechslers eines eurer größten Rotstiftexperten werfen dürfen. Allein von uns zwei Alben dabei; von dem Blödsinn aber, den ihr wie die Geisteskranken raushaut – nichts, njet, niente. Fehlanzeige. Ihr habt das Steuer selbst in der Hand und lenkt in Richtung Abgrund, es ist wirklich kaum zu fassen.

Du kannst nicht im Ernst behaupten, daß wir uns nicht um nachwachsende Käuferschichten (das hieß mal FANS, Junge!) kümmern. Wer war denn bei der Autogrammstunde in diesem stickigen Billigklamottenshop, na? Ja, ICH. Sonst kaum jemand, richtig, aber ich sag dir, es gibt auch Leute über 15 Jahren, die gibt es auch noch, ja, die auf dies Gekasper nicht mehr können und sich seit Jahren keine Platte gekauft haben. Es gibt eine große Zahl Menschen, die unsere Musik kaufen würden, wenn sie wüßten, daß es sie überhaupt gibt, daß noch Menschen so was machen, so was, ja, meinetwegen, nenn es Altmodisches, ich nenne es QUALITÄT. Wie nennst du diese Nichtkäufer? Massive Passive. Jawoll. Dann geh ran an die, aber nicht indem du uns den Werbeetat auf einen Fliegenschiß zusammenkürzt. Mit der Kohle kann man gerade mal die Tour plakatieren, die Bühne mit zwei Osram-Energiesparfunzeln beleuchten, und wenn der Tonmischer unverschämterweise einmal am Tag warm essen will, dann wird es schon eng. Der Schornstein muß rauchen? Wem sagst du das. Deshalb bin ich ja hier.

Der Vorschuß, den ihr uns zahlt, ist ein Witz. Es ist zuwenig zum Leben und zuviel zum Sterben. Was denkt ihr euch? In einer Platte von uns stecken zwei Jahre Herzblut drin. In den zwei Jahren heizt ihr eine eurer neuen Gruppen so durch, daß die nicht mehr ihren Namen buchstabieren können hinterher. Aber drei Platten rausgebracht haben und ihre Zeit hatten. Na, Glückwunsch auch, willkommen auf dem Sozialamt. Wie schnell soll es noch werden? Merkt ihr nicht, wie euch eure Hinterräder überholen? Mann, wir können auch woanders vor Anker gehen, das sage ich dir ganz ehrlich, denk nicht, wir wären drauf angewiesen. Ich bin gerne bei dem Label, so ist es nicht, ich habe es MEINERSEITS immer als Ehre angesehen, weil da viele Helden von mir zu ihren besten Zeiten veröffentlicht haben. Deren Meisterwerke gibt es nicht mehr zu kaufen, weil Wichtel wie du sie aus dem Programm nehmen. Ist dir mal aufgefallen, daß du nie von Musik sprichst, sondern immer vom PRODUKT? Gehört hast du doch die legendären Scheiben nie. Ist dir doch egal. Marktwirtschaft, ey noch son Spruch, und ich bin raus.

Typ, was ich will, ist, daß du mir zuhörst. Mir ist klar, daß du auch nur das machst, was man von dir erwartet. Daß man so keine Revolutionen lostritt, muß ich dir wohl nicht erzählen. Trotzdem, du bist weisungsbefugt, und das Geschäft ist, wie es ist, keine Frage, keine Diskussion. Und wenn ich deinen Chef bearbeite, daß er dich entläßt, vielleicht macht er es, um einem alten Kumpel einen Gefallen zu tun, was weiß ich, den Typen durchschaue ich nicht mehr, ist mir ein Rätsel, aber weiß Gott keines der Rätsel, die ich noch lösen möchte in diesem Leben. Jeder wie er mag. Aber ich fand, seine Augen sahen früher glücklicher aus. Die sind heute so müde, so leer. Augenringe habe ich auch, das ist nicht das Ding. Mehr als er, der geht ja zum Kosmetiker, sagt man sich, soll er, aber den Glanz kann einem kein Kosmetiker wiedergeben.

Und ich meine nur, wir müssen uns arrangieren. Ich

werde erst mal nicht gegen dich stänkern, ich mache so was direkt. Deshalb bin ich gekommen, kapiert? Außerdem käme nach dir ja irgendwer, der keinen Deut besser ist, so ist nun mal das System, der Posten ist nichts für Leute mit ner Vision. Nenn es von mir aus Künstlerberatung, wenn du hier mit dem Rechenschieber rumfummelst, alles klar, aber tu mir einen Gefallen, und sprich mit mir nicht über Musik. Ich will nicht arrogant sein, aber ich habe einfach das Gefühl, da kommen wir nicht zusammen, da fehlt dir einfach was. Du hast bestimmte Platten nicht gehört, du beherrschst kein Instrument, du kannst wahrscheinlich nicht mal Noten lesen, geschweige denn dir eine Melodie oder gar einen Song ausdenken, mit allem, das ganze Arrangement und die Lyrics dazu. Jaja, von wegen, das hast du alles schon x-mal gehört, okay, okay, es gibt Wendungen, die mögen sich doppeln, aber Empty streets, No one's on the phone, Now that you're gone, I should have known better, I can't live without you, Shining like a star, You only get what you give, My feet back on the ground, When I look into your eyes und I want to be with you, ich meine, so ist es doch, wieso kompliziert, wenn es auch einfach geht? Wichtig ist doch die Intensität, das Feeling. Das hast du nicht, das kannst du nicht, wirst du nie können. Verlangt auch keiner. Aber dann sprich nicht drüber. Mein Bäcker ist froh, daß ich nicht weiß, wie man Brötchen macht, sonst hätte er einen Kunden weniger, aber ich denke, er ist nicht erpicht darauf, von mir Rezeptvorschläge zu hören. Also hau ab mit deinen hirnlosen sogenannten Ideen. Remixe, was soll das, wer weiß mehr über meinen Song als ich? Eine Coverversion ist was anderes, obwohl das auch nur selten was bringt, also, eine Coverversion muß ja schon über den Tribut hinaus irgendeine Idee mitliefern, eine Überraschung, sonst scheißt der Hund drauf. Aber Remix? Den Song verhunzen? So, wie wir ihn auf die Platte nehmen, genau so wollen wir ihn haben. Wollten wir ihn schneller, langsamer oder sonstwas, dann hätten wir ihn anders eingespielt. Es gibt keine zwei Versionen. Da laß ich nicht so einen überbezahlten Computerfreddy, der die Dinger im Dutzend zusammenschraubt, einmal drübermixen, no fucking way. Ich habe durchaus Respekt vor denen und ihrer Arbeit, versteh mich da nicht falsch, das sind Könner ihres Fachs, und es ist schon ein Wunder, was die aus den Kisten rausholen, und glaube nicht, wir arbeiteten nicht mit Computern, mit Samples, dann geh noch mal zum Controller und laß dir die Aufschlüsselung der Studiorechnung vorlegen, dann wirst du das nicht noch mal behaupten. Es ist ja nicht so, daß wir die Knöpfe nicht finden, Alter, keine Angst, so ein Mischpult, da wissen wir schon, wo oben und unten ist, Tatsache ist nur, wir WOLLEN nicht. Mit der Zeit gehen muß nicht heißen, jeden Scheiß mitzumachen. Ein Song bleibt ein Song. Das ist noch in hundert Jahren so, da kann kommen, was will. Im Vordergrund darf doch nicht die Technik stehen. Sag ehrlich, also, daß alle möglichen alten Hits einfach mit eierlosem Instantbeat unterlegt werden und das Tempo ein bißchen angezogen wird, und dann wird das neue Version genannt, und dann dröhnen sie damit die Pauschalurlaubsgebiete zu, ich meine, ist es das, was du innovativ nennst, oder ist es nicht doch eher ein Schritt zur Vollverblödung?

Du sagst, wir sollen unseren Internetauftritt verbessern. Geh mal auf unsere Seite, warst du schon mal da? <u>Realgui-</u>

<u>tar.com.</u> Da findest du alles, unsere Tourdaten (hab dich übrigens noch auf keinem unserer Konzerte gesehen), Bilder, Links zu befreundeten Bands, sogar ein paar Partituren zum Nachklampfen unserer Hits. Unsere Webpage, die ist oberamtlich, da gibt es gar nichts! Das Tourtagebuch, das Ronnie da führt, der Song, den wir exklusiv da reingestellt haben, ist das nichts? Oder die Tauschbörse und das Gästebuch für Fans. Und weißt du, was die uns da schreiben? Daß es für sie schwierig ist, unsere Platten in den Läden zu finden. Da frage ich mich dann echt, wofür ihr pro Platte 20 Mark vom Handel einstreicht, von denen gerade mal zwei bei uns ankommen. Zwei Mark! Ich meine, die Platte wenigstens bis in den Laden bringen, dazu hat man eine Plattenfirma, oder? Darf ich Plattenladen sagen, oder begreifst dus nur, wenn ich vom POINT OF SALE rede? Daß wir nicht als Pappaufsteller ins Schaufenster kommen, geschenkt. Daß ihr keine Luftballons mit uns bedruckt, keine Fußmatten, so daß der Käufer am Eingang des Plattenladens über uns stolpert, wie ihr es für andere Künstler macht, wertige give-aways ist da wohl die Zauberformel, o.k., o.k. Muß ja nicht sein. Aber bringt ihr erst mal unsere Platte ins verdammte Regal, ja, dann reden wir weiter.

Wenn ich eure sogenannten Newcomer sehe, Entschuldigung, dann muß ich wirklich lachen. Ich weiß, daß die über UNS lachen, aber, hey, dafür habe ich von denen schon zu viele kommen und gehen sehen, das läßt mich direkt kalt. Laß denen ihren Sommer, von mir aus auch zwei. Auf eurer Weihnachtsfeier, ich fand es hart genug, daß ihr den Rest der Band nicht mal eingeladen habt, das sind alles saugute Musiker, die sich als Studiomucker ein goldenes Näschen verdienen könnten, aber die WOLLEN noch was, verstehst du, die haben ein Anliegen, egal, ich also hin, dachte, bißchen gut Wetter machen, aber dein Chef, der, als ich schon zwei Alben raushatte, wenn ich mich recht erinnere, bei euch noch in der Poststelle gearbeitet hat, der hat außer Hallo, gehts gut, nichts zu mir gesagt. Und als ich in der Tombola dann ein Wochenende auf einer Schönheitsfarm gewonnen habe, da hat der Saal schadenfroh gejubelt, Mann, weißt du das noch? Ach ja, was habt ihr euch da überlegen und unbesiegbar gefühlt. Lächerlich. Ich sag es, wie es ist, ich hab den Gutschein meiner Alten geschenkt und hab sie lange nicht so glücklich gesehen, was ihr dabei denkt, das ist mir gelinde gesagt scheißegal. Ihr seid so klein, so verdammt klein. Und wie dann eure sogenannten Stars da Champagner gesoffen haben wie nichts Gutes und es subversiv fanden, bißchen hinter der Bühne zu koksen, mein Gott, wie niedlich, da haben wir früher aber was anderes drunter verstanden, unter einer Party. Sollen sie alles machen. Mal paar Jahre das Programm durchziehen, und dann sprechen wir uns.

An Ideen mangelt es ja nun nicht. Gib uns einen Etat ETWAS oberhalb eines Taschengeldes, und wir blocken die Poleposition der Charts, darauf mein Wort. Du siehst doch, was für Musik durch Jeanswerbung zum Beispiel in die Charts kommt. Wenn du dich nicht als Tauber entlarven willst, dann gib zu, daß wir da nicht nur mithalten könnten, die überholen wir doch, ohne außer Atem zu kommen, das ist wohl mal klar, also, wenn was klar ist, dann das. Aber mal mit unserem neuen Material, oder von mir aus auch der Neubearbeitung eines alten Smashers, genug davon haben wir ja im Repertoire, damit aber mal zu so ner Werbeschwuchtel bis ins Büro, das ist dir zu weit, oder? Wir wären sofort dabei. Und ja, wir würden auch zu Bravo-TV gehen, wenn eure Promoschnallen das mal gebacken kriegen würden. Ich weiß doch, wie das läuft, erzähl mir nichts von Musikfarbe oder so, alles kompletter Bullshit, da wandert Cash übern Tisch, besser: unterm Tisch durch. Wir sind Profis, wir würden das durchziehen. Stattdessen bucht ihr für uns Stadtfeste und Brauereijubiläen. Überhaupt, die Promoschnallen. Daß sie gut aussehen, da hat keiner was gegen, eh, da bin ich der letzte, das dürfte bekannt sein, eventuell sogar dir, auch wenn du sonst nichts weißt über uns und unsere Geschichte, aber daß wir schöne Frauen um uns gerne haben, das ist, denke ich, wirklich kein Geheimnis. Aber wenn sie AUSSERDEM noch was könnten, wär das nicht schlecht. Die schedulen mir da drei Tage lang die lachhaftesten Interviews von morgens bis abends, hey, morgens um acht Uhr dreißig bei einem Radiosender mit so ner Quasseltüte übers Wetter plauschen, da verkauft man nicht eine Platte mehr. Wann hat es zuletzt ein großes Interview mit uns gegeben. Diese kleinen Sachen, die haben wir immer auch gemacht, logisch, auch nach der Show, jeder Schülerzeitung haben wir Rede und Antwort gestanden, aber dann gab es immer auch große Sachen. Du kannst mir nicht erzählen, daß jemand von euch da überhaupt auch nur ANGEFRAGT hat. Du hälst ein Juwel in den Händen und tust, als wär es Altglas. So geht es nicht, ganz klare Ansage.

▷ ☐ herunterfahren
▷ ☐ vom netz
▷ ☐ speichern unter: krankenakte dankeanke
▷ ☐ strg s
▷ ☐ soundfiles
▶ ☐ **standarddokument**
▷ ☐ dialogfelder
▷ ☐ neustart

Standarddokument

Man hört niemals die Kugel, die einen erwischt.
Thomas Pynchon

Die Verrückten kommen von selbst, er ist für die Normalen zuständig. In seiner Firma arbeiten zwei Schreibkräfte halbtags, und saisonal hilft ihm jemand bei der Buchführung. Den Rest macht er allein. Die Büroräume sind bescheiden, funktional nennt er das, einen Dienstwagen hat er nicht (natürlich nicht, sagt er), und den Kaffee kocht er sich selbst (wer denn sonst, fragt er). Man soll sowieso nicht soviel Kaffee trinken. Insgesamt kommt er sauber über die Runden, kann jeden Monat etwas zurücklegen, ohne sich einzuschränken, er kann seinem nicht ganz billigen Hobby, dem Modellbau, nachgehen, und wenn er am Wochenende mit seiner Freundin Manuela ausgeht, kann er sie zu allem einladen: Pizzeria, Kino, Eiskonfekt, Altbierbowle, Taxi.

An die Arbeit. Er ist sein eigener Boß, das ist schon richtig, aber freie Zeiteinteilung heißt eigentlich nur, daß er praktisch nie richtig frei hat, weil er immer arbeiten könnte, theoretisch, und da er annimmt, daß die Konkurrenz gesetzmäßig höchstens mal ein Nickerchen macht, ist er sich selbst der strengste Boß. Statt Mobbing hat er Depressionen, was aufs selbe hinausläuft, der einzige Unterschied ist, daß er sich leise zurechtweist, oft sogar wortlos, er brüllt sich nicht an, immerhin.

Er muß noch das Dossier für die Urlaubssendung fertigstellen, Deadline ist der nächste Morgen, also diese Nacht, er muß sich ranhalten. Was bedeutet Urlaub den Menschen, wer fährt wohin am liebsten, wer fährt nie weg (einer aus finanziellen Gründen, einer aus ganz anderen Gründen), wer reist immer an denselben Ort, wessen Beruf ist der Urlaub der anderen, also Tourismusbranche, sind Urlaub und Ferien dasselbe und so weiter. Vor ihm liegen Biographien, Polaroids und drei bis vier themenbezogene Antworten potentieller Kandidaten. Urlaub ist ein leichtes Thema, dazu hat jeder eine Meinung. Er muß weniger suchen als auswählen, das Dossier wird er termingerecht fertigstellen können, wenn er sich ranhält. Und er hält sich immer ran.

Seine Agentur vermittelt Langeweile. Nein, das klingt so negativ, er sagt das immer eher aus Spaß, aber zumindest kann man sagen: Aufregend ist seine Ware nicht, im Gegenteil, sie soll es eben nicht sein. Er ist Zulieferer, das heißt Gästebeschaffer für Talkshows. Da sich bei den meisten Talkshows genug Verrückte melden, besteht bei den Redaktionen ein wirklicher Bedarf an halbwegs normalen, schüchternen Menschen und deren Geschichten. Die nämlich melden sich erfahrungsgemäß nicht von selbst, die muß man suchen – auf der Straße, in der Zeitung, in Regionalfernsehbeiträgen usw. In den Redaktionen werden sie Feigenblätter genannt oder Schlaftabletten, und niemand interessiert sich natürlich für diese normalen Menschen, aber wenn man davon nicht pro Sendung zwei oder drei dabei hat, meldet sich die Landesmedienanstalt, und dann wird es anstrengend. Ihm kommt das entgegen, er hört sich gerne normale Geschichten an.

Vielleicht rührt das noch von seiner Zivildienstzeit her, da hatte er Essen auf Rädern kutschiert, und für viele auf seiner Route war er pro Tag der einzige Gesprächspartner, die Bettlägerigen hatten zusätzlich noch einen Zivi, der sie aufs Klo brachte und so weiter, aber die anderen waren vollkommen vereinsamt, und dadurch dauerte seine Strecke immer den ganzen Tag, obwohl es im Prinzip auch in zweieinhalb Stunden machbar gewesen wäre, aber seine eigentliche Aufgabe war es nicht, denen den Aludeckel von der vorgekochten, in Styroporkästen im Kofferraum seines Kombis ziemlich warmgehaltenen, wegen der Zähne meist pürierten Mahlzeit zu pulen, sondern sich Fotos von Enkeln anzusehen und Geschichten anzuhören, die die im Park gefütterten Enten schon gut kannten, und er bald auch, aber darauf kam es nicht an. Hin und wieder las er ihnen sogar etwas vor, Briefe oder Zeitschriftenartikel über Königshäuser und Serienschauspieler, und er hat das wirklich gerne gemacht, auch wenn er am Ende etwas (ein ganz kleines bißchen nur) enttäuscht war, daß gar niemand ihn, so hatte er das mal im Fernsehen gesehen, in seinem Testament bedacht hatte – dafür wurde er andererseits auch nicht von Sky Dumont mit einem Brieföffner erdolcht. So war das im Fernsehen nämlich weitergegangen: Ein klavierspielender Bursche in weißem Hemd und schwarzer Cordhose (blöde Kitschdarstellung, hatte er da gedacht – wer einmal Spaghetti Bolognese in schlecht, nach einigem Ruckeln jedoch recht plötzlich zu öffnenden Aluschalen ausgefahren hat, wird den Dienst kaum je wieder im weißen Hemd antreten) hatte von einer siechen Gräfin nach ungefähr fünf Wochen sensiblem Bleiben-Sie-sitzen und Ich-mach-das-dafür-bin-ich-ja-da plötzlich eine Pumpenfabrik im Südlibanon, ein Dutzend Barockvillen in Bogenhausen, ein von Paul Schockemöhle trainiertes Gestüt in Niedersachsen und zwei Millionen in bar geerbt. Gut nachvollziehbar, daß die somit enterbte, sportwagenfahrende Grauschläfe da ausrastete. Und daß Sky Dumont bereits 51 Minuten nach der Tat von Rolf Schimpf hatte überführt werden können und die kopfschüttelnd in der Tür stehende Gudrun Landgrebe das alles nicht fassen konnte, machte den klavierspielenden Burschen in weißem Hemd und schwarzer Cordhose auch nicht wieder lebendig.

In der Zivildienstzeit hatte er länger als viele schnellentschlossene Altersgenossen darüber nachgedacht, welcher beruflichen Tätigkeit er so lange mit Freude würde nachgehen können, bis er selbst alt (und vermögend) genug wäre, ein Zeichen zu setzen, indem er dem Erstbesten, der ihm Essen vorbeirädert, sämtliche Ersparnisse überantwortete, vielleicht.

Als er abwog zwischen den beiden Grundelementen, aus denen sich sein Zivildienst zusammensetzte, nämlich Rumfahren und Rumreden, erschien ihm das Rumreden eindeutig angenehmer. Viele seiner Kollegen bemängelten den Eigengeruch der Klienten (er fand es besser, sie so zu bezeichnen, als mit den despektierlichen Chiffren, mit denen die anderen sie belegten), aber er fand, wenn man durch den Mund atmete, gings. Ohnehin brachte der Vergleich mit seinen damaligen Kollegen ihn zu der Erkenntnis, daß seine Präferenzen ihn zwar eindeutig randständig positionierten (denn allen anderen war ausnahmslos daran gelegen, möglichst schnell wieder aus den Wohnungen der Belieferten rauszukommen und mit den Transportern waghalsige Rennen zu veranstalten, so daß sie, trotz Menütellern mit diversen Mulden für verschiedene Gänge,

Beilagen und so weiter, nie etwas anderes als Eintopf auslieferten, incl. Nachtisch). Wenn er allerdings tatsächlich einen Job fand, in dem genau diese ihm als Schrulligkeit (wahlweise auch, von etwas derberen Kollegen, bei denen er nie wußte, warum sie nicht gleich zur Bundeswehr gegangen waren, als Homosexualität) ausgelegten Interessen und, jawohl, Fähigkeiten gefordert wären, schlußfolgerte er, würde er es sich in einer Marktlücke gemütlich machen können – Einzelgänger eben.

Und diese Lücke hat er gefunden, im großen und ganzen sieht er auch keinen Grund zur Klage, die Dinge laufen, er kann im Sommer mit Manuela zwei Wochen ans Meer fahren, im Winter mit ihr und einem befreundeten Paar zwei Wochen in den Skiurlaub, und im Herbst mit seiner Mutter (dann ohne Manuela) eine Woche durch die Lüneburger Heide wandern und über früher sprechen. Obwohl es etwas übertrieben ist, es Wandern zu nennen, sie fahren natürlich hauptsächlich mit dem Auto, seine Mutter ist ja jetzt auch nicht mehr die Allerjüngste, und wenn es ihnen irgendwo gefällt, suchen sie einen Parkplatz und gehen spazieren, bis sie keine Lust mehr haben, nicht mehr können, Hunger kriegen oder es anfängt zu regnen. In der Lüneburger Heide regnet es relativ häufig, das kommt ihnen entgegen, denn so erpicht sind sie nicht auf Gewaltmärsche. Abends kehren sie in Rasthöfen ein, und seine Mutter trinkt ein bißchen zuviel gespritzten Wein, beginnt viele Sätze mit „Als ich ein junges Ding war", und nach dem letzten Glas sagt sie dann immer, „Oh, Sohni, jetzt mußt du deine alte Mutter ins Bett tragen", aber natürlich geht sie doch jedesmal selbst. Am nächsten

Morgen bezahlt er dann die Zimmer und seine Mutter, die das ja inzwischen weiß, geht trotzdem nach jedem Frühstück zur Rezeption und fragt, was das mache, worauf ihr die Rezeptionisten stets antworten, es sei alles schon bezahlt, ihr Sohn habe das bereits erledigt, und dann seufzt die Mutter und sagt, „Na gut, dann kaufe ich uns aber wenigstens ein paar Postkarten". Dann kauft sie mindestens 20 Postkarten mit der Pension vorne drauf, und wie sie beginnt auch er zu schreiben und zu grüßen, aber schon nach zwei Karten fällt ihm kein Adressat mehr ein, sogar die Karte an Manuela erscheint ihm überflüssig, weil er sie ja jeden Abend anruft (die andere Karte ans Büro ist Pflicht, sagt er, die Halbtagskräfte kleben sie dann neben die aus ihrem Urlaub geschickten mit Tesafilm an den Panzerschrank, so was gehört dazu). Sein Vater wäre stolz auf ihn, aber der ist schon lange tot, ein Unfall vor vielen Jahren, deshalb war die Mutter auch in steter Sorge gewesen, als der Sohn während seines Zivildienstes so viel Auto gefahren war. Als der Vater im Krankenhaus lag und seinem Tod entgegendämmerte, war der Sohn neun gewesen, und der Vater hatte zu ihm gesagt, er solle jetzt tapfer sein und auf seine Mutter achtgeben, er sei jetzt der Mann im Haus.

Das war er dann und ist es noch: Mit 20 hat er sich das Dachgeschoß des (vom Vater zu Lebzeiten dank sparsamer Lebensweise komplett abbezahlten) Hauses ausgebaut zu einer eigenen Wohnung, die per Freitreppe sogar separat begehbar ist, aber das denkt man auch nur mit 20, daß man unbedingt durch eine andere Tür gehen muß als seine Eltern, denkt er heute. Seiner Mutter ist es egal, wann er nach Hause kommt, Hauptsache, er kommt irgendwann. Er ist jetzt 31 Jahre alt und benutzt überhaupt nie die Freitreppe, er geht immer unten durch die Haupttür, denn da liegt dann auf der Fensterbank auch seine Post, sonst müßte er dafür extra noch mal runter, das wäre ja Quatsch. Das einzige, was ihm wirklich manchmal auf die Nerven geht, ist ihr ständiges Einordnen seines Verhaltens, jeder Angewohnheit, jedes Ticks, jeder besonderen Fähigkeit oder jedes auffälligen Ungeschicks. Alles weiß sie sofort zu kommentieren, als sei das Leben ein einziges Familienfotoalbum:

Das hast du als kleiner Junge schon gemacht/gemocht/gehaßt/gefürchtet.

Oder

Komisch, früher hat dir das nichts ausgemacht/konntest du das auf den Tod nicht leiden/war dir das doch noch egal.

Am liebsten sieht sie ihn als genetisch komplett vorcodiertes Folgemodell und gibt ihm diesbezüglich Haltungsnoten:

Wie dein Vater, bzw. Ganz anders als dein Vater.

Auch daß sie vor anderen immer so übertreiben und angeben muß bei der Schilderung seines beruflichen Fortkommens, ist er gehörig leid. Wenn sie mit ihren Freundinnen darüber spricht, wie es ist (Und – wie ist es?, beginnen diese Gespräche), was die Familie macht und so weiter, dann sagt die Mutter immer, er sei Programm-Macher und es liefe prächtig, im Grunde gehöre ihm das deutsche Fernsehen. Mütter sind ja die schlimmsten Angeber unter der Sonne, findet er. Programm-Macher, also wirklich, warum nicht gleich Intendant oder Kultusminister? Na ja, denkt er andererseits: Mütter. So sind sie eben. Trotzdem. Wenn er nach Feierabend mit der Post in der Hand kurz grüßend ins Wohnzimmer guckt und sagt, daß er da ist, und die Mutter ihm zuruft, daß im Kühlschrank noch Kuchen für ihn steht, dann fragen ihre Freundinnen ihn ehrfürchtig, ob er, der Programm-Macher, nicht mal wieder was mit Klaus-Jürgen Wussow oder Günter Pfitzmann ins Programm hieven könne, denen mal gute Bücher besorgen könne – denn daß diese beiden Herren empört sind über die schlechten Drehbücher und allein deshalb nicht mehr so viel im Fernsehen rumlaufen, weil man sie immer auf dieselben Rollen festnagelt, und sich keiner mehr an größere Stoffe ranwagt und so weiter, das steht immer in den Zeitschriften, die seine Mutter und deren Freundinnen im Lesezirkel rotieren lassen (diejenige Dame, die als letzte die Zeitschrift kriegt, wenn sie schon zerblättert ist und Katzenhaare drin sind und Fettflecken, darf ausgleichend dann das Kreuzworträtsel auszufüllen versuchen, die ausschneidbaren Rezepte allerdings muß sie im Drogeriemarkt für 10 Pfennig die Seite den anderen kopieren). Er kennt diese Zeitschriften noch gut vom Vorlesen im Rahmen seines Zivildienstes.

Doch auch wenn ihm diese Damenrunde meist auf die Nerven geht, so hat sie ihm schon manche Anregung für Talkthemen geliefert. Erst vor kurzem hat er vier Freundinnen seiner Mutter in der Sendung „Ich werfe nichts weg!/Dein Müll macht mich krank!" untergebracht. Ihm ist nämlich aufgefallen, daß mit der Generation seiner Mutter das Wiederverwerten von Verpackungen auszusterben scheint. Die schwierig zu begreifende Reform der deutschen Abfallentsorgung hat sie unberührt gelassen. Auch er hat immer noch nicht ganz verstanden, ob dieser grüne Punkt nun etwas bringt (zumindest: bedeutet) oder nicht; er erinnert sich, daß Menschen vor einigen Jahren anfingen, ihren Müll abzuwaschen und dann nach Materialobergruppenzugehörigkeit sortiert in Tüten zu füllen, bis sie keine Lust mehr hatten und denen, die sie für ihr nachlässiges Verhalten scholten, entgegenhielten, sie hätten genau gesehen, wie die Herren von der Abfuhr alle Säcke in einen großen Container geworfen hätten, und um an einem derart sinnlosen Beschäftigungsprogramm teilzunehmen, hätten sie wirklich zuviel um die Ohren, bei aller Liebe. Doch ob Plastikschachteln nun von Blechnäpfen getrennt gehören oder nicht, ist und bleibt für seine Mutter ohnehin egal, da sie solche Dinge noch nie weggeworfen hat, sondern persönlich recycelt, nämlich weiterverwertet: Margarinepackungen kommen als Behelfstupper im Kühlschrank zum Einsatz, Haferflockentüten dienen beispielsweise dem Pausenbrottransport, Quarkbottiche werden mit Bier gefüllt und im Blumenbeet wie ein kleiner Pool eingepaßt, um Schnecken zu locken, die darin gefälligst ersaufen mögen, statt die schönen Rosen aufzuessen. Ja, auch seine Mutter hätte einiges beitragen können zum Thema, und sie war durchaus gewillt, dies auch vor der Kamera zu tun, aber er hat sie davon abbringen können, seine eigene Mutter wollte er nicht in einer dieser Shows sehen. Obwohl sie wahrscheinlich Deutschlands gewissenhafteste Mülltrennerin ist – öffnet man ihren akkurat geführten Kühlschrank, kann man kurz irrig annehmen, in diesem Haus werde ausschließlich Margarine verzehrt. Sämtlicher Verpackungsmüll in der gemeinsam genutzten Tonne stammt von ihm. Die Mutter leidet, schweigt aber, der Junge ist alt genug. Er sagt, zum Mülltrennen fehle ihm die Zeit. Ihm scheint allein die Wiedergeburt von Einweggläsern (nach gründlicher Reinigung) in Form von Einweckgläsern realistisch, obwohl er manchmal erheblich zweifelt, daß sich künftig genügend Freiwillige finden, die sich für die Tradierung vom Aussterben bedrohter Fertigkeiten wie Marmeladeeinkochen einsetzen oder auch nur für das sparsame Benützen von Bleistiften, indem man am Ende ihrer Handhabbarkeit sie und ihre Dienste durch Aufsetzen eines Röhrchens verlängert. In seinem Büro gibt es überhaupt gar keine Bleistifte mehr. Das meiste, erklärt er seiner staunenden Mutter immer wieder, geht direkt in den PC, kleinere Rechenarbeiten werden mit einem Solartaschenrechner erledigt, und für kurze Notizen oder Unterschriften benutzt er Werbekugelschreiber mit seiner alten Telefonnummer drauf, die also für die werbende Vergabe nicht mehr geeignet sind, zum internen Gebrauch allerdings noch tadellos taugen. Im Keller lagern davon noch circa 3.500 Stück, es war billiger, gleich so viele anfertigen zu lassen, und damals war noch nicht abzusehen, daß eine ISDN-Anlage nötig und die Telefonnummer damit eine andere werden würde. Auch seine Mutter verwendet überhaupt nur diese Kulis, sie sagt, daß sie seinen Namen so gerne liest und doch hofft, daß er ihn auch weitergibt. Das sagt sie meistens, wenn auch Manuela dabei ist, das ist ihm dann natürlich etwas unangenehm, denn Kinder waren bisher noch gar kein Thema zwischen ihm und seiner Freundin, dafür ist ja noch Zeit, aber das kann er seiner Mutter nicht sagen, vor allem nicht, wenn Manuela dabei ist, und wenn Manuela dann weg ist, möchte er nicht freiwillig das Thema anschneiden, da wäre er ja schön blöd. An gemeinsamen Bekannten sieht er, wie eine Schwangerschaft eine Beziehung – wertfrei gesagt – verändert: also zugleich bereichert und belastet. Trotzdem wäre er gegebenenfalls bereit dazu. Er denkt, wenn es soweit ist, merkt man das von selbst. Wer weiß, vielleicht beginnt Manuela in zwei Jahren plötzlich, ihre Gehgeschwindigkeit in Höhe von Brautmodegeschäften und Babyzubehörschaufenstern zu drosseln, und dann ist er, würde er jetzt mal so sagen, der letzte, der sich sträubt. Aber den Zeitpunkt würden sie schon selbst finden, die Mutter soll sich da mal schön raushalten. Vor allem muß er sie sensibel, aber bestimmt davon abhalten, in Manuela die Tochter zu sehen, die sie so gerne gehabt hätte, zusätzlich zu ihm, das sagt sie heute noch, zwei Kinder, von jeder Sorte eins, das wäre optimal gewesen, auch für ihn. Wenn sie zu dritt essen gehen, referiert seine Mutter, inspiriert durch Lektüre der Speisekarte, lauter Tricks und Serviervorschläge, guckt dabei aber nie ihn an, nein, sie möchte tatsächlich gerne, daß Manuela seine Frau ist und bleibt, vor allem: endlich offiziell wird. Und daß sie ihm den Rücken freihält, damit er sich ganz auf das Büro konzentrieren kann – er soll unbesorgt arbeiten, während Manuela zu Hause dafür Sorge trägt, daß die Soße nicht verklumpt, was eigentlich ganz leicht geht, nämlich so. Zum Glück, denkt er dann, ist Manuela so souverän, daß sie den Grad ihrer Emanzipation nicht dadurch beweisen muß, der Generation drüber das ihr anerzogene Rollenverhältnis von Mann und Frau besserwisserisch vorzuhalten. So richtig gestritten haben sie noch nie, sie ist wirklich ein angenehmer Mensch, das ist sie zweifellos. Und er will ganz bestimmt keine andere. Zwar muß er zugeben, daß er sich im Sommer freut, wenn seine Halbtagsschreibkräfte nicht viel anhaben, und daß er dann schon mal beim Sex mit Manuela (der wirklich in Ordnung ist) die Augen geschlossen hält und an seine Mitarbeiterinnen denkt, aber er vermutet, das ist vollkommen natürlich und hat weiter nichts zu bedeuten, auf jeden Fall nichts Negatives. Es ist wohl auch gockelhaft und ein Zeichen von Unsicherheit, daß er andererseits, wenn im Fernsehen oder am Strand ein muskelbepackter Mann erscheint, mit dem Finger draufzeigt und Manuela durch „Das findeste toll oder, soll ich auch so werden, finden Frauen so was wirklich sexy"-Gestichel eigentlich nur beruhigende Konsenslügen wie „Der ist bestimmt blöd im Kopf" oder „Zuviel Muskeln finde ich auch nicht schön, das sieht so unnatürlich aus" entlocken möchte. Das könnte er auch mal lassen demnächst, ist ja eigentlich wirklich albern, weiß er. Um unauffällig in Form zu bleiben, geht er einmal pro Woche ins Fitneßstudio, sagt Manuela aber nichts davon. Noch leben sie nicht zusammen, da kann er einen solchen festen Wochenprogrammpunkt mühelos verheimlichen. Einmal pro Woche reicht völlig – während die anderen, die dort trainieren, viel mehr tun, als sie können, sich regelrecht zwingen, springt er vorzeitig vom Gerät. Allzuschnell bildet man irgendwelche Muskeln aus, die man dann nicht so leicht wieder los wird, bei wirklich regelmäßigem Training (und anders kann er seine Woche nicht strukturieren, sonst kommt er zu nichts, er muß am Sonntagabend wissen, was am Freitagmittag ansteht, anders kann man keinen Betrieb führen) geht das schneller, als man denkt. Ganz am Anfang hat er sich durch beginnertypischen Übereifer plötzlich einen ziemlichen Bizeps antrainiert, jetzt ist der gottlob wieder auf Normalmaß geschrumpft, nicht zuwenig, nicht zuviel – genau richtig. Manuela merkt also nichts. Sie selbst geht zweimal pro Woche zum Jazz-Dance, es ist ja wirklich nichts dabei, eigentlich ist es Quatsch, daß er ihr von seinen Fitneßstudiogängen nichts erzählt, aber wenn er es ihr jetzt sagen würde, würde sie da sonstwas hineingeheimnissen, daß er ihr das so lange verschwiegen hat, Frauen sind ja wirklich unglaublich mißtrauisch. Ihr – andere Möglichkeit – zu sagen, er hätte jetzt erst damit begonnen, hieße zwar die Verdächtigungen verhindern, andererseits würde er sie somit belügen, und er hat sich (nicht mal ihr, nein, sich) geschworen, das nie zu tun. Dies zumindest hat er aus vorangegangenen Sachen gelernt: Lügen ist der Anfang vom Ende.

Bevor er seine Marktlücke, die Langeweile, fand und sich selbständig machte, hatte er einige Jahre bei einer Partnerschaftsvermittlung gearbeitet. Dort war es seine Aufgabe gewesen, nach einem ungefähr dreistündigen, deprimierenden Gespräch mit einem hoffnungslosen Alleinstehenden in dessen Namen Wunder zu vollbringen:

Zunächst dem Kandidaten die mitgebrachten Selbstbeschreibungen ausreden (Aufgeschlossener Nichtraucher! Oft enttäuschte, mollige Rosenzüchterin, die einen Mann noch Mann sein läßt! Z. Zt. erwerbsloser Schiffskoch – keine Ausländerin, gerne aber neue Bundesländer, Auto vorhanden). Und wenn nicht schon Wortwahl und Selbsteinschätzung, dann brachte ihn in Tränennähe spätestens die unbeholfene Handschrift dieser Menschen, in der sie ihre als persönliche Standortvorteile empfundenen Abschreckerklärungen zu Hause auf Sparda-Raiffeisen-

Bank-Notizblöcken niedergeschrieben hatten und die sonst nur für Einkaufszettel, Formulare und ins Treppenhaus gehängte Beschwerden aktiviert wurden, nie aber für feurige Liebesschwüre. Es war niederschmetternd, doch Job war Job, und ihm natürlich mehr noch, nämlich Aufgabe und Herausforderung, denn es bestand ja die theoretische Möglichkeit, das Unglück dieser Menschen durch Vermittlung eines Leidensgenossen zu mildern, und dazu wollte er gerne das Seinige beitragen. Also versuchte er im vertraulichen Gespräch, sympathisch klingende Eigenschaften, Hobbys oder, wenigstens, Besitztümer zu ergründen und alsdann in der Annonce herauszustellen, die somit zumindest nicht komplett erfunden, trotzdem nicht ganz chancenlos war. Um ein Vielfaches leichter wäre es gewesen, eine Liste mit den hundert witzigsten Johnny-Cash-Liedern zusammenzustellen, 50 Frauen von Bundesligafußballern zu benennen, die Proust gelesen haben, oder ganz allein „Haut die Glatzen, bis sie platzen!" skandierend durch Rostock-Lichtenhagen zu laufen und danach nicht im Krankenhaus zu landen.

Dann galt es, das Aussehen des Suchenden möglichst realitätsfern zu beschreiben, ohne jedoch zu lügen: Das war möglich, indem man sich nicht die augenfälligsten und prägendsten, sondern die angenehmsten – na ja, in Härtefällen eben die am wenigsten unangenehmen – Seiten einer Person vornahm. Denn genauso wie Zwergwüchsige manchmal seidiges Haar und Pickelige einen Adoniskörper haben, gibt es glutäugige Fettwänste, und eine Hasenscharte ist gottlob kein Freifahrtschein für Schuppenflechte. Natürlich können, überspitzt formuliert, Menschen ohne Beine durchaus schöne Hände haben. Von den inneren Werten ganz zu schweigen. Lebenslustige Alkoholiker gibt es genauso wie (eine Weile lang zumindest) gut zuhörende Schläger. Seine Aufgabe war es auch, unbedingt abzuraten, ein Foto von sich beizufügen (aber dringend eins von den Anzeigenbeantwortern zu verlangen), und dann bei der Umschreibung des Wunschpartners mal auf dem Teppich zu bleiben und, vorsichtig gesagt, das Prinzip der Parität nicht ganz aus dem Auge zu verlieren. Am Schluß kamen dabei 20 Zeilen heraus, die auf viele Menschen gepaßt hätten, doch nicht zwingend auf die, die dafür Modell gestanden hatten. Da aber nicht selten die Zueinanderführung zweier fortan vielleicht etwas weniger Unglücklicher gelang, empfand er seinen Job als durchaus befriedigend. Wer auf solche Anzeigen antwortete, war nämlich ebenso wie die Inserenten ausnahmslos selbst schon durch manches Tal geschritten und demzufolge desillusioniert und mißtrauisch, aber auch bescheiden geworden, was seinen Beobachtungen zufolge bei der Partnersuche im fortgeschrittenen Alter an Bedeutung gewinnt, wenn den Menschen langsam, aber sicher das Blendwerk ausgeht. Danach gefragt, was ihnen am gesuchten Partner am wichtigsten sei, sagten die Kunden durchweg, dies sei eindeutig der Charakter. Gebeten, die Gründe für das Scheitern ihrer bisherigen Beziehungen auf einen Nenner zu bringen, gaben sie dieselbe Antwort.

Als er damals bei der Partnervermittlung nach einer Lern- und Eingewöhnungsphase regelmäßig eine wirklich hohe Vermittlungsquote erreichte, die beinahe der in den Anzeigen behaupteten entsprach, bat ihn der Chef zu einer Unterredung. Er erwartete, zum Bereichsleiter aufzusteigen oder zumindest eine Gehaltsaufbesserung, doch nichts davon, der Chef schrie ungestüm, wenn alle so firmenschädlich arbeiteten, könne er den Laden gleich dichtmachen. Da dies nicht seine Absicht sei, könne sein übereifriger Mitarbeiter sich nun überlegen, ob er in Zukunft einer erfolgversprechenden Vermittlung bitte schön, so wie es üblich und für die Agentur überlebensnotwendig sei, mindestens fünf von vornherein aussichtslose Konstellationen voranstellen oder direkt seinen Arbeitsplatz räumen wolle. Wahrscheinlich hätte er sogar Anrecht auf eine Abfindung gehabt, da wäre er heute unnachgiebiger, doch er rechnete den Resturlaub auf den verbleibenden Monat an und verließ umgehend und für immer das Büro. In dem Moment fühlte er sich nicht schlecht, eher erleichtert und eigentlich als guter Mensch.

Am nächsten Morgen, als er um neun Uhr im Bademantel am Frühstückstisch saß und seine Mutter ihm statt des Sportteils mit flehendem Blick den Stellenteil der Zeitung herüberreichte, fühlte er sich etwas weniger erleichtert, in erster Linie fühlte er sich arbeitslos. Da er nie Miete hatte zahlen müssen, verfügte er über eine nicht geringe finanzielle Rücklage und verfiel zunächst nicht in Existenz-Panik. Zu Hause aber nahm das Klima bald schon das muffige Aroma unausgesprochener Vorwürfe an. Vielleicht wäre das ein guter Zeitpunkt gewesen, zu Hause auszuziehen, aber es war eben auch sehr bequem, außerdem hatte er seinem Vater das Versprechen gegeben, immer bei der Mutter zu bleiben. Und eine eigene Wohnung anzumieten, bevor er wieder über ein regelmäßiges Einkommen verfügte, wäre ihm ohnehin zu riskant gewesen. Manuela stufte ihn, wenn es doch mal Streit gab, immer schulterzuckend als konfliktscheu ein, was wohl auch stimmte, denn auch jetzt unterließ er es, die Auseinandersetzung offen auszutragen, und verließ das Haus öfter, als er mußte. Ging er dann in die Stadt, gab er zuviel Geld für Unnützes aus; blieb er zu Hause und tat, was er zu tun hatte, nicht viel also, fühlte er sich beobachtet und zudem als Ballast. Wenn er mittags schon fernsah, guckte die Mutter herein und fragte, „Ach, läuft denn schon was?", und wenn er etwas später als normal zum Frühstück herunterkam, sagte sie, auch wenn es erst halb zehn war, das Frühstück hätte sie schon weggeräumt, es sei ja gleich Mittag. Setzte er sich in den Garten, schnitt sie Rosen oder jätete Unkraut; las er Zeitung, begann sie, in unmittelbarer Nähe zu staubsaugen; legte er sich aufs Bett und hörte über Kopfhörer Musik, kam die Mutter bald herein und wollte die Fenster putzen, sagte aber, sie könne auch gerne vorher etwas anderes tun, Arbeit gäbe es ja genug, sie wolle ihn nicht stören, er solle mal ruhig liegenbleiben. Konnte er dann natürlich nicht. Sie wollte ihm zeigen, daß man als gesunder Mensch tagsüber arbeitet. DASS man arbeitet, ist seiner Mutter wichtiger, als WAS man arbeitet. Ihm nicht. Er will seine Arbeit mit Elan und Ehrgeiz angehen, und dazu muß sie ihm einleuchten. Solange er durch seine Arbeitslosigkeit finanziell niemandem zur Last fiel, fand er, hatte er das Recht, über seine Berufswahl nachzudenken, ehe er überstürzt einen Hilfsarbeiterjob oder einen sicheren, ihn aber nicht befriedigenden anderen Job annahm. Natürlich hatte er bei der Partnerschaftsvermittlung kein Zeugnis bekommen, das erschwerte die Vorstellungsgespräche – die er erst gar nicht bekam. Durch Zeugnis beglaubigte Berufserfahrung war in allen Anzeigen, die auch nur entfernt für ihn in

Frage kamen, Grundvoraussetzung, überhaupt nur um ein Bewerbungsgespräch bitten zu dürfen. Also nahm er – unüberstürzt zwar, aber doch – einen Hilfsarbeiterjob an, hauptsächlich, damit seine Mutter sich beruhigte. Einige Wochen arbeitete er bei der Post als Sortierer, dort brauchen sie immer Leute, ihm machte es nichts aus, nachts zu arbeiten, da gab es sogar noch Zuschlag, und wenn er dann tagsüber schlief, konnte seine Mutter wirklich nichts dagegen sagen. Sie hätte es gerne gesehen, daß er sich zum Schalterbeamten hochgearbeitet hätte und zum ehrenamtlichen, aber stimmberechtigten Mitglied im Beschlußgremium der Abteilung Sondermarken und Jubiläumsstempel. Aber er wollte lieber wieder Menschen beraten und ihnen weiterhelfen, und zwar mit mehr als nur

– Als Büchersendung kostet es nur die Hälfte.

Oder

– Als Paket ist es versichert, als Päckchen nicht. Nach einigen Wochen riß er von einem Ampelmast einen Aushangs-Telefonnummernstreifen ab. Das Angebot las sich vielversprechend:

Guter Nebenverdienst durch Contacting, auch als Vollzeitstelle möglich, bis zu 500 Mark/Tag. Einzige Voraussetzung: Freude am Umgang mit Menschen.

Natürlich, dachte er, sollte man solchen Offerten mißtrauisch gegenüberstehen, aber angucken konnte man es sich ja mal. Daß keine Festnetz-, sondern nur eine Handynummer angegeben war, machte die Sache nicht vertrauenserweckender. Der Mann am Telefon klang nicht, als würde er um einen Job gebeten, sondern als wolle er gerade unbedingt eine Millionen Mark verschenken, aber sofort. Als er von der (in der Schilderung um das unrühm-

liche Ende beraubten) vorangegangenen Tätigkeit bei der Partnerschaftsvermittlung hörte, geriet er völlig außer sich
– Das ist ja ganz und gar phantastisch, dann sind Sie unser Mann, da besteht überhaupt kein Zweifel, das ist ja ne dolle Sache, das wäre doch gelacht, wenn wir da nicht zusammenkommen, und Sie sind ab sofort verfügbar, sagen Sie, ja toll, und bißchen Erfahrung mit EDV? Ja, hören Sie mal, das paßt ja wie die Faust aufs Auge, wann kann ich Sie treffen? Ja, lieber heute als morgen, von mir aus in einer Stunde, wenn Ihnen das, ja, damit bin ich absolut d'accord, kommen Sie rum. Adresse und so gibt es gleich von meiner Frau Krampmann, Sie nehmen ne Taxe, das zahlen wir. Bringen Sie mal gleich einen Füllfederhalter zur Vertragsunterzeichnung mit, also, ich will Ihnen nicht zuviel versprechen, aber von unserer Seite dürfte es da keine Probleme geben, ganz klar, Mensch, das ist ja wirklich ganz, ganz – na fein, ich stell Sie dann mal zur Frau Krampmann durch, Sekunde, und ich seh Sie dann um drei, freue mich –

Der Mann war wie auf Speed. Ohne Zweifel war er im Bereich Contacting tätig. Und der eben noch Arbeitslose eineinhalb Stunden später auch, mit freier Zeiteinteilung, Diensthandy für Außeneinsätze und einem Headset auf dem Kopf für Inneneinsätze. Die Firma schaltete in Tageszeitungen Anzeigen mit Slogans wie

– Du säufst zuviel!

oder

– Nie trinkst du mit uns, du Langweiler!

und darunter dem Hinweis, wer dieser Meinung sei, könne schon mal eine Videoleerkassette einlegen und den Rekorder programmieren, er sei nämlich so gut wie im

Fernsehen und solle mal schleunigst bei der Firma anrufen. Honorar! Hotel! Mit den Anrufern führte man Vorgespräche zum Thema, fragte sie, ob sie damit in noch keiner anderen Talkshow waren, wann sie zuletzt mit einem anderen Thema in einer Talkshow waren, wie alt sie waren, ob sie noch jemanden wüßten, der derselben Meinung sei oder absolut anderer Meinung, dann noch mal, ob sie WIRKLICH noch in keiner Show damit waren. Mit diesen Informationen füllte man eine Datei, gab dem Patienten, äh, dem Anrufer auf Basis des Gesprächs noch Punkte von 1 bis 5 in den Kategorien
– Eloquenz
– Schlagfertigkeit
– Temperament
– Originalität
– Dialekt
speicherte ihn ab und legte auf. Die Arbeit war leicht, denn ins Fernsehen wollten alle, und wenn jemand Rauchern die Aufenthaltsgenehmigung entziehen wollte, es aber noch an Rauch-Befürwortern mangelte, mußte man ihm nur sagen, er müsse, wenn er ins Fernsehen wolle, leider behaupten, dies sei ein freies Land, in dem jeder tun und lassen könne, was er wolle, und darunter falle auch das Rauchen, seiner Meinung nach. Dann sagte er eben das. Ach, diese Sendungen waren schon in der Regel unerträglich – eine der ersten, für die er nach Gästen suchen mußte, stand zum Beispiel unter dem Motto „Nenn mich nicht Schatzi, Bärchen!" Da hat er Manuela mal gefragt, warum sie immer sagt, er sei knuffig, und sie ihn nie als sexy bezeichne. Damit sie das nicht mißverstand, hat er gleich hinterhergeschickt, daß er das auch auf keinen Fall wolle,

das erschiene ihm lächerlich und dressiert, einander, wenn man länger zusammen ist, sexy zu nennen – den anderen grundsätzlich sexy finden, das ist wichtig, aber sexy als aktueller Kommentar, das hat immer etwas Flüchtiges, es ist eine bewußte Verknappung und Reduzierung, und bei einem Paar kommt es ihm vor wie eine Note im Betragen, das findet er eher unangenehm. Also fragte er sie, was sie damit meint, weil er das Wort knuffig so indifferent findet, nach allen Seiten offen, es kann auch schlimmstenfalls so eine bierbäuchige Behäbigkeit sein, die einen knuffig macht, und der weitere Verlauf ist dann absehbar: Irgendwann ist man der süße Teddybär, und das wars dann. Manuelas Antwort auf seine Nachfrage fand er damals so rätselhaft und nett, daß er sie sich in seinen Terminkalender geschrieben hat, weshalb er nie den Tag dieses Ausspruchs vergißt, am 16. Juni war das:

„Mit knuffig meine ich, daß du zum Beispiel statt Eis Eiscreme sagst."

Also, Manuela ist schon eine tolle Frau, das muß er wirklich sagen. Sie hätte prima in die Kosenamen-Sendung gepaßt, aber genausowenig wie seine Mutter wollte er auch Manuela aufs Talksofa vermitteln, das war ihm zu intim. Auch wenn er von Anfang an sehr darauf bedacht war, daß die von ihm vermittelten Gäste gut behandelt und nicht mit argumentarmen Schreihälsen konfrontiert wurden – ganz sicher konnte man nicht sein, und halb freiwillig vor Millionen Zuschauern mehr preiszugeben, als gut wäre, davor wollte er die beiden bewahren. Wenn sie selbst auf die Idee kämen, würde er es ihnen schon ausreden.

Andere Menschen überredete er gerne und mit Erfolg. Vor allem neue Shows, etwa alle sechs Wochen gab es eine, bedienten sich gerne aus der Kartei seines neuen Arbeitgebers, da sie noch keine eigene hatten. Die etablierten Redaktionen schrieben sich die Telefonnummern ihrer Talkgäste auf und besetzten sie nach einer Anstandsfrist (nicht lang, logisch) recht willkürlich für irgendein anderes Thema. Die neuen Shows waren anfangs immer sehr bemüht. Die Redaktionsleiter statteten der Themen und Gäste liefernden Fremdfirma einen Besuch ab („Finde ich immer besser, wenn man weiß, mit wem man es zu tun hat, das meiste läuft ja dann telefonisch"), brachten einen Präsentkorb mit, dessen Inhalt sie während des einstündigen Treffens, das sie gegenseitiges Beschnuppern nannten, größtenteils selbst vertilgten („Brainfood! Nehmen Sie doch auch, mögen Sie nicht?"), und hielten große Reden. Die neue Show sei ein ganz neuer Versuch, ein Gegenentwurf zum Bestehenden, die Menschen sollten zu Wort kommen, nicht vorgeführt werden, man wolle niemanden aufhetzen, sondern Standpunkte zeigen, sachliche Diskussionen anregen, keine Schlammschlachten, bloß nicht! Weil er der Auftraggeber war, sagten die versammelten Gästebesorger, die kurz zum Kennenlernen ihre Headsets abgesetzt hatten, das sei mal ein guter Ansatz, endlich, es würde aber auch Zeit, daß da mal ein Umdenken stattfinde. Nach spätestens zwei Wochen auf Sendung rief der Redaktionsleiter dann an und sagte, man müsse vorübergehend mal die Schraube anziehen, etwas drastischer werden, nicht niveauloser, um Himmels willen, das keinesfalls, nur müßten die Themen mehr zugespitzt werden, es dürfe ruhig knallen zwischendurch, wenn es der Diskussion dienlich sei. Im Grunde sollte es weitergehen wie bisher, mit dem kleinen Unterschied, daß die Menschen einander nunmehr ins Wort fallen und vom Moderator vorgeführt und aufgehetzt werden sollten. Ab und zu eine Schlammschlacht wäre nicht verkehrt, sagte der Mann, aber bitte mit Niveau und auch nur für eine Übergangszeit, bis die neue Sendung sich etabliert habe, dann würde man wieder mutiger werden und sich mehr Zeit für Standpunkte nehmen. Manuela fand es ganz lustig, wenn es in diesen Shows laut und kontrovers zuging, aber ihrem Freund taten die Talkgäste nach einem solchen Gemetzel immer leid, er wollte sie gut behandelt wissen und vor allem vor sich selbst schützen. Seine Kollegen und Vorgesetzten wollten das höchstens offiziell, doch in der Praxis legten sie alles darauf an, Beschimpfungen und wüste Anfeindungen filmen zu können, so daß der Moderator kaum anstacheln, eher beruhigen mußte, somit Quote machte und zugleich ein gutes Image bewahrte. Da er allerdings wußte, daß auch jede Schlammschlacht ein paar ruhige Gegenpole brauchte, man die Schreihälse erst kurz vor der ersten Werbepause bringen konnte und vorher das Thema mit ein bis zwei normalen Gästen einführen mußte, sah Manuelas Freund eine realistische Chance, mit einer eigenen Firma genau in diese Marktlücke stoßen zu können, also kündigte er bald und machte sich selbständig.

Und tatsächlich besteht ein großer Bedarf an halbwegs normalen Gästen, der Laden lief von Beginn an, schnell gab es Stammkunden, sowohl vor als auch hinter der Kamera. Um nicht in dieselbe Mühle zu geraten wie seine Konkurrenzfirmen, verzichtet er darauf zu expandieren und behält so die Übersicht und kann auch mal ein Thema absagen, wenn es ihm allzu radauanfällig erscheint.

Nun also die harmlose Urlaubssendung. Eine Fingerübung, denkt er und geht erneut sein bisheriges Gästeangebot durch, übrig bleiben schließlich eine Reisekauffrau, die hat er noch nie verbraten, die kann gut reden, und der dezente schwäbische Akzent stört nicht übermäßig. Außerdem jemand von der Verkehrswacht zum Thema Staus, ein Lehrer, der über Zeugnisse sprechen kann. Des weiteren ein Bademeister aus einem Waldfreibad in Hessen, ein Dermatologe zum Thema Sonnenschutz und jemand vom Tierheim, der appellieren würde, Haustiere in der Urlaubszeit nicht auszusetzen, sondern zur Not in Tierpensionen abzugeben.

Diese Sammlung trägt er dem betreffenden Redaktionsleiter am Telefon vor, doch der Redaktionsleiter hat wohl neue Zahlen gekriegt, er klingt angespannt und will nichts wissen von informativen, zurückgenommenen Gästen. Der Redaktionsleiter guckt Fernsehen beim Telefonieren übers Fernsehen, so läuft es beim Fernsehen. Im Fernsehen wird gerade geschrien, er dreht den Ton lauter und bittet seinen Zulieferer, das Gerät ebenfalls anzustellen, sich mal gerade die Konkurrenz anzusehen, DAS sei Fernsehen, so würde es gemacht, herrlich sei das. Widerwillig greift Manuelas Freund zur Fernbedienung. Er sieht den Dreck nicht gerne, guckt nur einmal pro Woche einen Zusammenschnitt aller Auftritte der von ihm vermittelten Talkgäste, um zu prüfen, ob man sie gut behandelt hat und ob sie sich bewährt haben und sich eventuell noch mal einsetzen lassen in ein paar Wochen. Sonst schaut er sich diese Talkshows freiwillig nicht an. Manuela guckt sie ganz gerne, seine Mutter auch. Die beiden sprechen manchmal darüber und können gar nicht verstehen, was er dagegen hat, gerade er, der er doch davon lebt. Wenn er dann doch mal mitguckt und sagt, hier, mein Gast, ist der nicht nett, viel angenehmer als die anderen, dann sind das oft die, bei denen Manuela umschalten will, die sind ihr zu langweilig, aber sie läßt es dann laufen, ihm zuliebe. Die Mutter sagt nicht viel, manchmal sagt sie „Meine Güte, nee". Dann wieder lange nichts. Vielleicht, denkt er manchmal, wäre es ihr doch lieber, er wäre bei der Post geblieben. Oder tatsächlich Programm-Macher, mit Zigarre im Mund, Gesicht in der Zeitschrift und Nachwuchsschauspielerinnen im Arm. Doch was er da so fürs Fernsehen macht, telefonieren, Zeitungsausschnitte sammeln und am Computer sitzen, das findet die Mutter äußerst merkwürdig, das ist ihr zu abstrakt, hat sie mal gesagt. Bis heute wartet sie vergeblich, daß er ihr wenigstens mal ein Autogramm von Klaus-Jürgen Wussow mitbringt. Die normalen Gäste, auf die ihr Sohn so stolz ist, findet sie auf jeden Fall auch eher langweilig. Dann kann ich auch mit den Nachbarn reden, sagt sie. Eben, sagt er dann. Ja, aber wieso, sagt dann die Mutter. Und Manuela will umschalten.

Jetzt hört er sie schreien. Sie schreien nicht oft, eigentlich nie. Jetzt aber sehr laut.

– Kein Wunder, daß er keinen mehr hochkriegt, höchstens einmal die Woche für n paar Minuten, dein laues Söhnchen!

– Wenn du rumläufst wie ne Putze, ist das kein Wunder, guck dich doch mal im Spiegel an, verboten sieht das aus, das würd mir als Mann auch nicht gefallen!

– Als Mann? Könntest du das nochmal sagen? MANN? Daß ich nicht lache! Ein Muttersöhnchen ist er, mehr nicht! Lebt mit 31 noch zu Hause, also, würd mich nicht wundern, wenn der in Wahrheit schwul ist, dein Sohn!

– Du hinterhältige Dreckssnutte! Du willst doch nur sein Geld! Und mein Haus!

– Du halbtote, geizige Stinkeoma! Er hat doch nicht mal ein Auto, dein Kleiner, und dein Haus, das würde ich nicht geschenkt nehmen, diese graue Nachkriegsbude ohne Fußbodenheizung, das ist ja die letzte Asi-Absteige, nee danke!

Der Redaktionsleiter ist begeistert.

– Das ist geil. Da geht es richtig zur Sache. Solche Gäste will ich. Ich meine, wie die sich freiwillig hochkesseln. Thema war eigentlich: „Schwiegertöchter in spe". Und dann endet das so, phantastisch. Kraß, wie die schreien, jawoll!, jetzt bewirft sie die Alte mit einem Pro7-Kissen, und wie die kreischen, absolut gut, hören Sie das?

Er hörts. Hört den Redaktionsleiter im Telefon enthusiastisch jubeln und im Fernseher seine Mutter und seine Freundin schreien. Sie hätten ja mal was sagen können. Es sollte wahrscheinlich eine Überraschung werden, und die ist es auch geworden. Er schaltet den Fernseher aus und legt den Hörer auf, es wird still. Als wäre nichts gewesen. Er kaut auf einem Kuli mit der alten Telefonnummer drauf herum und denkt an Handgranaten.

Am nächsten Morgen beim Frühstück liest er die Stellenanzeigen. Die Mutter reicht ihm die Partnerschaftsanzeigen. Er wirft sie mit dem Immobilienteil ungelesen in den Mülleimer. Unverantwortlich, ausgelesene Zeitungen in die Mülltonne! denkt die Mutter resigniert, er wird es nie lernen. Manuela steht noch unter der Dusche. Es ist Samstag. Am Samstagnachmittag kommen im Fernsehen keine Talkshows. Da haben alle frei, es sei denn, sie müssen zu einer Aufzeichnung. Die Mutter fragt, ob er noch Tee möchte, aber er hat noch, danke. Er packt seine Sporttasche, dabei ist doch Samstag.

– Mutter, ich gehe, sagt er.

– Ja, sagt sie, ist gut.

– Hast du gehört? Ich GEHE, sagt er, jetzt etwas zu laut.

– Ja, ja, sagt sie ruhig, geh nur. Aber komm nicht zu spät zum Essen.

– Äh ja, murmelt er, jetzt etwas zu leise. Ja, natürlich.

Das Duschwasser rauscht und rauscht. Wasserverschwendung, denkt die Mutter und beginnt mit den Vorbereitungen fürs Mittagessen. Als Manuela runterkommt, ist der Frühstückstisch schon abgedeckt. Zu spät.

▷ ☐ herunterfahren

▷ ☐ vom netz

▷ ☐ speichern unter: krankenakte dankeanke

▷ ☐ strg s

▷ ☐ soundfiles

▷ ☐ standarddokument

▽ ☐ dialogfelder

    ☐ verknüpfung herstellen

    ☐ alles markieren

    ☐ direkthilfe

    ☐ autotext

    ☐ hyperlink

▷ ☐ neustart

Dialogfelder

Von früh
Bis spät
Ein Wort nach
Dem andren
Und am Ende
Steht nichts.
Rolf Dieter Brinkmann

I. Verknüpfung herstellen

Hi, ich. Stör ich
Wo bist du gerade
Ah, verstehe
Hier mit, wie heißt er
Die anderen wollen noch
Ja, weiß nicht, erst mal so
Und was ist da
Klingt nicht schlecht
Kann sein, daß wir danach
Ich kann dich ganz schlecht verstehen
Ja, jetzt wieder besser
Und wohin dann
Das – das sind die anderen
Wie seid ihr denn unterwegs
Weiß nicht, ob ich das schaffe
Warte mal – na ja, jetzt ist es zehn, halb zehn erst
Gib mir noch mal deren Nummer
Ach so, nein, die hab ich ja

Sonst laß doch das Auto da stehen
Jetzt bist du wieder so abgehackt
Kannst du mich denn
Hallo
Hörst du
Hä
Ich noch mal
Ja, war plötzlich weg
Laß uns einfach nachher noch mal
Du hast es aber auf jeden Fall an
Oder auf die Mailbox

II. Alles markieren

– Bier, na gut, ein halbes.
– Ich trinke mindestens ein ganzes.
– Vielleicht erst –
– Wenn du deins nicht schaffst, krieg ich das schon leer.
– Auch wahr.
– Vier Bier. Four Beers!
– Richtig feierlich gedeckt, wie bei uns.
– An Sonntagen, Liebes, an Sonntagen.
– Heute ist ja auch Sonntag.
– Ist? Zeichen für Erholung – habe ich überhaupt nicht im Blick, die Wochentage.
– Thank you.
– Erst mal Prösterchen.
– Ja, auf unseren Fahrer.
– Unter den Bedingungen!
– So schlimm war es nicht.

– Na, das war schon –
– Ist sehr gutes Bier.
– Denkt man gar nicht.
– Ja, das ist von hier.
– So laß ich mir das gefallen.
– Dann mal los.
– Ach, was haben wirs gut, nich?
– Das geht ja gut los gleich.
– Ich merke es jetzt schon in den Beinen, unsere Wanderung, wirklich.
– Tortour – mit ou geschrieben. Aber schön wars.
– Straße oder Gasse.
– Na, wart mal ab, das war erst der Anfang.
– Full-House, na bitte.
– Nicht daß das in Streß ausartet.
– Huch! Stromausfall.
– Romantisch.
– Da kommt er schon mit einer Taschenlampe
– Thank you! Romantic!
– You have candles?
– Candles?
– No problem. We like it!
– Holt er jetzt welche, oder –
– Ah, das ging aber schnell, Strom wieder da.
– Und wieder aus. Was denn nun.
– Das Netz ist überlastet, jetzt, zur Stoßzeit.
– Jetzt aber.
– Was hast du für n fesches T-Shirt an!
– Das hat mir Ulrike mitge –
– Nein, das haben wir doch in Kopenhagen gekauft.
– Richtig, Kopenhagen wars.

– Ist wirklich witzig, finde ich sehr gut.
– Ich schenke es dir.
– Ach.
– Du willst es doch haben. Schenke ich dir.
– Sags noch mal, dann nehme ichs an.
– Du, wenn ich das nicht so meinen würde, würde ichs nicht sagen.
– Echt? Dann schenks mir zum Geburtstag. 12. Mai!
– Ja, das ist doch n Deal. Eine Sorge weniger!
– Ist das aufgedruckt oder –
– Man kann das ja inzwischen von winzigen Fotos großziehen. Braucht nur das Foto.
– Habt ihr hinten auch gesehen?
– Steh mal auf. Zeig es ihnen mal.
– Sieht mans oder soll ich die Jacke ganz?
– Stück noch, so ist gut, ja, hinten auch noch Schrift.
– Dreh dich noch mal.
– Ist wirklich –
– So, alle gesehen?
– Los jetzt, spielen.
– Fünfen fehlen noch.
– Ich muß sagen, eben ohne Musik fand ichs mindestens so schön.
– Oben bin ich gut dabei. Problematisch sieht es unten aus.
– Ja, man muß gar nicht immer beschallt werden.
– O ja, guck an.
– Aber erst meckern.
– Eine Unsitte.
– Dädädäm, wart mal, halt, wie heißt denn – das ist doch Der mit dem Wolf tanzt, oder?

– Bonanza ist das.
– Genau.
– Richtig, Bonanza.
– Sonst streich doch die Zweien, du hast doch vier Sechsen.
– Wie hieß der Dicke noch mal?
– Das beste bei Bonanza war –
– Little Joe.
– Den vierten mochte ich nie, den habe ich mir nie gemerkt.
– Was fehlt noch?
– Würde ich so stehenlassen. Reicht doch.
– Wie heißt denn das noch mal auf englisch, Bonanza?
– Bonanza.
– Excuse me, the music – can it –
– No, we like the music, but –
– Is it possible? O, thank you.
– Ist er jetzt beleidigt?
– Glaube ich nicht. Teilt ihr euch die Lesebrille?
– Oben von jedem drei im Schnitt, das reicht für den Bonus.
– Ja, die können wir beide benutzen.
– Dieses Quartier ist wirklich ein Volltreffer, muß man so sagen.
– Ja, son Häuschen ist schon –
– Dies Geräusch des Würfelbechers erinnert mich an mein Elternhaus.
– Wir haben ja wirklich mit dem Gedanken gespielt, etwas zu kaufen.
– Nordsee, Ostsee, alles zu kalt.
– Das war heilig, Vaters lederner Würfelbecher.

– Der Geruch auch.
– Mit Gerüchen verbindet man mehr als mit Bildern.
– Ja, Sonne muß schon sein, aber ich reagiere allergisch auf diese Touristenstrände.
– Ganz einfach, also mit Niveau, aber in erster Linie funktional, nicht übertrieben.
– Man braucht ja nicht viel.
– Veranda, Stuhl, Buch, Blick aufs Meer.
– Jeder sein eigenes Zimmer, das schon.
– Das sind zwölf.
– Das sehe ich, daß das zwölf sind, ich gucke nur, ob ich die nicht –
– Alles noch mal reinschmeißen!
– Aber dann hast du das am Bein und mußt da auch immer hin, kannst nirgends mehr sonst hin, ohne ein schlechtes Gewissen.
– Und dann die laufenden Kosten.
– Nein, wenn es zum Zwang wird, das hat keinen Zweck.
– Aus jedem Dorf ein Hund. Zweien könnte ich – aber die habe ich schon, oben zumindest. Was solls, ich probiers.
– Andererseits ist es natürlich so ein Traum, den wir schon lange –
– Zur Not kannst du ja immer noch zusammenzählen, oder hast du, ach, Chance hast du schon.
– Jemand noch Wein von euch zum Essen?
– Ich bleibe jetzt wohl bei Bier.
– Ich steig auf Wasser um.
– Ich trink n Roten mit.
– Sorry – the wine-card? The menu?
– Ist nicht ohne, so ein Tag.

– Ja, nach dem Essen bin ich auch schon wieder reif für die Falle.
– Hier, er macht da die Punkte, still und heimlich.
– Ich werde auch nicht mehr alt heute.
– Langsam nährt sich das Eichhörnchen.
– Das ist ja das Tolle. Niemand zwingt uns.
– Manchmal hat man einen Lauf, da gelingt dann alles.
– Ich weiß noch, früher, mit allen Kindern, da war Urlaub dann ja eher Streß.
– Du, wir genießen das so inzwischen, ohne die Kinder.
– Du bist!
– Ich schlafe hier wie ein Stein.
– Sei froh.
– Ich bin so froh, daß wir euch nicht zu Kuba überredet haben.
– Ist alles bestens.
– Was soll das, wir zeigen euch ein Land, in dem wir schon achtmal waren.
– Obwohl, hätte auch seinen Reiz gehabt.
– So, jeder noch zwei Wurf.
– Das hätte es, aber wir fanden es viel schöner, mit euch gemeinsam dieses Land zu entdecken.
– Dann ist Schluß? Bei mir fehlen noch drei.
– Aber Kuba müssen wir auch noch mal machen.
– Du, können wir ja. Dem steht ja nichts im Wege, nur diesmal –
– Ja, Kuba! Cohibas, Mojito –
– Dann hast du einmal vergessen zu streichen.
– Wo?
– Traumstrände.
– Mit den Zigarren ist es bei mir so: Riechen mag ich es

gerne, bei anderen, aber mir selbst wird von einem Zug schon schlecht.
– Die sind nicht ohne, das ist wahr.
– Und da unten wirklich sagenhaft billig.
– Uns hat ja dieser Film vom Wenders auch so gefallen.
– Der war Spitzenklasse.
– Und absolut authentisch.
– Mehr Glück als Verstand.
– Vorhin brauchte ich sie, jetzt weiß ich nicht, wohin mit den Sechsen.
– Diese alten Männer haben eine solche Vitalität aus –
– Es ist natürlich dort unten auch bedrückend, wenn man sieht, wie sie einem den Hof machen, wenn man mit Dollars kommt.
– Das wars?
– Nein, ich muß noch einmal.
– Mit Dollars bist du der King.
– Wo bist du das nicht?
– Aber da ist es schon extrem.
– Und die Frauen da, das muß man schon neidlos anerkennen –
– Eine Augenweide.
– Die Männer aber auch.
– Mit letzter Not. Aber gerade so.
– Da hat ja diese Kabarettistin auch ihren –
– Die Fitz!
– Wir haben sie in Frankfurt gesehen, das letzte Programm.
– Fand ich nicht berauschend.
– Nee, das hat uns nicht umgehauen.
– Ich zähl dann mal zusammen.

– Es war mit einem Mal alles so, wie soll ich sagen, so bedeutsam.
– Unendlich bedeutsam!
– Jetzt politisch auch, oder –
– Gar nicht mal unbedingt politisch.
– Also, Platz eins ist klar, aber der letzte, da wirds spannend.
– Eine ungeheure Bedeutung sollte das alles –
– Manches hat man auch gar nicht verstanden.
– Ist nur ein Spiel, trotzdem fuchst es einen.
– Was riecht hier so gut, seid ihr das mit eurem –
– Das ist Fenjala. Das ist eures. Das kaufen wir uns in Deutschland auch, das gucken wir euch ab.
– Wir nehmen ja sonst nie Duschgel. Aber das hat uns auf den Geschmack gebracht.
– Es riecht umwerfend.
– Und es trocknet die Haut nicht aus.
– So, ich habe verloren. Ja, knapp, aber eindeutig.
– Dafür hast du gestern und vorgestern –
– Ganz weich, fühl mal.
– Tatsächlich.
– Das ist ganz interessant, mal die Ergebnisse, wenn man den Block mal zurückblättert, wir haben ja kein Blatt weggeschmissen –
– Ah, jetzt, der Wein.

III. Direkthilfe

Am liebsten würde ich nicht hingehen.

Bin gespannt, ob er wieder schwänzt.

Die Aufgaben vom letzten Mal habe ich nicht gemacht.

Wahrscheinlich müssen wir wieder ganz von vorne anfangen.

Aber in zwei Wochen ist die Klausur.

Ist nicht demnächst die Klausur?

Wenn ich die verhaue, dann gute Nacht.

So wie es jetzt aussieht, verhaut er die.

Wenn er nur nicht so stinken würde.

Jetzt duschen oder danach? Danach.

Und dieses klemmige Dachzimmer.

Tanzschule, Männermangel im Anfängerkurs ausgleichen – immer gerne.

Wenn ich schon das rote, nässende Hautproblem an seinem Handgelenk sehe, das er zu Beginn der Stunde immer freilegt, wenn er seine Armbanduhr abmacht und zwischen Tintenfaß und Spardose auf den Tisch legt.

Muß vor der Tanzschule noch zur Apotheke, die Salbe abholen, hoffentlich kommt er nicht wieder so spät.

Eine Spardose! Mit 19 Jahren noch! Das einzig Coole an dem Typen ist sein Rad. Wie es da steht, im Vorgarten, man müßte es ihm klauen.

Andererseits ist es leicht verdientes Geld. Das Rad, den Computer – alles bezahlt von Jungs ohne Peilung in Naturwissenschaften. Mir solls recht sein.

Jetzt klingeln, seine Mutter wird aufmachen, und im Vorgarten nehme ich den letzten tiefen Zug sauerstoffhaltiger Luft für eine Stunde. Im Flur gehts schon los – Mittagessenmuff. Als ob einem unvermittelt ein Pottwal in den Schnorchel furzt. In seinem Zimmer ist es aber am schlimmsten. Mir schleierhaft, wie die das ohne Atemschutzgeräte in der Bude –

– IST BESTIMMT FÜR MICH, MUTTI!
– ICH MACH SCHON. Guten Tag, heute ganz pünktlich, der Robert wartet schon auf dich, kennst ja den Weg.
– Guten Tag, Frau Engelbrecht, ja.
– Magst du was trinken, Tee, Fanta, Sprite?
Ich habe Durst. Aber, nein, irgendwie doch nicht. Nicht hier, nichts aus deren Küche.
– Danke sehr, aber erst mal nicht.
– DU, ROBERT?

Muß die so schreien? Kann sich ihr Genie-Sohn denn nicht selbst was zu trinken holen?

– WAS DENN?

– TRINKEN!

– HAB HIER NOCH NE ANGEBROCHENE PULLE.

– SAGT SONST EINFACH BESCHEID.

Treppe rauf, der Geruch unten war schon schlimm, aber jetzt wird es richtig brutal.

– Hallo Robert.

Oh, Fenster auf, bitte!

– Na? Heute Kurvendiskussion, oder? Ist es dir durch die Aufgaben mit vorgeschlagenem Lösungsweg leichter gefallen?

– Aufgaben? Du hattest mir doch gar keine –

Versager.

Nervtyp.

– Dann machen wir sie jetzt. Taschenrechner hast du?

Die Uhr, na los, zeig mir dein Hautproblem!

– Nee, den habe ich vergessen, Mist. Aber ich habe ein neues Geodreieck und eine neue Normalparabel.

Als würde er die für mich kaufen!

– Ja, das ist doch nicht schlecht. Kannst ja meinen Rechner nehmen. Mußt dir halt ein paar Tasten wegdenken, das ist das Profigerät, sieht schlimmer aus, als es ist.

Und du bist schlimmer, als du aussiehst, auch wenn es schwer ist.

– So, kurz nach 5 haben wir.

Ah, die Uhr, geht doch. Oh, der Ausschlag schuppt neuerdings. Direkt ein Stück alte Haut auf mein Heft. Wer macht das weg?

Ah, ich muß wirklich zur Apotheke, verdammt.

Er macht es weg, na also, schön unauffällig mit dem Ärmel, den Pullover hat wohl seine Mami gestrickt.

– Ja, da könnte man x ausklammern, oder?
– Und was brächte das?
– Ja, erst mal –
– Guck dir doch die zweite Klammer mal genau an.
– Ist das eine binomische Formel?
– Welche könnte es denn sein?
– Die zweite oder dritte. Die erste ist es nicht.
– Schreib doch zur Übung noch mal alle drei gerade hier auf dies Blatt.

Wenn er das jetzt nicht kann, dann hat es wirklich keinen Zweck.

Scheiße. Die erste ist leicht, aber die zweite. A Quadrat, und dann? Plus oder Minus.

– Nein, die kann ich doch nun wirklich. Aber hier, diese –
– ROBERT, TELEFON! ANGELA, WEGEN DEM TANZKURS!

Angela! Hoffentlich sagt sie nicht ab.

Angela? Doch nicht DIE Angela?

– Bin gleich wieder da. Denk du solange noch mal über die binomischen Formeln nach.
– Mach ich. Ist aber auch echt ne scheißschwere Aufgabe, ich glaube, in der Klausur kommt so was gar nicht dran.
– Wär ich nicht so sicher. Die ist im Grunde ganz simpel. Also, bin gleich zurück.

Ja, danke Angela. Dann kann ich doch gerade mal hinten im Buch nach den binomischen Formeln gucken, wo sind die noch mal, ach, nein, vorne, vorne drin, genau. Ah so, ja.

Schreibe ich sie ihm eben hin, was solls. Das Bettzeug von dem Kerl trägt auch nicht gerade zu ner Verbesserung der Luft bei. Kann ja jetzt eigentlich mal das Fenster –
 – Und, alles raus?
 – Also zumindest ist es die dritte binomische, ne?
 – Jetzt zieht es aber. Ach, du hast das Fenster –
 – Mir war warm.

(...)

 – Oh, schon sechs durch!
 – Na los, die eine machen wir noch fertig.
 – Mach ich zum nächsten Mal, ich muß schnell weg.
Muß er wissen. Sein Geld. Das seines Vaters. Jetzt auf jeden Fall: meins.
Weg, weg, weg!
 – O.K., dann, wann sollen wir denn, ich guck gerade mal in den Kalender, vor der Klausur sollten wir noch mindestens zweimal, wenn du da –
Abzocker.
 – halbwegs heile durchkommen willst, ich denke, besser wären viermal. Und denk nächstes Mal an den Taschenrechner, damit du in der Klausur dann nicht plötzlich bei deinem nicht weißt, wo oben und unten ist.
 – Klar. So, meine Jacke, ist das dein Bleistift oder meiner, ist deiner, glaube ich.
Das Geld! Will er mir jetzt etwa –
 – Ach, fast vergessen: das Geld. Zehn, und, warte – so, fünfzehn.
Als ich seinen Vater neulich traf, und der sagte, es sei o.k., daß ich auf zwanzig die Stunde erhöht hätte, er wol-

le allerdings auch hoffen, daß sein Junge dank dieser Investitionen auf eine glatte Vier käme, da dachte ich echt, so dreist kann man nicht sein. Zweigt der jedesmal fünf Mark ab. Aber wenn ich ihn drauf anspreche, sucht er sich einen anderen. Ich lebe ja von seiner Blödheit. Da muß ich die Dreistigkeit im Kombipaket eben mitnehmen, hilft alles nichts.
– Firma dankt.
– TSCHÜS, FRAU ENGELBRECHT!

Unfaßbar. Angela. Wie kann sie nur. Der kann man auch nicht mehr helfen.

Die Klausur wird das absolute Waterloo. Aber mehr als helfen kann ich nicht.

Die Klausur wird ein Problem, ein echtes Problem. Da muß ich jetzt schnell ne Menge powern, sonst geh ich da chancenlos baden.

Jetzt schnell duschen, und dann nicht zuviel After Shave, das turnt ab. Glaube, die Mission Angela ist nicht absolut chancenlos.

IV. Autotext

– Über die Umgehungsstraße oder durchs Zentrum?
– Was kürzer ist.
– Das nimmt sich im Endeffekt nicht viel.
– Dann was schneller geht.
– Das kommt auch drauf an, das ist immer die Sache.
– Dann egal.
– Umgehungsstraße ist jetzt frei, denke ich.
– Dann Umgehungsstraße.

– Jouh, nur kurz wenden. Hab da jetzt drei Stunden gestanden.

– Hmm.

– Und da, hoffentlich kriege ich da ne gute Tour zurück. Soll ich den Sitz nach vorne machen oder gehts mit den Beinen?

– Danke, geht. Ein bißchen vielleicht. Danke, reicht. Könnten Sie das Radio?

– Gerne doch. Suchlauf mach ich, sag Bescheid, wenn dir was gefällt. Ich hab da keine Aktien mehr drin. Läuft ja meist eh nur Gülle.

– Ah, gutes Lied, das bitte lassen. Nein, zurück. Genau. Ginge es ein bißchen lauter?

– Nimmt der mir die Vorfahrt. Jaja, so laut du willst.

– Danke.

– Wie ichs gesagt habe: frei die Umgehungsstraße, frei wie ne Teststrecke. Aber nachmittags knubbelt es sich hier. Wenn nicht gleich bißchen Wind aufkommt, gibt das noch was heute, so hat sich das zugezogen, dabei war es heute morgen ja strahlend schön.

– Ach, könnten Sie es noch etwas lauter machen, das Radio?

– Dann versteh ich aber von unserem Gespräch nichts mehr.

– Ja.

V. Hyperlink

Wenn es dich gibt
Dann mach was
Wenn nicht
Trotzdem

▷ ☐ herunterfahren
▷ ☐ vom netz
▷ ☐ speichern unter: krankenakte dankeanke
▷ ☐ strg s
▷ ☐ soundfiles
▷ ☐ standarddokument
▷ ☐ dialogfelder
▶ ☐ **neustart**

Neustart

Häufig destabilisiert der Absturz das Betriebssystem
so stark, daß ein Neustart unvermeidlich wird.
Encarta Enzyklopädie

Seit gerade einer Stunde ist Randy da, und seit einer Stunde lügt er permanent. Die Frau, bei der er eingezogen ist, Karen heißt sie, hat er vorher erst einmal gesehen, bei der gegenseitigen Inspizierung und mit ihr am Telefon verständlicherweise bislang eher technische Dinge verhandelt. Im Auto hat er seinem Freund Daniel, der ihm beim Umzug geholfen hat, vorgelogen, die Karen (sie mit Artikel zu versehen klang gleich doppelt so vertraut) sei klasse und wahnsinnig nett, dabei hätte er sie außerhalb ihrer Wohnung nicht einmal wiedererkannt. Karen hat Randy und Daniel zum Empfang eine Bodum-Kanne Kaffee runtergedrückt, ihnen etwas vom mittags übriggebliebenen Nudelauflauf angeboten und gefragt, ob er sonst irgendwas brauche. Darauf hat Randy gesagt
– Erst mal habe ich alles, danke!
Hahaha! Gar nichts hat er. Doch: Hunger. Denn die Nudelofferte haben sie dankend ausgeschlagen, sie hätten erst kurz vorher an der Autobahnraststätte etwas gegessen (gelogen!). Doch bevor Randy hier irgend etwas ißt, will er erst mal begreifen, wie Karen sich das vorstellt mit dem Haushalt, wie hier die Regeln sind, derzeit, die dann, da Karen nett und klug erscheint, natürlich nach und nach geändert werden können, wenn Vernunftgründe dies nahelegen, aber fürs erste will er nicht stören, bloß wohnen, will, daß sie nicht in einer Woche in seiner Zimmer-

tür steht, an ihm vorbeiguckt und sagt, sie müßten reden, das habe sie sich anders vorgestellt, man könne nichts erzwingen, und er solle sich schleunigst nach was anderem umgucken. Randy hat schon mit zu vielen Menschen zusammengewohnt, als daß er auf so einen Nudelauflauf-Trick hereinfallen würde – man bekommt ihn freundlich angeboten, fast aufgedrängt, und irgendwann, noch Jahre später eventuell, wird es plötzlich heißen, na ja, du hast dich ja von Anfang an hier durchgeschnorrt, das fing ja schon, da hattest du noch nicht mal deine Sachen ausgepackt, mit dem Nudelauflauf an. Natürlich kann ein Nudelauflauf auch nett gemeint sein, selbstverständlich, aber das Risiko ist Randy zu groß – beziehungsweise ist ihm die Wohnung zu schön, er will dort gerne lange wohnen bleiben.

Daniel ist dann sehr bald zurückgefahren. Wäre er über Nacht geblieben, vielleicht wäre dann alles leichter gewesen für Randy; in der ersten Nacht in einer neuen, fremden Stadt jemand Vertrautes bei sich zu haben, ist schließlich sehr angenehm – doch dann wäre noch ein Tagessatz für den Kleintransporter fällig gewesen, und das konnte Randy sich nicht leisten, Umzüge sind ja, auch wenn man alles selbst macht, schon ruinös genug. Daniel sagte, ihm sei ganz unwohl, Randy so zurückzulassen in der Fremde mit unausgepackten Kartons und Koffern, ob er nicht vielleicht doch bleiben solle, geschissen auf den einen Tagessatz?

– Ach Quatsch, log Randy schnell, das geht schon.

Es geht aber nicht.

– Falls du irgendwelche Fragen hast – ich sitze nebenan am Compi, sagt Karen, im Türrahmen lehnend.

– Erst mal alles klar, keine Fragen, danke, ich sag dann Bescheid, lügt Randy und beginnt, noch während er das sagt, völlig unsystematisch mit dem Ausräumen eines jener Kartons, in die man alles, was übrigbleibt, hineinknallt bei Umzügen und die beim Auspacken dann plötzlich deutlich in der Überzahl sind, nur damit Karen sieht, daß er keine Fragen hat. Überhaupt keine Fragen, bloß:

Kocht jeder für sich allein oder beide abwechselnd doppelte Portionen, benutzt man eine Butter gemeinsam, Tee aber nicht, wer kauft was ein, wäscht jeder gleich nach Benutzen ab, was er dreckig gemacht hat, oder darf man auch mal Töpfe einweichen und da dann ein paar Tage auch Besteck und so weiter reinwerfen, bis eben das Spülbecken voll ist, wie verhält es sich mit dem Müll, wird der getrennt, von wem wird der wann wohin getragen, wie oft wird womit was alles geputzt, gibt es ein gemeinsames Haushaltsportemonnaie für Lebensmitteleinkäufe, oder wird am Ende des Monats abgerechnet (wenn ja: anhand von Schätzungen oder Belegen?), wird gemeinsam gewaschen, darf er im Stehen pinkeln (wenn er aufpaßt), hat sie einen Drucker (er nämlich hat keinen, würde dann aber Patronen und Papier kaufen), wie sieht es aus mit den Lärmbefindlichkeiten, darf, wenn der eine nicht da ist, das Zimmer des anderen als Gästezimmer fungieren, ist es vorgesehen, sich ganz bewußt NICHT anzufreunden, damit man sagen kann, Zweck-WG, reine Zweck-WG, ist es reaktionär, wenn er ihr anbietet, die Wasserkisten hochzutragen und gerne auch ihr Fahrrad, es bei Bedarf sogar zu flicken – und was wird sie im Ausgleich tun, gibt es ein Signal für den Fall, daß man mal Besuch bekommt, mit dem man gerne für eine Weile allein in der Wohnung sein will, und zwar in der ganzen – inklusive Badewanne, Küchentisch oder so, weil er für Sex immer nur im Bett noch zu jung ist, hat Randy in der Zeitschrift GQ gelesen. Obwohl das Bett für solche Verwendung viel mehr Vor- als Nachteile aufweist, diese obszönen Raubtiergeschichten aus den Zeitschriften sind ja ohnehin jeden Monat abenteuerlicher. Irgendwann wird Randy denen mal schreiben, hat er sich mit Daniel überlegt, liebe Leute, wird er schreiben, meine Freundin kotzt immer nach dem Saufen, und dann ist es im Bett irgendwie doof. Randy und Daniel rechnen fest mit einer naseweisen Antwort, nein, nein, nein, ganz falscher Ansatz, Jungs, würde es heißen, Kotzen kann sehr sinnlich sein, Kotze hat Körpertemperatur und ist sehr weich, somit optimal als prickelndes Erotikspielzeug verwendbar, sie gehört zu uns und kommt aus dem geliebten Menschen heraus, nur keine falsche Scham, beziehst die Kotze in euer Liebesspiel mit ein, die Kotze läßt sich gut auf dem Körper verteilen, verwöhnt euch mit einer entspannenden Kotzmassage, die sicherlich Lust auf mehr macht. Der Phantasie sind keine Grenzen gesetzt, so könnt ihr auch beim Aufwischen mit dem Wischmob masturbieren, oder wenn es mal nicht so klappt, zum Stimulieren einen Dildo ganz weit oral einführen, dann kommt die Kotze irgendwann bestimmt, und los gehts.

Weitere Fragen an Karen: Wird über Wandschmuck jeglicher Art in gemeinschaftlich genutzten Räumen demokratisch abgestimmt, lohnt es, gemeinsam eine Tageszeitung zu abonnieren, wenn ja welche, und wer liest welchen Teil zuerst, was ist mit Rauchen, wie sind die Nachbarn drauf, findet sie es auch wichtiger, daß etwas im Kühlschrank ist, als daß das Gemüsefach dauernd ausgewischt wird, es sei denn, es kippt einem was um und tropft von ganz oben einmal durch alle Kühletagen, also dann natürlich: sofort. Aber sonst eigentlich alles klar, erst mal keine Fragen.

Natürlich klären die meisten dieser Fragen sich im Alltag, und ein allzu umfassendes Korsett aus Regeln, Bitten und Verboten verstellt den Blick auf das, was es ermöglichen soll: nettes Zusammenleben. Doch da nahezu alle genannten Punkte Elementares (nicht NUR Geld!) betreffen, sind sie unbedingt als neuralgisch zu bezeichnen und als solche besser nicht dem Alltag aufzubürden, der ja auch so schon genug zu nerven versteht. Wenn man nach 15 Stunden Nachtschicht im Paketamt – irgendwo muß das Geld für das Lotterleben schließlich herkommen – die Wohnung betritt, möchte man Ruhe HABEN und sie sich nicht noch ERBITTEN müssen. Wenn man sich zur Belohnung, einen weiteren Tag durchgestanden zu haben, einen Tiegel Mohn-Marzipan-Joghurt im Kühlschrank bereitgestellt hat, ist es besser, dieser wurde nachmittags nicht an Spielkameraden des Mitbewohners verfüttert. Hat man endlich mal jemanden zum Knutschen überreden können, macht das viel mehr Spaß, wenn der 50-Marks-Rotwein, den man für besondere Anlässe gekauft hat, nicht ein kompliziertes Gericht im Römersdorf badet, zu dessen erkalteten Überresten ein nett gemeinter, aber so nur zynisch wirkender Post-it-Zettel („Bedien dich, besser wird es nicht") den Weg weist, und wenn nicht jemand reinkommt mit den Worten

– Hast du zufällig Tesa – oh, sorry, wußte nicht –

Und wenn die Mutter zu Besuch ist, egal in welchen Zeiten wir leben, dann muß diese ein Recht darauf haben, in der Küche Kaffee und ein paar sanfte Lügen aufgetischt zu bekommen, ohne daß gedankenlos eingehakt wird

– Ich denke, du warst seit sechs Wochen nicht im Institut, und die Hausarbeit hat doch Manuel geschrieben – und seit wann arbeitest du denn als Assi bei deinem Prof, bist du etwa rausgeflogen bei H&M? Und ich hör immer kostspielige Reparatur, aber unser Fernseher ist doch genau wie die Stereoanlage beim Pfandleiher! Na ja egal, was ganz anderes – hier lag doch gestern noch so n fettes Piece, weißt du, wo das hin sein könnte?

Über die Konventionen im Krisengebiet Telekommunikation haben Karen und Randy schon beim ersten Sondierungsgespräch sofortige Einigung in allen Punkten erzielen können, ohne Gegenstimme wurde ein Anschluß mit zwei unterschiedlichen Nummern durchgewunken. Eine auffallend praxisbezogene Erfindung eines Ladens, der dafür ja eher nicht berühmt ist, fanden sie. Randy glaubte gar nicht, daß das geht, aber Karen WUSSTE es sogar, und so war es und ist es nun, und beiden ist es möglich, genau dann zu telefonieren, wenn sie MÖCHTEN, und nicht nur dann, wenn sie KÖNNEN. Und wenn man gerade die Patentante („Wollte nur mal so hören, wie es bei euch geht... nein, hier ist es toll, zwar teuer, aber wenn man sich beschränkt, geht es, was – nein, ach wo, nein, du sollst nichts überweisen, nicht schon wieder, ich komme echt zurecht; und sag mal, wann ist jetzt noch mal Elkes Geburtstag, ah o.k., und ist das Wetter bei euch auch so... und die Bankleitzahl ist 700 505 900. Mußt du aber echt nicht!") oder die Feuerwehr anrufen muß, entfällt es, durch alle Zimmer zu laufen auf der Suche nach dem kabellosen Gemeinschaftsgerät, das garantiert komplett entladen ist, wenn man es mal gefunden hat. Wenn! Der größte Vorteil jedoch ist der Wegfall der Abrechnerei, die noch jede Gemeinschaft spaltet, wenn an jedem Monatsende nach dem Verursacher von circa 200 Mark Rechnungsdifferenz zwischen der Aufstellung der Telekom und der der Nutzergemeinschaft gefahndet werden muß. Es kann kein Zufall sein, daß alle Dinge, die eine gewisse Grundaufrichtigkeit und Disziplin verlangen, in Gemeinschaften nie klappen ohne Kontrollinstanz. Außerdem findet Randy es albern, mit Stoppuhr und Notizblock zu telefonieren. Auch die gegen geringe Gebühr mögliche Einzelaufstellung aller Verbindungen erscheint ihm zum einen unappetitlich, weil man plötzlich zu rechnen beginnt, ob manche Fernbeziehung sich überhaupt noch lohnt, zum anderen widerstrebt es ihm, sich monatlich mit verschiedenfarbigen Textmarkern bewaffnet um den Küchentisch zu gruppieren und nach Markieren der unstrittigen Fälle plötzlich genötigt wird, 0190er-Nummern, die man nicht (oder zumindest nicht alle) gewählt hat, nicht nur zu zahlen, sondern auch noch ethisch zu vertreten, bloß weil man der einzige Mann im Haus ist, und erst später kommt heraus, daß die liebe Mitbewohnerin nicht nur jeden Besucher nach seinem Sternzeichen fragt, sondern sich diesbezüglich auch gerne bei einer drei Mark neunzehn die Minute veranschlagenden Expertin Rat holt. Und wenn die Bezahlung von Gesprächen mit gemeinsamen Freunden zur Disposition steht, wird das Ganze zum fernsehkrimigleichen Schwank, kulminierend im Abgleich der Terminkalender: Wo waren Sie zur Tatzeit?

Nein, in drei Tagen wird Randys Anschluß freigeschaltet, und bis dahin geht er in die Telefonzelle vor der Tür. Sicherlich würde Karen ihm sofort erlauben, bis dahin ihren Apparat mitzubenutzen, doch wird er sie in den nächsten Tagen noch um genug bitten müssen, also kauft er sich eine Telefonkarte und fertig. Leider gibt es kaum noch öffentliche Münztelefone, die könnte Randy in diesen Tagen problemlos bis zum Anschlag füllen, denn bei den Aus- und Aufräumarbeiten, die ein Umzug nötig macht, nimmt das überall gefundene Kleingeld schnell ein solches Volumen ein, daß man damit einen Barbiepuppen-Geldspeicher füllen könnte, durch dessen Tiefen Barbie und Ken sich wie Dagobert Duck wühlen könnten, statt sich immer nur zu kämmen oder auszureiten oder den Campingwagen zu beladen, da wird man ja blöde von, aber wenn man da anfinge, mit kritischen Briefen an die Entwicklungsabteilung von Matell, da hätte man ja gut zu tun, allein daß Barbie einen Busen hat, Ken aber keinen Penis, findet Randy äußerst fragwürdig. Super Thema, Barbie-Puppen, muß er sich merken, falls ihn jemand auf eine Party einlädt, auf der er niemanden kennt. Denn durch nichts ist Geselligkeit ja schneller herzustellen als durch das Feststellen gemeinsamer Vergangenheit. Meistens landet man dann bei stark nostalgischen, unzulässig reduzierenden Kindheitsverklärungen, und als verarbeite man gerade gemeinsam entbehrungsreiche Nachkriegsjahre, beginnt jeder zweite Satz mit

– Wir hatten keine

– Ich durfte damals nie

– Meine Schwester und ich sind immer zu unseren Nachbarn, bei denen gab es nämlich – anders als bei uns!

Also in die Telefonzelle, Schlüssel nicht vergessen, er ist dort nicht zu Besuch, er WOHNT jetzt dort. Wird ein paarmal pro Tag beim Reinkommen die Tasche oder was er sonst in der Hand hat, sich zwischen die Beine klemmen, auf die Erde stellen oder in den Mund nehmen, je nachdem, denn um diese Wohnungstür zu öffnen, braucht man beide Hände, man muß beim Aufschließen mit der anderen Hand am Knauf ziehen, hat Karen ihm demonstriert. Beim Rausgehen wird er die braune Hanffußmatte geraderücken, ist so eine leicht abergläubische Angewohnheit, die er sich nicht abzugewöhnen versucht, weil sie nicht weiter lästig ist.

Kennt man jemanden gut, fungiert die Fußmatte auf dem Weg hinein eher als lästige Bremse, die aber nur kurz abfedert, denn Schmutz hineinzubringen ist um so weniger peinlich, je besser man sich kennt, zwar auch dann nicht anzustreben, kann aber schon mal vorkommen. Vor der Schwelle eines unbekannten Areals dagegen ist die Fußmatte eher ein Startblock, ein Sprungbrett, ein letzter Tritt auf bekanntem Boden, die Weggabelung, an der man noch einmal Luft holen und in beide Richtungen sehen kann, ehe man sich entscheidet (doch kehrtzumachen?) und beherzt hineinschreitet (oder wegläuft). Liegt sie vor der (noch geschlossenen) Tür, ist sie der Backstagebereich, die letzte Möglichkeit, das Erscheinungsbild für den Auftritt, das Eintreten zu überprüfen, ehe das andere tun werden: Noch einmal Nase und Reißverschluß hochziehen, den Kragen, die Haare zurechtrücken, die Muskeln anspannen, sich aufrichten, stockgerade, gegebenenfalls Hut ab-, Blick aufsetzen, Atemfrische kontrollieren, und wenn der Briefschlitz metallen blitzt, kann man sich vorbeugen und dort im Spiegel letzte Korrekturen vornehmen. Selbst wenn die gerade gerauchte Zigarette erst halb beendet ist, wird auf der Fußmatte der letzte Zug genommen, und dann wird sie weggeschnippt – nur wenige Menschen betreten die Wohnung eines anderen rauchend. Auf der Fußmatte scharrt man buchstäblich mit den Hufen. Liegt die Fußmatte nicht VOR, sondern IN der Wohnung (des einem kaum Bekannten), bleibt man ebenfalls darauf stehen, dann jedoch geht alles viel schneller, man schüttelt Hände, überreicht Blumen vielleicht, übergibt gleich mit ihnen Mantel und Schal, sagt, daß man es leicht gefunden hat und die Blumen noch angeschnitten werden müssen; es ist wie beim Kindergeburtstag, wenn dem jungen Jubilar das Tuch von den Augen gerissen wird und er gleichzeitig ein schiefes Lied hört, einen Kuchen riecht, Kerzen und Geschenke sieht, dazu eine lachende, singende Familie. Man sieht, hört, riecht schon, was gespielt wird – und dabei auf der Stelle treten zu können und die Schuhsohlen zu bürsten, hilft, der Überforderung Herr zu werden. Geburtstagskinder dürfen sich in der Regel dann auch erst mal setzen. Auf Fußmatten stehend sprechen Menschen lauter als später in der Wohnung, genau wie ein Rapper, der sich nach einem Refrain einmischt, und auch die Gastgeber heben im Eingangsbereich die Stimme und bezeugen damit ihre Freude über das Eintreffen des Gastes und die volle Konzentration auf ihn. Nun zu dir! Nun bei euch!

Randy geht die Treppe runter. Treppenhausgerüche entscheiden schnell, ob man sich wohl fühlt in einem Haus. Linoleumbelag bedeutet oft Erbsensuppe in der Luft, Steinfußbodentreppenhäuser sind in der Regel kälter und besser gelüftet. In diesem Treppenhaus (wer reinigt das eigentlich? Hoffentlich jemand anders und in der Warmmiete enthalten) riecht es ein bißchen nach der im zweiten Stock gelegenen Zahnarztpraxis, sonst nach nichts Besonderem. Randy hört Schritte von oben herabkommen und beschließt, erst mal jedem, den er im Treppenhaus trifft, hallo zu sagen, auch wenn manche nur Besucher sind und man ja in Treppenhäusern eigentlich nur Bewohnern hallo sagt, zumal in solchen, in denen viel nichtprivater Durchgangsverkehr stattfindet, so wie hier. Wenn die Leute komisch gucken beim Hallo-Sagen, sind es wohl Patienten. Randy hofft, Karen stellt ihm die Nachbarn, auf die es ankommt, noch vor, aber eher so beiläufig; er fand es immer nett, wenn neue Nachbarn sich bei ihm vorgestellt haben, aber er selbst ist dafür wohl zu schüchtern, er befürchtet, die könnten das übertrieben finden und denken, man nervt jetzt wahnsinnig und will zusammen im Innenhof Maibowlenparties feiern oder launige Fahrradrepariertage veranstalten oder gemeinsam bemalte Transparente gegen irgendwas aus dem Fenster hängen oder eine Rechtsschutzversicherung abschließen und dann gemeinsam zwei Wochen später den Hauseigentümer, die Abzockersau, verklagen. Bloß nicht zuviel vornehmen mit Nachbarn, um Himmels willen, lieber wenig, aber das konsequent:

Bißchen Nachsicht, bißchen Rücksicht, bißchen Vorsicht. Mal mit Glühbirnen oder Backpulver aushelfen, mal urlaubsbedingte Betreuung übernehmen (lieber von Post, Schornsteinfeger, Stromableser oder Pflanzen als von Getier), die Zeitung nur aus dem Briefkasten ziehen, wenn es die eigene ist, und das wärs auch schon.

Im Treppenhaus sind einige Trekkingräder ans Geländer gekettet, das ist kein schlechtes Zeichen. Trekkingradbesitzer haben selten Hunde, dafür allerdings wird in ihren Wohnungen zumeist mindestens ein Instrument täglich eine halbe bis dreiviertel Stunde geübt. Klavier ist ab dem vierten Lernjahr manchmal sogar ganz angenehm, Saxophon und Trompete stören sehr, akustische Gitarre macht gar nichts, gegen Geigen hilft nur Metallica. Alles in allem hat Randy mit Trekkingradbesitzern als Nachbarn gute Erfahrungen gemacht, die können sogar Waschmaschinen reparieren, und der teure Spezialist (fünfhundert Mark für Ersatzteile und Montage plus neunzig Mark Anfahrt, plus Steuer, wenn man eine Rechnung will), der tadelnd mit einem Schraubenzieher gegen den verkalkten Heizstab pocht, muß nicht bemüht werden. Wenn Anhängerkupplungen oder Kindersitze an die Räder montiert sind, ist es besser, zwischen deren und der eigenen Wohnung befindet sich noch eine Pufferetage, um beiderseitige Lärmbelästigung gering zu halten (denn die Kinder sollen abends früh EINschlafen, und man selbst möchte morgens etwas länger als bis sieben AUSschlafen). Dann überwiegt die einander entgegengebrachte Freundlichkeit, und während der Vater den Heizstab rettet oder eine Muffe oder so im Boiler austauscht, erklärt man dessen Kindern Bruchrechnung oder fragt sie unregelmäßige Verben ab und trägt der Mutter Sperrmüllfunde und Blumenerdesäcke für die Balkonpflanzen in den fünften Stock.

Kein Namensschild an der Tür heißt: unverheiratet, wilde Ehe, WG oder Prominenter, denkt Randy und zählt die Treppenstufen. Er zählt den ganzen Tag lang irgendwelche Dinge und wertet die Ergebnisse dann aus: gerade Zahlen bringen Glück, bei ungeraden gestattet er sich je nach Laune, diese Zahl mal zwei zu nehmen, Treppe rauf + Treppe runter, denn ob Siegertreppchen, Obstpflückleiter oder Dachbodenstiege – was man raufgeht, muß man auch wieder runtergehen. Dies werden einem auch Schlagersänger jederzeit bestätigen, mit dem Rat, auf dem Weg nach oben nett zu sein, weil man auf dem Rückweg alle wiedertrifft. Na ja, oben, das ist Definitionssache, aber auch wenn sie runtersteigen zu Uwe Hübner, müssen sie wieder raufkommen, also stimmt es schon. Zwölf Stufen pro Absatz, dann noch mal vier zu den Briefkästen, zählt Randy. Ein gutes Treppenhaus. Die Briefkästen (zwölf Stück – perfekt) sind so groß, daß DIN-A 4-Umschläge nicht diebstahlgefährdet obendrauf gestellt oder vom Beamten wieder mitgenommen werden müssen, woraufhin man dann sieben Werktage lang Zeit hat, das oft beinahe im angrenzenden Bundesland liegende Frachtamt aufzusuchen, sonst gilt man praktisch als verschollen, wenn nicht verstorben.

Der Briefträger dieses Hauses hat offenbar einen Schlüssel für die Tür zur Straße, und all die Pizzabringdienstflyer, Gratisstadtteilzeitungen und Supermarktaktionswochenglanzfaltblätter werden von ihren lustlosen Verteilern einfach im Stapel durch den Zeitungsschlitz in der Haupttür gestopft, womit sich die KEINE WERBUNG BITTE-Aufkleber an den Briefkästen im Treppenhaus eigentlich erübrigen. Der Durchgangsverkehr bringt es mit sich, daß dort zwischen dem letzten Absatz und der Tür eine knäulige Wanderdüne aus Papier darauf wartet, Streit unter den Mietern auszulösen. Randys Vorschlag wäre: den Zeitungsschlitz zuzunageln.

Aber er ist neu hier und hält sich erst mal mit Altklugheiten zurück, irrt durch die Straßen, bis er eine Telefonzelle gefunden hat, ruft seine Eltern an, das hatte er ihnen versprochen, um die wider Erwarten nicht in einer Massenkarambolage auf der A7 und im Grunde direkt im Rollstuhl, sondern sogar ohne auch nur beim Einparken ein ganz bißchen irgendwo anzuditschen („Vertut euch da nicht, das ist was anderes als ein PKW!") geendete Überfahrt zu melden. Am Telefon lügt er munter weiter:

– Doch, ist echt klasse hier, haben eben zusammen Kuchen gegessen, ist toll, die Karen, heute abend ist auch gleich irgendeine Party, auf die sie mich mitnimmt, völlig entspannt alles. Bin so froh, hier zu sein, das kann ich gar nicht sagen. Die Wohnung – ein Traum.

Aus der zehrend langen Autobahnfahrt wird in seinen Ausführungen nun eine Art Sonntagnachmittagsausfahrt mit schwuppsdiwupps vergangener Zeit dank intensiver Gespräche (dabei haben Daniel und er die meiste Zeit geschwiegen und sich dreimal sogar halb gestritten, einmal wegen Geschwindigkeit, einmal wegen Musik, einmal wegen eines gewagten Überholmanövers. Königssatz dabei: Dann fahr du doch, wenn du das so gut weißt!). Randys Lügengewitter erreicht dann einen Höhepunkt, als er (Sollen wir zurückrufen/Nein, stehe in einer Zelle) als Grund für sein öffentliches Fernsprechen angibt, Karen habe ihn noch mal losgeschickt, ein paar Sesamringe, etwas Schafskäse und Oliven zu besorgen, als gemeinsamen Büffetbeitrag für das abendliche Fest. Seine Eltern sind fürs erste versorgt. Raus aus der Zelle, rein in die Fremde – WO ist noch mal Karens Haus, also, meins auch natürlich, unsere Wohnung, meine neue Heimat, künftige Trutzburg, fragt sich Randy. Da, dieser Schuhladen, hmhmhm. Links rum oder rechts rum? Jetzt Karen anzurufen und zu fragen kommt nicht in Frage, da denkt sie gleich, er sei unselbständig und ein noch zu stillender, am Händchen zu haltender Pflegefall. Bloß nicht. Randy erwartet nicht von jeder Stadt, daß sie so übersichtlich in Planquadrate aufgeteilt ist wie Mannheim, mit dessen Straßenverzeichnis man praktisch Schiffeversenken spielen kann, aber hier nun, in diesem Gewirr aus Fußgängerzone, Einbahnstraßen, Sackgassen, Spielstraßen, Hauptstraßen, Marktplätzen, Kreuzungen und Passagen fühlt er sich überfordert und verloren. Entgegen dem Rat von Merian-Heften empfiehlt es sich zunächst nicht, dem Wohle der Öffentlichkeit zugedachte Gebäude als alleinige Orientierungshilfe zu gebrauchen. Denn wenn Bibliothek, Universität, Gymnasium, Theater oder Amtsgericht wundervoll erhaltene, denkmalgeschützte Architekturmeilensteine und stadtgeschichtliche Eckpfeiler sind und keine klotzigen, durch Krieg oder Überlastung nötig gewordenen Zweckbauten, ist das für das Stadtbild prima, für einen Neuankömmling jedoch ist es schwierig, sie vom ersten Tag an sicher voneinander zu unterscheiden. Und sind es doch jene klobigen Bauten, eignen sie sich noch weniger, denn dann unterscheiden sie sich nicht ausreichend trennscharf von Parkhäusern, Stadtsparkassen oder Realschulen. Auch Brunnen sind keine sicheren Wegweiser: War es jetzt der wasserspuckende Neptun, die blumengießende Marktfrau oder der grünspanbefallene Löwe? Da auch die meisten Innenstädte deutlich mehr an Kirchen als nur eine zu bieten haben, können anhand ihrer lediglich Architekturstudenten zielgerade nach Hause finden. Die anderen Neumitbürger müssen sich Eselsbrücken der etwas vulgäreren Sorte bauen und ihr Koordinatensystem entlang von Gebäuden entwerfen, die auf dezent andere Art auch ausschließlich dem Wohle der Öffentlichkeit dienen: Kaufhäuser, Schnellrestaurants und einem überregional tätigen Halsabschneider unterstellte Irgendwas-Filialen, deren Namen aufgrund ihres flächendeckenden Vorkommens Bestandteile dessen sind, was nationale Identität genannt wird. Blüh im Glanze dieses Glückes: Man kann im Norden wie im Süden wie im Westen und nun sogar im Osten bei Nordsee auf Eiswürfeln liegenden Matjes, bei Tchibo Schlafanzüge, Radiowecker und sogar Kaffee kaufen und an Mister Minits Tresen auf dem Holzschemel sitzend warten, bis einem die Schuhe besohlt oder der Nachschlüssel gefräst ist.

Also, nicht:

– Bei der Josephienkirche links und dann das Juridicum links liegenlassen, am Venezianischen Wasserspiel rechts abbiegen – und dann, in Höhe der alten Oper, da ist es.

Sondern, viel einfacher einprägbar:

– An dieser Kirche da zwischen Benetton und WOM, da links, immer geradeaus, noch an McDonald's vorbei, und dann bei diesem Brunnen vor H&M rechts, weiter geradeaus, und kurz nach Deichmann, aber noch vor Karstadt, da wo die Fußgängerzonenindios in ihre Bambusflöten pusten und in einem Gitarrenkoffer Tonträger und Armbändchen feilbieten, in den man bitte auch so, in Anerkennung des aufdringlich rhythmischen Folkloregeorgels, Hartgeld werfen soll – DA ist es dann.

Diese Beschreibung führt wahrscheinlich in Köln zu einem Blumengeschäft, in München zu einem Zahnarzt, in Dresden zum Bahnhof, in Karlsruhe zum Hallenbad und in Kiel zum Clubhaus Unabhängiger Flaschenschiffbastler e. V., aber in welcher Stadt er gerade ist, wird der Suchende ja wohl wissen.

Einfach jemanden zu fragen, unterläßt Randy aus zweierlei Gründen: Feigheit und Erfahrung. Die Erfahrung nämlich hat ihn gelehrt, daß solche Bürgerbefragungen in den allermeisten Fällen zu gar nichts führen:

30% der Befragten gehen wortlos weiter, weil sie denken, man will Geld.

30% behaupten, sie seien selbst nicht „von hier" (von diesen 30% lügen ca. 70%, die keine Lust, Zeit oder Ahnung haben, dies aber nicht eingestehen wollen).

30% erwecken den Anschein, äußerst präzise den Weg zu wissen, kratzen sich während ihres zumeist widersprüchlichen Referats mit einer Hand an Kinn oder Hinterkopf, weisen mit der anderen diffus in die Ferne und nicken unentwegt, als würde es dadurch wahrer – diese Menschen sind zwar nette Zeitgenossen, aber es wäre sinnvoller, sie schämten sich nicht, zuzugeben, daß sie zwar von hier sind, den Weg aber trotzdem nicht kennen. Das kann ja mal vorkommen. Oft wollen sie den Makel der eigenen Unwissenheit auf den Fragenden übertragen, der ja wohl kaum in der Lage sei, sich die zwar zweifelsfrei korrekte, aber schon ausführliche Beschreibung zu merken. Also enden sie mit: Da dann einfach noch mal fragen.

10 % schließlich kennen den Weg und können ihn auch so beschreiben, daß es realistisch ist, ihn anhand dieser Weisung eines Tages zu finden.

Da aber somit die Bürgerbefragung statistisch einen Erfolg mit dem Risiko von neun Mißerfolgen verknüpft, kommt sie nur in Notfällen in Frage. Mit einiger Menschenkenntnis jedoch kann man aus den 10% auch deutlich mehr machen. So sollte man niemals Menschen über 60 oder unter 16 fragen, nie Männer mit umbaumelndem Fernglas, nie Menschen, die gerade einem Taxi entsteigen, nie welche, die samstags riesige Einkaufstüten tragen, Kinder dabeihaben und Hot Dogs essen (die wohnen nämlich auswärts), nie Jogger, junge Menschen nie in Gruppen (da sie dann dazu neigen, sich voreinander zu profilieren, indem sie anderen Streiche spielen), nie an der Ampel stehend aus dem Auto heraus, dann nämlich kriegt man mit Sicherheit einen schnellen, aber auch gewiß falschen oder unzulänglichen Rat, denn der Befragte ist in Sorge, die Ampel könne während einer umständlichen Erklärung auf Grün umspringen und die wartenden Autos hinter dem Suchenden würden aggressiv hupen und Unflätiges rufen. Auch ungeeignet sind Menschen, die langsam gehen und an den Häusern hochgucken, das sind Touristen. Wer es eigentlich wissen müßte, sind Taxifahrer, aber die reagieren schlecht gelaunt, wenn man sie nach einer Straße fragt, sich für die Auskunft bedankt und den Bus nimmt.

Wer noch nie auf einem Bauernhof war, assoziiert mit dem Wort Landwirtschaft eine Mischung aus Enid Blytonschem bzw. carokaffeeskem Ferien auf dem Bauernhof-Idyll (Natur! Geheimnisse! Rührei mit Speck! Verschlagen blickende Knechte! Kalbende Kühe! Stroh in den Kissen! Volker Lechtenbrinkstimme!) und zum Herbstbeginn eingesetzten Tagesschau-Zwischenschnittbildern (Mähdrescher, Melkmaschinen, Traktoren auf einsamer Allee davonfahrend). Dieser Nebel kann nur durch persönliche Ortstermine beseitigt werden. Genauso nützen dem Neuankömmling in einer Stadt statistische

Angaben wenig, wenn er daraus etwas über das sogenannte Lebensgefühl in der Stadt ableiten will. Also muß er hingehen und leben. Die Einwohnerzahl etwa wird konkret erst spürbar, wenn man merkt, aha, das Telefonbuch ist viel dünner (oder dicker) als in der anderen Stadt. Große Universität – ausgezeichnetes Kinoprogramm, markierte Fahrradwege, gut bewachte Antiquariate, Ausgehen während der Woche ohne weiteres möglich. Hervorragende Luftwerte – lauter kurende Powerwalker in türkisem Filz durchqueren entschlossen den Stadtpark, alles klar.

Vergleicht man die Fotos, die ein Neuankömmling in (von) einer Stadt macht, mit den Aufnahmen, die ein langjähriger Bewohner anfertigt, wird man feststellen, daß der Neuankömmling zunächst durchweg Telebilder schießt von berühmten oder auffälligen Gebäuden, pittoresken Naturanordnungen und schließlich den eigenen Fixpunkten – mein Haus, meine Straße, mein Balkonblick, meine Arbeitsstelle. Mit anderen Worten: von der Kulisse. Damit sie sich eins machen können, werden diese Bilder anderen gezeigt, jenen, die einen noch in der anderen Stadt kennen, Eltern, Freunde, Verwandte; um ihnen zu bebildern, was unzeigbar ist – das Leben selbst, weiter nichts. Wie das Haus von außen aussieht, ist dann zusehends egaler, und die Linse kommt näher ans Geschehen, Personen werden erkennbar und erklärungsbedürftig. Bis dahin werden Postkarten fotografiert. Dem langjährigen Bewohner reichen diese Motive nicht mehr aus, sie langweilen ihn (es sei denn, er ist verrückt und ein Stocknägel sammelnder Privathistoriker), er kennt sie hinlänglich, und aufs Foto kommen sie ihm höchstens noch als Hintergrund, wenn Besuch im Vordergrund steht. Der Neuankömmling aber kennt niemanden für den Vordergrund, ist so überfordert, daß er zunächst die herausragenden Motive wählt. Der Rest kommt später, dann wird's interessant. Man kann ruhigen Gewissens ein paar Wochen ohne Film fotografieren.

Kommt jemand aus dem Saharaurlaub, wird er einige Tage später viele Papierumschläge voll mit gänzlich unnützen Abzügen aus dem Labor holen, die größtenteils Erwartbares, aber nicht für möglich Gehaltenes zeigen: Sand! Der Urlauber wird damit zum dienstbaren Erfüllungsgehilfen und glaubwürdigsten Werbeträger des Reiseveranstalters, indem die vielversprechenden Katalogbilder vor Ort brav nachinszeniert, abfotografiert und hinterher herumgezeigt werden. Hier: Meer, Berge, Wald, Plantagen, unglaublich oder? Mit eigenen Augen gesehen! Sieh doch! Man sieht alles, erkennt aber nichts. Sagt jedoch: Da habt ihr ja eine Menge gesehen. 10 mal 36 Bilder, Kompliment. Als Erinnerungsstütze reicht ein einziges Sandfoto. Man muß den Bombast wegschaufeln und sich ranzoomen.

In eine neue Stadt ziehen ist wie zum Frisör gehen: Man geht dorthin – in beiden Fällen mal angenommen: freiwillig –, um etwas zu ändern. Und dann sitzt man da, kriegt einen Umhang umgelegt und denkt plötzlich, och nö, war doch gut vorher, vielleicht doch besser alles so lassen, aber dann ist es schon zu spät, und die Schere klappert bereits. Das Gespräch mit dem Friseur über die Zielvorgabe bringt das unerfüllbare Wunschergebnis: genauso lassen wie bisher, nur schöner soll es werden, bloß nichts radikal Neues. Trotzdem sieht man hinterher anders aus, und wenn auch nur anders gekämmt, aber sonst könnte der

Friseur ja schwerlich etwas berechnen. Und dann fragt er, ob man zufrieden ist. Man guckt, guckt, guckt – und bejaht irgendwann, um das Ganze zu beenden. Und hofft, daß die Haare nachwachsen und bald wieder aussehen wie vorher. Man lügt, wie Randy seine Mutter am Telefon angelogen hat:

– Ja, geht mir gut, ist alles o. k.

Das Problem beim Friseur ist auch, daß die Veränderung eben nicht (wie manch andere, Wachstum etwa) beiläufig vonstatten geht, da man völlig ausgeliefert dasitzt, von Anfang bis Ende der Prozedur, sich nicht mal lesend ablenken kann, weil dauernd Haare in die Zeitschrift fallen und man den Kopf immerzu heben, senken oder neigen muß. Also guckt man zu, wie man verändert wird. Genauso beobachtet man sich beim sogenannten Einleben in der neuen Stadt auch viel zu intensiv und fragt sich ständig, ob man alles richtig macht, nur um sich schnell die Antwort zu geben, daß man vermutlich das meiste falsch macht, aber weiter so. Bloß weiter.

Auf der marternd langwierigen Autofahrt haben Daniel und Randy über Umzüge geredet (das Thema lag irgendwie nah) und überlegt, ob das Leben in den verschiedenen Städten sich zwangsläufig elementar voneinander unterscheidet oder ob es hauptsächlich davon abhängt, mit wem man abhängt. Ob es also auch in Hamburg möglich sei, ein Heidelberger Leben zu führen, ja vielleicht in jeder Stadt enklavisches Leben im Stile jeder anderen deutschen Stadt möglich sei, ob die für eine bestimmte Stadt typische Art zu leben deutschlandweit reproduzierbar, das heißt außerhalb jener gemeinten Stadt synthetisch herbeizuführen sei. Nach drei Stunden Autobahnfahrt streitet man sich entweder, schweigt oder redet so was. Randy und Daniel haben sich erst gestritten, dann geschwiegen – und schließlich landeten sie bei dieser Diskussion. Zwar waren sie sich einig, daß durch Fernbeziehungen, studiumsbedingte Rotationen, Partytourismus und die begrenzte Variationsmöglichkeit menschlicher Typologien jede Stadt jeglicher Szene eine Ecke zuwies. Wohl unterschieden sich diese Ecken in Größe, Lichtbedingungen, Nachbarschaft und Quadratmeterpreis voneinander, trotzdem gebe es überall Surfer und Punker (und surfende Punker genauso). Und doch glaubten Randy und Daniel fest, daß es darüber hinaus zu jeder Zeit eine die Städte voneinander unterscheidende aktuelle, lokale Definition des Nachtlebens gab, die sich äußerte in Mode, Musik, sonstiger Kunst, der Innenarchitektur beliebter Schänken und den Schwerpunkten und dem Kammerton zumindest der nichtkommerziellen Zeitschriften und Sender, die es in jeder Stadt gab, die die beiden für akzeptabel hielten – man kann gegen das Studieren sagen was man will, aber eine solch schichtenreiche Kultur gibt es nur in Städten mit Universität, völlig klar. Dominiert und vorangetrieben wird sie von einer örtlichen Avantgarde, die unterschiedlich hysterisch ist, sich im schlechtesten Fall selbst widerlegt, indem sie sich institutionalisiert und benennbar wird und so verläßlich, daß sie praktisch Sprechstunden einräumt, statt verwirrende Abendveranstaltungen auszurichten, und deren Akteure sich im besten Fall verhalten wie solche chemischen Elemente, die sich ständig neu verknüpfen, Bindungen nach kurzer Zeit wieder auflösen, um mit einem anderen Element zu reagieren und in neuer Konstellation etwas völlig anderes zu bedeuten – auch hier sind bestimmende Größen die zugeführte Energie und die Konzentration. Der Grad der Hysterie wiederum stand nach Beobachtungen von Randy und Daniel eindeutig in proportionalem Verhältnis zur Größe einer Stadt: Je größer die Stadt, desto kürzer die Legislaturperioden ihrer Tonangeber. In größeren Städten dauern deshalb manche Trends nur ein paar Stunden, und am nächsten Abend schon wird die Konterrevolution gefeiert, mit komplett gegenteiligen Liedern, Frisuren, Schimpfwörtern und Getränken, was freilich keineswegs ein uneingeschränkter Vorteil ist, im Gegenteil, weiß man ja, daß es bestimmten Ideen dient, wenn sie Entwicklungszeit haben und vor Eintritt in den Windkanal Gelegenheit haben, sich einen Pullover überzuziehen oder sich anderweitig zu rüsten. Mit Kunstlicht wachstumsbeschleunigte Gewächshaustomaten schmecken ja auch nicht, die sind nichts weiter als schnell, also egal.

Und wenn eine Idee mal so genial oder platt (je nach Kulturverständnis) ist, daß sie ihren Weg bis in die Vorstadt (oder von dort bis in die Innenstadt), auf die sogenannte Szeneseite der Lokalzeitung oder auf eine der großen Bühnen der Stadt schafft, also, mit anderen Worten, durchgesickert ist, sind in einer Großstadt Väter und Mütter dieser Idee höchstwahrscheinlich schon längst zerstritten, durchgebrannt, ermordet, konvertiert, inhaftiert, eingeliefert oder kultureller Berater des Oberbürgermeisters geworden. In einer Kleinstadt sind die Erneuerer praktisch fest angestellt, alles geht etwas langsamer, und es bleibt den Protagonisten genug Zeit, sich umzuziehen und nach dem Punk-Thomas den Rave-Thomas, daraufhin den Bigbeat-Thomas, den Speedgarage-Thomas oder zur Abwechslung den mit Acrylfarben experimentierenden Songwriter-Thomas zu mimen.

Ein Kulturschock aber, da waren sie sich einig, sei bei einem Umzug innerhalb Deutschlands auszuschließen, mal abgesehen von eventuell leichter Verwunderung über regionale Merkwürdigkeiten. Überall trifft man seinesgleichen, und gute Freunde beschert einem zuallermeist der Zufall. (Sich auszudenken, welche Superfreunde der Zufall einem andererseits verwehrt, ist schockierend.) Man findet überall seine Lücke, sollte aber nie glauben, man reiße eine, wenn man abhaut. Daß einen in der neuen Stadt nicht der Einwohnermeldeamtsleiter an seine vor Rührung naßgeweinte Brust drückt, einem eine Plakette überreicht und bittet, eine Eintragung im Goldenen Buch der Stadt vorzunehmen, um danach den Weg zur Wohnung mit einer ein Meter großen Pappschere symbolisch freizuschneiden, ist klar. Hart wirds bloß, wenn man an den verlassenen Ort zurückkehrt und merkt, daß dort mitnichten seit dem eigenen Umzug Halbmastbeflaggung angeordnet ist und die Bürger sehr wohl ihr Tagewerk fortgeführt haben. Änderungen nimmt man fast erbost zur Kenntnis, als hätte die Stadt sich ja vorher ruhig mal des Abtrünnigen Einverständnisses vergewissern können.

Daniel brachte die Diskussion von derlei Abstellgleisen mit einer fundiert klingenden Sachinformation zurück auf eine Haupttrasse. Er sprach von einer Nivellierung der Regionalfärbung durch überregional erscheinende trendab- und ausbildende Medien. Randy duckte sich unters Handschuhfach und band sich die Schuhe zu, sagte nur
– So?

Daniel fuhr fort. Die WOM-Charts in München würden sich von den WOM-Charts in Hamburg nicht nennenswert, jedoch von den Karstadt-Charts in München sehr wohl unterscheiden. Das wiederum bedeute, daß –

– Daniel, sagte Randy, ich hab ein bißchen Angst vor der neuen Stadt.

Daraufhin schwiegen sie beide und konzentrierten sich auf den dichten Verkehr. Wo all die anderen wohl hinwollten?

Vier Stufen, zwölf Stufen, noch mal und noch mal: dritter Stock, Zug am Türknauf. Hält man dabei eigentlich immer unbewußt die Luft an, fragt sich Randy und tritt ein. Drinnen hört er jemanden singen, Karen, wer sonst, und er ruft mittellaut HALLO, damit sie sich später nicht erschrickt oder sich wegen des Singens schämt. Oder war das Hallorufen jetzt zu kontaktfreudig? Nein, Blödsinn, absolut normal, sich zu melden, wenn man die Wohnung betritt. Na also: Karen ruft hallo zurück und singt dann, etwas leiser, weiter. Ein gutes Zeichen, denkt Randy.

Schon am Wochenende kommen ihn zwei alte Freunde besuchen, und denen will Randy natürlich ein ortskundiger Führer sein, will ihnen zeigen, daß er erstaunlich schnell Fuß gefaßt hat, ja geradezu etabliert ist. Er will mit dem Besuch zielsicher die richtigen Bars ansteuern und, falls sie sich doch als falsch erweisen sollten, flexibel sein.

– Sonst ist das eigentlich der beste Tag, na ja, halbe Stunde noch wahrscheinlich, dann geht es richtig los, aber wir können ja noch schnell ins _____, das ist direkt um die Ecke, da spielen sie immer _____ –, und da sind lauter _____ –, und da gibt es ganz ausgezeichnete _____ für nur __ Mark. Also, für Freunde des Hauses.

297

Ich kenne den Besitzer, _____ heißt der, ist meistens abends auch da, den habe ich beim _____ mit _____ und _____ kennengelernt. Letzte Woche haben wir zusammen _____.

Bis zum Wochenende muß er diese Lücken füllen, meint Randy. Er beginnt, das Kinoprogramm auswendig zu lernen, aber nur die Anfangszeiten verschrobener Filme. Würde er sich anders als früher plötzlich für solche Werke interessieren, würden seine Freunde daraus sicherlich anerkennend auf neue, bereichernde Einflüsse und ein hochinteressantes Umfeld rückschließen. Auf keinen Fall sollen sie wieder abreisen und daheim erzählen, er sei ganz schön einsam hier und man solle den armen, einsamen Randy doch bitte ganz bald und ganz oft mal anrufen und besuchen und ihm Aufmunterungspakete schicken.

Mit Stadtplan, Veranstaltungskalender und Farbstiften stellt er einen Plan zusammen, der alle Eventualitäten einschließt. Ihr wollt spanisch essen gehen? Warum nicht. Auf dem Weg dahin können wir die Karten für die slowenische Kurzfilmnacht besorgen und gucken, ob euch nicht vielleicht die Karte des thailändischen Restaurants mehr gefällt, da kann man so nett auf der Terrasse sitzen. Ungern verpassen würde ich diese Ausstellungseröffnung um drei Uhr morgens, ja, um drei, allerdings, die Nächte dauern hier etwas länger, war für mich auch eine Umstellung, aber richtig los geht es erst gegen eins. Cocktails? Ja, mit Live-Musik, mit Schloßblick oder zum halben Preis bis 23 Uhr in einem Keller, in dem usw. Frühstück morgen? Draußen oder vegetarisch? Klar geht auch beides!

Randy weiß jetzt alles. Theoretisch. Jedoch weiß er nichts über die Verläßlichkeit seiner Informanten. Denn

Stadtzeitungen wenden sich ja an ein breites Publikum, und die von ihnen verwendeten Adjektive muß man erst auf Deckungsgleichheit mit den eigenen hin überprüfen. Das ist wie mit Urlaubsprospekten, in denen lebendig oder familienfreundlich statt laut steht, strandnah statt Blick aufs Klärwerk und idyllisch statt gottverlassen. Genau wie die Information, eine Stadt habe ein Drogenproblem, zweierlei bedeuten kann: Entweder wird sogar in Kindergärten gedealt, oder es gibt nirgends etwas, nicht mal gestreckten Hochpreis-Dreck im Rotlichtbezirk. Beides kann als Drogenproblem empfunden werden, je nachdem, wie süchtig oder abstinent der Informant ist. Randy ist zufrieden mit seinem Plan. Da kann nicht viel passieren. Auch wieder wahr, denkt er und ist ein wenig verzweifelt.

– Du hast doch nicht extra für uns ein so umfangreiches Programm ausgedacht, ist ja gespenstisch, wie generalstabsmäßig du hier, also, du wohnst doch erst eine Woche –

– Stimmt, erst eine Woche. Mir kommt es vor wie drei Monate, soviel habe ich schon erlebt,

wird Randy den Besuch anlügen.

Später steht Karen barfuß und im Nachthemd in der Küche, ißt den kalten Nudelauflauf direkt aus der Glasform und telefoniert. Randy räumt einige Kartons aus und geht dann in die Küche, um sich einen Johanniskrauttee zu kochen, damit er einschlafen kann, denn den Tee hat er schon gefunden, die deutlich wirksameren Schlaftabletten sind noch in irgendeinem Karton, und er hat vergessen, das einzukaufen und kalt zu stellen, was ja am besten beim Einschlafen hilft: ein Bier. Karen sitzt inzwischen am

Küchentisch, telefoniert immer noch, hat den rechten Fuß auf einen Hocker gestellt und lackiert sich die Zehennägel. Hellblau. Karens Beine sind rasiert, ziemlich weiß und ziemlich schön. Schnell hört Randy auf hinzugucken, damit sie nicht denkt, er sei ein Spanner oder sonstwie Perverser und man müsse seine gebrauchte Unterwäsche vor ihm verstecken. Weil auch sein Wasserkocher noch in irgendeinem Karton liegt, benutzt er den Gasherd und betet, daß es schnell geht, damit er Karen nicht zu lange beim Telefonieren stört. Nein, nein, halt, denkt er dann, ganz falsch, das ist UNSERE Küche, hier darf ich sein, wann immer ich möchte; wenn jemand Ruhe haben will, setzt er sich doch nicht unbedingt in die Küche. Karen saugt an einer Halbliterflasche Starkbier und klemmt den Hörer ans Ohr, zeigt mit dem Nagellackpinsel auf die Flasche, dann auf Randy, dann auf den Kühlschrank, reißt dazu die Augen auf und nickt, und Randy nickt zurück, fast ein bißchen zu stark (das ist schon beinahe die Verbeugung eines Chinarestaurant-Kellners bei Erhalt des Trinkgelds), schüttelt dann den Kopf und zeigt auf den Teekessel, der jetzt langsam mal zu pfeifen anfangen könnte. Schon wieder gelogen! Aber er möchte nicht, daß sie morgen plötzlich schlechte Laune hat und dann ihrer Mutter erzählt, der Typ (er, Randy) saufe ihr zu allem Überfluß auch noch ihr letztes Bier weg. Endlich pfeift der Kessel, Randy verbrennt sich die Finger beim Runterstupsen der Düse, so wie es ihm immer passiert, und gießt dann das Wasser in einen von Karens Bechern (weil er seine noch nicht ausgepackt hat). Er nimmt extra einen, von dem er annimmt, es sei ziemlich sicher nicht ihr Lieblingsbecher: Der Henkel ist abgebrochen, der Rand splittrig zerklüftet, und beschriftet ist das traurige Behältnis mit dem bleichgespülten Emblem der „Sportfreunde Unterföhringen"; Randy hängt einen Teebeutel hinein und beeilt sich, Karen in Ruhe zu lassen. Die ist inzwischen beim kleinen Zeh angekommen, aber der ganze linke Fuß ist noch unbemalt, und was sie ins Telefon spricht, klingt zu spannend, als daß es ihn was angehen könnte. Still verflucht Randy sein devotes Nichtstör-Keineumständemach-Getue – der Becher ist natürlich unglaublich heiß und muß, da henkellos, oben am Rand angefaßt werden, so daß Randy beim Gehen das heiße, gerade Tee werdende Wasser gegen die Finger schwappt und er den Becher beinahe fallen läßt. Doch lieber zöge er sich Brandwunden zweiten Grades zu, als Karens (vielleicht doch Lieblings-?) Becher kaputtzuschmeißen und Tee auf den Flurteppich zu gießen. Er zieht sich aus und durchwühlt die Kartons auf der Suche nach frischer Bettwäsche, findet keine und stellt dann die Suche ein, weil es ohnehin so warm ist, greift sein Waschzeug und öffnet die Zimmertür, guckt an sich runter und macht die Tür sofort wieder zu, weil er bis zu den Füßen runterblickend kein Kleidungsstück außer einer dunkelblauen Unterhose entdecken kann. Nein, denkt Randy, so weit sind wir noch nicht. Also zieht er sich wieder an, Karen soll nicht denken, ach, soll sie – keine Ahnung. Noch zu früh. Wieder angezogen geht er ins Badezimmer (ob Karen es wohl verklemmt findet, wenn er die Tür verriegelt?), zieht sich dort erneut aus, wäscht sich, zieht sich wieder an, ein schöner Krampfquatsch ist das. Netter Zug: Karen hat auf dem Glasbrett unterm Spiegel und in dem Holzregal überm Klo jeweils die Hälfte frei geräumt. Sie benutzt wenig

Schminke, aber viele verschiedene Parfüms. Ansonsten das übliche Frauenzeug: Waschlappen, Tampons, Wurzelbürste, Augenbrauenzupfer, bemerkt Randy. Nicht zu sehen: die Pille. Das muß nichts heißen. Kann auch, so wie Kettenöl im Fahrradkeller aufzubewahren sinnvoll ist, hübsch neben dem Bett liegen. Oder Karen verträgt sie nicht. Es gibt ja so viele Alternativen! Eine Fernbeziehung oder eine Unverträglichkeit. Oder sie ist mit ihrem Freund wirklich schon SEHR lange zusammen. Gleichzeitig kann eine Frau, die den Pillenalustreifen im Zahnputzbecher aufbewahrt, auch seit Jahren solo, sogar sexlos solo sein, sie nur wegen der Gesichtshaut nehmen. Geht ihn nichts an? Deshalb guckt er ja und fragt Karen nicht direkt. Ah, weiße mittelharte Seife, mit der sich die Hände zu waschen so ist wie die Hände in eine Schüssel Rührteig tauchen, und unter der Seife ist der Waschbeckenrand schön sauber, da sifft kein dunkles Handschmutzüberbleibselpfützchen – mit Frauen zusammenwohnen, es gibt nichts Besseres, denkt Randy. Das Bad gefällt ihm, es gibt eine große Badewanne, zwei Waschbecken nebeneinander – nur riecht es irgendwie nicht gut. So nach, ja, also, ehrlich gesagt: nach Scheiße. Das Klo! O nein, das ist ja fürchterlich. Ein solch unfaßbar vollgeschissenes Klo hat er zuletzt wann?, ah ja, am Nachmittag in der Autobahnraststätte gesehen, es dort allerdings auch eher erwartet als hier. Randy erschrickt. Natürlich! Daniel, dieser Idiot. Und sie hat es ganz bestimmt gesehen, sich geekelt, aber bewußt in diesem Zustand gelassen, aus pädagogischen Gründen, sehr diskret. Aber, nein, Daniel war nicht auf dem Klo, der hat Kaffee getrunken und ist direkt wieder auf die Autobahn, da ist Randy sich doch sicher. Egal, er muß es wegmachen, sonst wird Karen es ihm anlasten, und dann ist die Sache von vornherein gelaufen.

Er läßt den Finger auf der Spültaste, damit nicht automatisch bloß das kurze Wassersparpipiintervall kommt, und fingert mit einer Hand vorsichtig die Klobürste aus der Halterung, daß man in der Küche bloß nichts hört, putzt dann, reibt, kratzt, jetzt wird das Wasser schon weniger, der Spülkasten ist fast leer, schneller bürsten, der Schmutz sitzt ziemlich fest, ist also schon älter, ekelhaft ist das, sie hat es einfach vergessen – und IHM ist es jetzt peinlich. Daß auch Frauen scheißen, findet er immer wieder komisch. Das paßt einfach nicht. Oder sie hat wirklich, Pille hin oder her, einen Freund. Das wird es sein, der wird es gewesen sein. Die Sau. Ob Menschen auf dem Klo im Stehen, Sitzen oder Liegen tun, was sie da zu tun haben, ist ihm egal, Hauptsache sie hinterlassen diesen Bereich, in dem es überhaupt keine Kompromisse gibt, so, wie sie ihn vorgefunden haben. Er jetzt nicht. Er hinterläßt ihn so, wie er ihn gerne vorgefunden HÄTTE. Vielleicht ist es auch ein Test. Nein, ganz sicher nicht, wir sind ja hier nicht im Schullandheim, denkt sich Randy. Obwohl es so riecht. Fenster auf. Jetzt muß er selbst mal. Wenn er gleich schon wieder die Spülung betätigt, denkt Karen dann, er hat Durchfall? Er hebt den Metalldeckel der Klopapierhalterung, damit der nicht so aussagekräftig scheppert, rollt einen halben Meter Papier runter, LEGT den Metalldeckel wieder auf den Rollenrest, drückt mit dem Zeigefinger drauf, reißt mit der anderen Hand langsam an der Perforation entlang und tapeziert dann mit dem Klopapier die Toilettenschüssel und drapiert schließlich noch einen geknüllten Batzen Papier ins Abflußrohr. Jetzt kann er dort hineinscheißen, ohne daß es PLUMPS oder PLATSCH oder je nach Stuhlkonsistenz andere Geräusche macht, die Karen durch die Tür hindurch anekeln würden. Randy vergewissert sich mehrmals, ob er auch wirklich alles sauber hinterläßt, und hofft, das zeitliche Volumen dieser Prozedur in den nächsten Tagen etwas reduzieren zu können, sonst verbringt er die Hälfte des Tages auf dem Klo.

Über den Flur zurück ins Zimmer, sie telefoniert noch fußnägellackierend in der Küche, trinkt Bier und fühlt sich zu Hause. Er dagegen hat sich seine Tasche voll Badezimmerutensilien unter den Arm geklemmt und sich das gerade benutzte Handtuch um die Schultern gelegt, es fehlen noch die zwischen Fliesen und nacktem Fuß abwechselnd schmatzenden und klappernden Adiletten, und er sähe aus wie frisch vom Campingplatzwaschraum kommend. Dabei wohnt er doch hier! Ach ja – er bringt also die Sachen zurück ins Badezimmer und sortiert sie ein. Einen Handtuchhaken mit der Aufschrift Gäste gibt es nicht, weil sie noch nicht 50 sind. Und weil er auch kein Gast ist!

Es wird sich alles
– einspielen
– einrenken
– ergeben
– fügen
– als gar nicht so schwierig herausstellen.

Badezimmertür wieder auf, jetzt ohne Waschsachen auf den Flur, das hat was Lächerliches, er kommt sich vor wie ein sehr untalentierter Nebendarsteller, der die Theaterprobe zum Verdruß des hochprofessionellen Ensembles verzögert, weil er seinen Miniauftritt auf alle erdenklichen Arten regelmäßig versiebt. Gerade hört er Karen erklären

– Passionsfrucht sieht innen aus wie Tomate, nur ist der Glibber spermafarben –

dann lehnt sie sich auf dem Stuhl kippelnd nach hinten, hält sich am Kühlschrank fest und guckt fragend in den Flur, bittet ihren Gesprächspartner mal kurz zu warten, legt sich den Hörer zwischen die Brüste und fragt, ob Randy alles habe und, schon wieder, ob alles o. k. sei.

Er lügt wieder und überlegt, ob es jetzt übertrieben gutwetterbemüht ist, ihr eine gute Nacht oder ähnliches zu wünschen, da winkt sie ihm zu, lächelt und sagt

– Hoffentlich kannst du gut schlafen, ich finde die erste Nacht immer komisch in neuen Wohnungen, also schlaf gut, bis morgen, wenn du willst, können wir um neun zusammen frühstücken.

Dann nimmt sie den Hörer wieder ans Ohr

– jedenfalls, was ich echt unmöglich von dieser Schnatze fand –

Er murmelt irgendwas Vokalarmes in die Küche hinein, winkt ebenfalls, geht in sein Zimmer und hört leider nicht mehr, was diese Schnatze sich Unmögliches hatte zuschulden kommen lassen. Wie nett Karen doch ist! Und wie unkompliziert, und wie umsichtig – und wie im Gegensatz dazu hölzern er sich benimmt. Aber er will nur einfach diesmal von Anfang an im sozialen Bereich klare Verhältnisse und nicht wie in der Stadt, aus der er weggezogen war, ein hoffnungslos vermintes Trümmerfeld schaffen aus Bekanntschaften und Freundschaften, die allesamt auf Fehlern, Lügen, Zumutungen und Irrtümern basierten, er hatte sich von den meisten seiner Bekannten nicht mal richtig verabschiedet. Wahrscheinlich ist es nicht möglich, einen Ort sauber zu verlassen, es muß nicht gerade eine Schneise sein wie bei ihm, aber man hinterläßt (und behält) immer Fragen, schwärende Wunden und unklare Verhältnisse, das ist wie bei einem Übergang in einem DJ-Set von einem Lied zum nächsten: In das ausklingende eine Lied dröhnt schon der Beginn des nächsten, und die Wahrnehmungskurve des ersten Liedes geht im selben Maße nach unten wie gleichzeitig die des Folgeliedes nach oben, und dann gibt es einen einzigen Berührpunkt, da sind beide gleich laut, ganz kurz, das ist wahrscheinlich beim Umzug dann der Moment, in dem man mit dem Möbelwagen aus der einen Stadt herausfährt, am Schild mit dem durchgestrichenen Ortsnamen vorbei, und der Beifahrer gibt gleichzeitig Zielanweisungen für die richtige Autobahn – hinein in die neue Stadt.

Man kann nicht zu zwei Liedern gleichzeitig tanzen. Man muß sich dann entscheiden und entweder das eine zu Ende bringen und den Anfang des neuen überhören oder das alte Lied hart abschneiden und dem neuen etwas vorgreifen. Es gibt diesen kurzen Schwebemoment, aber ausgespielte Schlußakkorde, das Schweigen der Instrumente, das ausgiebige Verbeugen, mit der Gewißheit, kein noch so kleines Percussiongebimmel des letzten Stücks übergangen und auch vom Intro des nächsten Stücks noch keinen Takt überhört zu haben, ist bei einem solchen Crossfade nicht zu erwarten, denn das würde ein Vakuum, eine Minipause bedeuten, und die gibt es weder im Leben noch im DJ-Set.

Gerade will er das Fenster schließen, weil ihm der Verkehr draußen doch zu laut ist, obwohl er lieber bei geöffnetem Fenster schläft, da merkt er, daß das Fenster bereits geschlossen IST und man immer noch mehr Straßenlärm hört als bei geöffnetem Fenster in seiner vorherigen Wohnung.

Schlaf schön. Schlaf schon. Schaf schon: eins, zwei, drei, vier Schafe, und noch eins, sechs, elf – bringt nichts.

Wie klingt die Nacht hier, vom Bett aus? Keine Straßenbahn, gut. Vereinzelte Lärmpassanten, manchmal ein Hupen von der Hauptstraße, irgendein Rauschen, vielleicht Wasser, vielleicht die Eisenbahn, vielleicht auch einfach zu laut Musik gehört im Auto. Richtig dunkel ist es nicht, er wird sich Jalousien besorgen müssen. Was leuchtet denn dahinten an der Decke? Ein Phosphorsternenhimmel! Hat der Vormieter vergessen abzuknibbeln. Wahrscheinlich, weil er dann die Decke hätte streichen müssen. Dessen Bett stand also offenbar in der entgegengesetzten Ecke. Randys nun hier. Wasserader? Blödsinn. Er wird plötzlich abergläubisch: Wenn die Schuhe nebeneinanderstehen, wird es gut in dieser Stadt. Quatsch. Und wenn doch? Wirklich: Blödsinn. Eben: Er steht auf, stellt die Schuhe nebeneinander, legt sich wieder hin und ärgert sich gehörig über sein Psychoverhalten. Da fällt ihm ein, sollten die Schuhe nicht zum Fenster weisen, wäre das nicht ein gutes Zeichen? NEIN! Aber, wenn doch? Und so weiter. Er überlegt: Die Decke wurde also nicht gestrichen, die Wände aber schon, das hat man deutlich gerochen. Da der Unterschied zur Decke bei Tageslicht nicht weiter aufgefallen ist, es erst die Phosphorsterne jetzt verraten, ans Licht bringen, im Dunkeln, deshalb also hat der Vorbewohner entweder die Wände nicht mit dem

Ursprungsweiß gestrichen, sondern mit dem Inzwischenbeige der Decke. Oder er hat nur kurz hier gewohnt. Oder er hat einfach nie geraucht. Oder-. Eine Schlaftablette vielleicht? Nein, wenn er am ersten Abend in der neuen Stadt gleich Medikamente nimmt, denkt Randy, ist das kein gutes Omen, und irgendwann raten ihm Freunde Betty Ford – die tun was.

Er muß Karen noch mal nach seinem Vormieter befragen, das hat er sowieso noch nicht rausgekriegt, war das ihr Freund? Gespräche über Vormieter oder gerade nicht anwesende Mitmieter sind hervorragend geeignet, miteinander ins Gespräch zu kommen und gleichzeitig hinsichtlich einiger grundsätzlicher Sachverhalte eine Klärung herbeizuführen, ohne die gemeinsames Leben anders denn als Desaster und zermürbender psychologischer Kleinkrieg nicht möglich ist (kann man jetzt spießig nennen oder, was Randy besser gefällt, umschreiben mit dem Wohnungsanzeigenwort: WG-erfahren. Nie liest man in Anzeigen, kleingeistig, spießig und erbsenzählend möge ein Interessent sein oder schätze sich ein Inserent ein, nein, das Wort heißt: WG-erfahren). Sein Vorgänger muß auf jeden Fall ein spezieller Typ gewesen sein, der hat die Phosphorleuchtsternchen nicht einfach willkürlich durcheinander an die Decke geklebt, deutlich erkennt man den Großen und den Kleinen Wagen, und wahrscheinlich sind auch alle anderen Sterne im genau ausgemessenen Verhältnis zueinander angebracht, und es handelt sich um eine originalgetreue Himmelsskizze, doch das kann Randy nur raten, denn er kennt gerade mal die Form der beiden Wagen.

Als er aufwacht, ist er enorm erleichtert, daß es schon

hell ist, er Karen sogar schon klappern und leise summen hört, der Tag beginnt und er nicht zukunftsängstlich auf der Bettdecke rumbeißen muß.

Interessant: nachmittags singt Karen, morgens summt sie. Ob sie mittags pfeift? Er geht in T-Shirt und Unterhose ins Badezimmer, und Karen schreit nicht Triebtäter!, sondern sagt Na? und summt weiter. Daniel und Randy waren auf irgendeiner Landstraße zu dem Schluß gekommen, daß eine Zweierwohngemeinschaft von Mann und Frau zu irgendeinem Zeitpunkt vor der Beantwortung der heiklen Frage steht, ob man nun lediglich unter einem Dach oder eventuell zusätzlich auch unter einer Decke schläft. Mindestens einer würde das immer in Betracht ziehen. Und bis das, wodurch auch immer, ob durch Ansage, mangelnde Sympathie füreinander, Streit oder sonstwie, geklärt sei, würde man voreinander noch angezogen herumlaufen, und hinterher dann, selbst nach negativer Entscheidung, gerne auch nackt. Absurd. Es ist ja alles ein solches Vabanquespiel: Als er Karen zuvor einen Verrechnungsscheck mit der Kaution geschickt hat, hat Randy ungefähr einen Tag lang darüber nachgedacht, ob er den Begleitbrief besser mit Hi, mit Hallo oder mit Liebe Karen beginnt. Liebe/r ist ihm immer der angenehmste Briefanfang, der ist auch im halboffiziellen Bereich mit Nachnamen sehr gut zu verwenden, wahrt dann die Form, ist trotzdem persönlich und einfach nett, aber Liebe Karen in Kombination mit Dein + Unterschrift – würde sie da nicht gleich ALARM denken? Er hat dann einfach die Seite ganz vollgeschrieben, so daß nur noch ein gequetschtes Bis dann! draufpaßte. Guter Trick fürs erste.

Alles anders, alles neu. In dieses Bad scheint morgens die Sonne hinein, der Duschstrahl ist mickrig, kein Seifenbecken, wohin mit dem Shampoo – aha, auf die Duschkabinenwand, neben Karens Freiöl. Dann springt plötzlich der Boiler aus, und es wird kalt, Randy dreht den Warmwasserhahn stärker auf, der Boiler springt wieder an, Randy fast an die Decke, denn jetzt ist das Wasser fast schon Dampf – irgendeinen Trick wird es geben, wird es für alles hier geben, denkt er und duscht eiskalt zu Ende. In der Küche wird schon wieder gesungen.

Einen benutzten Q-Tip wickelt Randy in Klopapier, bevor er ihn in den Tretmülleimer wirft, das ist einfach seriöser. Fenster auf, zu heiß geduscht, aha, so sieht man also morgens in diesem Spiegel aus. Da kann jetzt der speziell nichts für. Rasieren, kämmen, Parfüm? – bißchen, neues Hemd, neuer Tag und Dialogstartbombardement in der Küche:

– Ah, mit dem Boiler klargekommen, geschnitten beim Rasieren, gut geschlafen, Milch, Zucker?

Eine morgendliche Küche ist durch nichts zu ersetzen. Wenn es nach Randy ginge, könnte man auf Küchen mittags und abends verzichten, aber morgens sind sie sein Lieblingsaufenthaltsort. Eine Entspannungs-CD nur mit morgendlichen Küchengeräuschen drauf würde er sofort kaufen. Eine mit Mittagsgeräuschen würde er nicht geschenkt nehmen. Die Morgen-CD müßte ungefähr so gehen:

Track 1: eine Kaffeemaschine

Track 2: durchs offene Fenster unterdrückte Müllabfuhr, Fahrradklingeln, Türsummer

Track 3: ein Frequenzsuchrad wird, sobald jemand im

Radio das Wort erhebt, durchs Rauschen gedreht, bis ein zumindest nicht störendes Lied erklingt

Track 4: eine Eieruhr

Track 5: Eingießgeräusche

Track 6: Joghurtdeckelabziehen

Track 7: Kandiseinplansch + umrühren, ein Salzfaß wird gegen die Tischkante gehauen, weil auch der Reis zur Erhaltung der Rieselfähigkeit inzwischen feucht ist

Track 8: eine Brötchentüte wird in einen Korb geleert, ein Nutellaglas wird mit Messerhieb durch die goldene Aluminiummembran leise knallend entjungfert, jemand fragt „Oben oder unten"? Jemand anders sagt „Egal, entscheide du"

Track 9: Postaufreißen, Zeitungsgeblätter, eventuell leises Nägelkauen

Track 10: das Geschirr taucht in warmes Wasser, die Spülmittelflasche seufzt ein letztes Quantum antibakterielle Fettlösekraft heraus, jemand sagt „Mach ich nachher"

Track 11: Frau Antje und der im Garten das Frühstück zubereitende Ramafamilienvater mit um die Schultern gelegtem Pullover und zwischen den Beinen rumlaufendem Collie lernen sich endlich kennen.

Randy ist froh, daß Karen keine Einrichtungstante ist und die Wohnung zum Drinwohnen da ist und nicht zum Möbelhausprospektnachahmen. Eingerichtet hat sie die gute alte Schlampe Zeit. Immer ist irgendwas neu hinzugekommen, etwas anderes ausrangiert, von Gästen geklaut oder liegengelassen worden; Eltern schenken nach einem Besuch etwas, nichts tun sie ja lieber, und diese letzten Kontrollversuche nennen sie geschickt: sinnvolles Schenken. Die WG besteht schon seit vielen Jahren, nie waren zwei gleichzeitig eingezogen, hat Karen erzählt, und so überlappten die verschiedenen Wohngenerationen sich immer, und wer die Geschichte noch ausführlicher und vollständiger als Karen erzählen konnte, war die Küche: Die Zimmer wurden normalerweise zur Übergabe ihrem Ursprungszustand angenähert, ob der Vormieter die Wände mit Schwammtechnik orange geschmiert hatte, tapeziert, plakatiert, aquarelliert, mit totgeklatschten Insekten verziert oder eine Korkwand mit Doppelklebeband befestigt hatte – bei der Schlüsselübergabe waren sie wieder weiß, mal mehr, mal weniger, wenn fast gar nicht, gab es die Kaution nicht zurück, also: meistens doch weiß genug. Mal blieb eine Lampe hängen, oder es gab kulante Stillhalteabkommen (das Sofa bleibt, dafür wird nicht gestrichen), im Badezimmer bot es sich aus hygienischen Gründen nicht direkt an, Gegenstände zu vererben oder sich sonstwie in Erinnerung zu halten (wenn sie auch nicht billig ist, eine Munddusche kauft man nicht gebraucht). Ein Badezimmer sollte so sein wie das Image Patrick Lindners vor seinem Outing. Doch weil die Küche allen Bewohnern als Eß-, Sprech-, Telefonier-, Zeitungslese-, Sauf-, Streit-, Kennenlern-, also im besten Sinne: WOHNzimmer dient, ist sie stets, auch im sauberen Zustand, entsprechend unübersichtlich, und so ist der Schnitt dort nicht so sauber zu vollziehen wie im eigenen Zimmer. Und wenn es nur ein rotes Kunststoff-Nudelsieb ist, ein vierstöckiges Drahtnetz für Gemüse und Obst, ein dem Deutschen Jugendherbergsverband zum Zwecke des Unterwegs-Joghurt-Essens geklauter Teelöffel oder ein mit der Silbermedaille der Zeitschrift „Meine Familie und ich" ausgezeichnetes Kochbuch – für den Wegziehenden gelten in der Küche immerwahre Schlagerschlußfolgerungen: ein Teil von ihm bleibt immer hier, man geht nie so ganz! Zieht jemand im November weg, läßt er seinen Wandkalender hängen, und sein Nachfolger hängt ihn im Januar nicht ab, weil er denkt, das war schon immer so mit dem Kalender, lassen wir mal besser hängen, und wenn er dann etwas selbstbewußter sich einmischt in die Wohnungsdekoration, so ab April, ist das Jahr schon zu weit fortgeschritten, um einen aktuellen Wandkalender aufzuhängen, also wird er als Bild interpretiert, und deshalb hängen auch in modernen WGs althergebrachte Motive wie Burg plus Wald, Strand plus Sonnenuntergang, ostfriesisches Gartentor plus görenbeladenem Bollerwagen, geriatrischer, aber dank Olivenöl gut druffer Provencegärtner plus Tomatenschubkarre oder liebe Tiermutter mit noch lieberen Tierkindern.

Das Inventar einer so traditionsreichen WG-Küche kann, richtig zugeordnet, niedergelegt werden auf einem Zeitstrahl, der beinahe in die Adenauerzeit zurückreicht. Randy geht hinaus auf die Straße und versucht zurechtzukommen. Noch knapp zwei Wochen bis zum Semesterstart, und er hat noch allerhand stupide und offizielle Dinge zu erledigen, die sich bestens dazu eignen, die Stadt kennenzulernen. Konto eröffnen, Semesterbeitrag überweisen, Daueraufträge ändern, Adreßänderungsmitteilungsvordrucke verschicken, einen Nachsendeantrag stellen, alle möglichen Ämter konsultieren. Zur U-Bahn-haltestelle sind es zweimal 18 Stufen plus eine Rolltreppe. Wieviel Stufen hat eine Rolltreppe? Wenn sie mal ausfällt, kann man sie zählen. Dann ungefähr mal zwei nehmen, dann ist es korrekt. Seine Angewohnheit, zwanghaft alles mögliche zu zählen, wird durch die neue Umgebung offenbar noch verstärkt. Jetzt braucht er erst mal Paßbilder, davon braucht man in einer neuen Stadt jede Menge: für das Nahverkehrs-Monatsticket, für den Bibliotheksausweis, für endlich einen internationalen Studentenausweis; wenn man schon im Amt herumirrt, um sich umzumelden, kann man bei der Gelegenheit gleich statt jedes Jahr einen neuen provisorischen doch wirklich mal einen richtigen Reisepaß beantragen (noch ein Bild). Weil es dann fast Spaß macht, komplettiert man die Liste und erneuert auch gleich die Bahncard (noch ein Foto) und läßt sich bei Jobvermittlungsagenturen (wohlmöglich auch dort ein Bild fällig) in die Kartei aufnehmen. Diese Paßbilder sind hilfreich, wenn man einige Monate später überlegt, ob das Leben in der neuen Stadt einen äußerlich verändert hat und was das dann für die viel dehnbarer definierte innere Veränderung bedeutet. Eine Vorher-Nachher-Analyse ist anhand der kurz nach dem Umzug gemachten Bilder gut möglich. Die Bilderentstehung relativ genau zurückdatieren zu können, kommt einem auch beim Gesellschaftsspiel Paßbildbeschmunzeln zugute, wenn gemeinsam irgendwo bezahlt wird und man gerade kein Thema hat oder sich gerade erst kennengelernt hat (oft: beides; und je weniger man sich kennt, desto getrennter wird bezahlt, also stehen viele Portemonnaies zur Auswahl), dann wird Darf ich? gefragt, und ein Nein! wird als kokettes Drumbitten verstanden, also zeigt man sich gegenseitig Führerschein (Das bist du?), Bahncard (Ganz anders!), Personalausweis (noch ohne Brille!) und Studentenausweis (Ich finde die Haare so jetzt viel besser, wirklich!).

Die Wartenummer im Einwohnermeldeamt ist eine gerade Zahl, die Randy zugeteilte neue Telefonnummer endet ungerade, aber die Quersumme ist durch zwei teilbar, gerade, gerade noch. Er beginnt, offiziell in der neuen Stadt zu existieren, und genau wie man ja einen Tag nach dem Geburtstag auf die Frage nach dem Alter meistens noch das falsche, gerade überholte nennt, muß auch Randy sich erst an die neuen Daten gewöhnen, aber weil er nun auf jedem Amt und jedem Formular die neue Adresse eintragen muß, verschreibt er sich bald schon nicht mehr und kann nach zwei Tagen sogar die neue Postleitzahl auswendig.

Zur Erfüllung sämtlicher Formalitäten muß er sich so quer durch die Stadt bewegen, daß sie sich dabei von selbst dreidimensionalisiert, vom Plan ablöst. Um sich alleine zu fühlen, hat er zuviel zu tun, noch könnte es auch Urlaub sein, allerdings ein ziemlich unentspannter Urlaub. Vielleicht das Ende eines Urlaubs, und einem sind gerade Paß, Geld und Flugticket geraubt worden, und jetzt läuft man sich die Sandalenriemen in die Hacken. Ob es an der anderen Luft liegt, am Streß oder am anders zusammengesetzten Trinkwasser, irgendwas juckt plötzlich sehr auf seiner Brust. Nicht kratzen!

In der Stadtverwaltung bekommt er einen Ordner geschenkt, einer Schultüte nicht unähnlich, sogar ein Bonbon ist drin mit dem Stadtwappen drauf. Dazu Aufkleber, ein Stadtplan und Informationen des Fremdenverkehrsvereins. Es gibt einiges zu besichtigen, aber er ist doch kein Tourist! Wann aber sollte er sich die Sachen sonst ansehen, man muß doch wissen, wo man wohnt, wer hier vor einem gewohnt hat, wer die Universität zu Rang und

Namen gebracht hatte, warum die Etrusker, nach wem was benannt wurde, wer auf dem Marktplatz hingerichtet wurde, wann die erste Erwähnung, wie lange die Handelsflotte und bis wann die Burg und von wem der Park, und wofür welche Auszeichnung.

Randy weiß kaum mehr, als daß der größte Erfolg des lokalen Fußballvereins das Erreichen des Viertelfinales im DFB-Pokal vor 14 Jahren gewesen ist. Wahrscheinlich betreibt der einst umjubelte Achtelfinalssiegtorschütze heute eine Sportschuhvertretung mit Safttheke. Das Jukken wird zu stark, und Randy muß sich, auch wenn es dadurch schlimmer wird, jetzt doch kratzen, das tut gut, dann schlecht, brennt. Er geht auf die Rathaustoilette und knöpft sich das Hemd auf. Zwei französische Touristen kommen herein und gehen pissen, reden dabei über die sie langweilende Stadt, den sie ausnehmenden Hotelbesitzer und den sie anekelnden Penner vor dem Waschbecken – Randy. Der in der Schule Französisch-Leistungskurs hatte. Immer vorsichtig, Froschfresser, denkt er, ich begreife euch nicht, aber ich verstehe euch. Auf seiner Brust wuchert ein großer roter Fleck, der strahlenförmig in alle Richtungen kleine Pustelstrecken entsendet, durchquert von dunkleren roten Kratz-Striemen. Randy befeuchtet mit kaltem Wasser ein gefaltetes Papierhandtuch und preßt damit auf dem Fleck herum. Zurück bleiben rund um die entzündete Stelle grüne Papierfitzel, die er mit einem anderen Handtuch runterwedelt, und dann juckt es wieder, juckt natürlich jetzt viel stärker als vorher. Die Franzosen waschen sich nicht die Hände und gehen raus. Sie halten Randy für schwul, entnimmt er ihrem gezischten Abschiedsgruß, lalala, wie langweilig doch

Männer auf Reisen sind, über kurz oder lang landen sie immer saufend beim Andere-für-schwul-Halten, es ist wirklich erbärmlich, denkt Randy, bedenkt doch mal, wenn es euer Dauerthema ist und ihr keine Frau findet, die mit euch verreisen mag, hey, dann überlegt noch mal ganz genau, ob da alles so stimmt mit eurem Schwulenhaß. Jetzt bißchen viel schlechte Laune auf einmal: Die unverschämten Weltmeister von 1998 und dazu noch dieser Ausschlag, das kann er beides gerade absolut nicht gebrauchen. Hemd zu und weiter. Männerklos: immer raus da, so schnell man kann. Immerhin war es nicht ein Franzose, und es waren auch nicht drei, sondern: zwei. Gerade. Gut.

Die neue Stadt erscheint Randy als ein vollständiges, bruchloses Bild, eine gutgeölte Maschinerie, in der jeder genau weiß, was er zu tun, was zu lassen, mit wem er zu reden hat und wo lang er gehen oder welche Buslinie er nehmen soll. Der ganze Betrieb wirkt wie ein Ameisenhaufen von oben: alle rennen durcheinander, scheinen einem ausschließlich den Ansässigen bekannten Ablaufplan zu folgen. Für den Außenstehenden sieht es aus wie strukturloses Gewusel, aber die Ameisen würden ja abhauen, wenn es keinen Sinn ergäbe. Was sie leitet, sind soziale Bedingungsgefüge und Abhängigkeiten aller Art. Unabhängig zu sein, klingt immer so erstrebenswert, doch auch völlige Isolation bedeutet ja Unabhängigkeit – und ist in dieser Lesart weit weniger verlockend. Man will ja weiter gar nicht nerven, deshalb ist es am besten, ein paar anderen hinterherzulaufen. Die vermeintliche Anonymität ist auch gefährlich, denn wenn man sich im scheinbaren Schutz der anfänglichen Unangebundenheit nach

Kräften blamiert, kann man nie sicher sein, daß nicht Zeugen dessen einem zwei Tage später gegenüberstehen als Funktionsträger im neuen Koordinatensystem.

– Warst du nicht der? werden sie fragen.

Alles wirkt wie seit Jahrhunderten geübt und praktiziert, selbst klotzige Neubauten, die in der Euphorie der Leichtbauerfindungsphase unsensibel und ohne Blick fürs Stadtbild zwischen alte Häuser geknallt wurden, fallen nicht als Störfaktoren ins Auge, wirken schlüssig eingepaßt, alles wie von einer Hand zu einer Zeit erschaffen, selbst Leuchtschilder an Fachwerkhäusern wirken märklinlandschaftsharmonisch, nein, es gibt nur eine einzige Ungereimtheit, einen einzigen Fehler, etwas winzig Kleines, was dort nicht hineinpaßt: Das ist man selbst. Selbst die, die auch was zu suchen scheinen – Touristen (ein Baudenkmal), Obdachlose (Geldwerfer), Punks (Anzugschweine zum Anschreien) oder Unterschriftensammler (Leute mit einer sogenannten Minute) –, scheinen zum Bild gehörig. Die Punks stören ja auch nicht, es würde einen doch die deutsche Stadt verwundern, in der auf dem Marktplatz keine Punks am Brunnen sitzen, Dosen darin kühlen und sich, Punk hin oder her, was drunterlegen, zwischen Stein und Hose, damit sie sich die Blase nicht entzünden. Dieser Zustand absoluter Ordnung ist keine Ausnahme, er bewahrheitet sich bei jeder Stichprobe. Randy könnte morgen wiederkommen, hätte vor einer Woche hier langlaufen können – alles wäre genau so gewesen, hier wartet niemand auf ihn, hier läuft alles, das ist überhaupt gespenstisch, daß überall gleichzeitig so Sachen laufen, daß identisch gelebt wird, da kann man mal begreifen, was es heißt, wenn 16 Millionen Deutsche

Wetten daß gucken. Ja, sagt man, 16 Millionen, das ist dann wohl im Vergleich zu anderen Sendungen viel, aber die 64 Millionen anderen Bürger machen in der Zeit ja etwas anderes. Doch wie das von oben, von einem Satelliten, wohl aussieht: Geht einfach jeder fünfte in ein Zimmer, JEDER FÜNFTE!, stellt da einen Apparat an und guckt drei Stunden, wie jemand mit einem Gabelstapler ein Kartenhaus baut oder so, und wenn er es nicht schafft, sind Cher oder einer der Wolfgänge Petry, Fierek oder Joop ganz traurig, denn gegönnt hätten sie es dem schnurrbärtigen Einzelhandelskaufmann aus Pforzheim, und das sagt auch Gottschalk ihm dann, wenn er ihn mit den Worten

– Mein Lieber, das war ja wirklich ganz, ganz knapp!

aus dem Gabelstapler holt und der schnurrbärtige Einzelhandelskaufmann aus Pforzheim total aus der Puste ist und ins Mikrophon keucht und winkt und hoffentlich nicht noch was sagen will (denkt Gottschalk). Jeder fünfte. Und daß die alle sich auch gleichzeitig die Zähne putzen. Für Gott muß das doch wahnsinnig langweilig sein von da oben aus. Wahrscheinlich hat er sich vor Jahrhunderten darob abgewendet und spielt auf einem anderen Planeten mit Barbie-Puppen und haut nur manchmal so Schikanekarten in unsere Richtung: Hier, nehmt das: Hitler, Ozonloch, Tschernobyl, AIDS, Börse. Apologetiker könnten so argumentieren.

Der Gang durch die neue Stadt ist wie die peinsame Ungewißheit eines frisch Verliebten am Ende eines Essens, wenn er glaubt, Spinat oder ähnliches zwischen den Zähnen zu haben. Was doch eigentlich nicht schlimm ist und einfach zu beheben durch ein offenes Bekenntnis

– Ja, ich bin hier neu und möchte bitte alles, ja, alles erklärt und gezeigt kriegen.

Beziehungsweise

– Ja, das war ausgezeichnet, aber sag mal, habe ich was zwischen den Zähnen? Du jedenfalls nicht.

Es wäre zu einfach. Wenn die Stadt blöd ist – kein Problem. Wenn das Gegenüber Spinat zwischen den Zähnen hat – wie erleichternd! Stärkt die eigene Position: Kommt der andere vom Klo und der Spinat ist fort, hat er es vor dem Spiegel bemerkt, ist zusammengezuckt und wird nun versuchen, die Schande wettzumachen.

Mit einer weiteren Touristin, die neue Stadt ist voll davon (gutes Zeichen, schlechtes Zeichen – beides), hat Randy mehr Glück als mit den Franzosen. Eine dank Shorts, Mütze und Universitätswappensweatshirt weithin als Amerikanerin erkennbare Dame (wo nur war die Coladose? Ja, wo?) filmt die komplette Innenstadt, als wolle sie sie anhand der Aufnahmen in irgendeiner Wüste Amerikas nachbilden. Die Dame geht sehr langsam, schaut mit einem Auge auf den Boden vor sich, um Hunden, Hydranten, Autos und anderer Hindernisse rechtzeitig gewahr zu werden, das andere Auge preßt sie gegen die Gummiummantelung des Suchers, und es ist abzusehen, daß ihr von dieser Extrembelastung der Augen abends schwindelig sein wird. Die Amerikanerin scheint mehr über diese Stadt zu wissen als Gerd Ruge über Rußland, und mit diesem Wissen vertont sie ihre Aufnahmen direkt. Die Route scheint sie mehrfach probegelaufen zu sein, nicht ein Mal zögert sie oder setzt auch nur die Kamera ab. Erbauungs-, Niederbrenn-, Wiederaufbaudaten eines jeden halbwegs interessant erscheinenden Gebäudes weiß sie zu nennen, dazu sorgsam portioniert einschneidende Ereignisse, aufschlußreiche Daten, amüsante Anekdoten und kenntnisreiche Querverweise und Vergleiche aus den Bereichen Politik, Wirtschaft, Kultur und Sport. Redakteur, Kameramann, Tonassistent in einer – diese Frau ist ein Fanal der Rationalisierung. Am Abend soll sie, findet Randy, gerne von Privatfernsehsendern einen Preis dafür überreicht bekommen, aber jetzt soll sie ihm bitte erst mal die Stadt erklären. Er geht dicht hinter ihr, paßt sein Schrittempo dem ihren genau an, sie sehen aus wie die Hälfte der Beatles auf dem Abbey-Road-Cover, und einige Passanten gucken amüsiert, doch ist die Amerikanerin zu vertieft, um ihn zu bemerken. Nach über einer Stunde ist Randy erschöpft, und sein Kopf schwirrt von all dem ihm eingetrichterten Jeopardy-Wissen. Er sucht nach dem Aus-Knopf der Frau, findet ihn aber nicht. In ihrem Bauchgurt zumindest vermutet er Batterien statt eines Portemonnaies und Lippenstifts.

– And here we can see the 200 year old –

Randy setzt sich in ein Café. Ob es das richtige ist? Kann es eigentlich nicht sein. Wo er hingehen KANN, muß man ihm nicht sagen, er möchte wissen, wo er nicht hingehen MUSS, was er lassen und gar nicht erst probieren soll. Er liest die Karte genau durch, aus Neugier, obwohl seine Standardbestellung die gleiche ist wie in der alten Stadt. Aber er will erfahren, was man hier außerdem bestellen KÖNNTE, wie die Preise sind, ob man sich hier für unter 50 Mark betrinken, richtig betrinken kann, wie das Essen KLINGT, wie sie den Milchkaffee hier nennen, wie viele unterschiedliche Milch/Kaffee-Verhältniswahlrechte man hat, die ja ab dreien etwas affig wirken, aber die unterschiedlichen Namen sind super, und wer sie fehlerlos rausschnalzt, ist ein Kenner und internationale Spitzenklasse.

Wieder hat er vergessen, daß erstmals in ein Café zu gehen mit Absichten und Erwartungen, die den bloßen Tauschhandel Dach + Getränk + Lärm + wenns hochkommt Zeitschriften

gegen

Geld

übersteigen, ein dem Ziel nach vermessener Vorgang ist. Einleuchtend der Gedanke, doch geleitet von Klischeevorstellungen, die im 18. Jahrhundert ankern – das Kaffeehaus! Ach, wie soll man dort jemanden kennenlernen? Niemand scheint ohne Vorhaben dort zu sitzen. Außer Randy natürlich. Wo sind die anderen? Vor allem: WER sind die anderen? Sie werden sich ihm nicht vorstellen. Und die freie Wildbahn? Ein Hirngespinst. Man lernt Menschen nur im Gehege kennen. Dreimal lächeln und dann fragen, ob der Platz noch frei ist – nein. Abends in definiertem Rahmen stehen, dann die Kaltstartfrage schlechthin, die man so fürchtet, die aber mangels Alternative nicht stirbt

– Und, was machst du so?

Es ist fürchterlich, in der neuen Stadt geht es Randy wie im Strandurlaub: Sobald er da mittags NICHT am Strand sitzt, kriegt er ein schlechtes Gewissen und rafft sofort die Sachen zusammen, weil er tatsächlich glaubt, er verpasse andernfalls etwas und ärgere sich dann das ganze Jahr, wenn der Strand nicht mehr da ist. Ist auch so. Am Strand selbst jedoch langweilt man sich ja auch nach zehn Minuten. Es ist zunächst ganz angenehm, einfach dazuliegen, doch bald schon muß man etwas trinken und sich durch Eincremen oder Schirmaufspannen der Sonne gegenüber verhalten, dann weht es Sand, und beim Essen knirschen die Zähne, und man muß sich woanders hinlegen, weil das Plock-Plock der Beachballspieler die Konzentration mindert, und nichts gegen Kinder, also, wirklich nicht, später auch welche, klar, aber MÜSSEN die denn so schreien, und MÜSSEN die Eltern denn das auch noch süß finden, können die nicht mal, nein, sollten sie nicht, da hinten schreit ein Vater seine Kinder an, seit sechs Minuten, daß sie jetzt mal still sein sollen, das führt ja auch zu nichts, der ist ja noch lauter, sollen lieber die Kinder wieder schreien. Als nächstes beeinträchtigt die Angst vor tieffliegenden Möwen die Ruhe, welche Ruhe, denn JETZT scheint das Meer am schönsten, weil ja alle baden, also wieder baden und bald wieder raus, zu kalt oder zu starke Brandung oder zu ruhig, schockt auf die Dauer nicht, zum Schwimmen ist das Meer einfach zu groß, da kommt man ja nie irgendwo an, oder man ödet so in Ufernähe rum, und bei Riesenbrandung, wenn man denkt, hey, rein da, Riesenbrandung, merkt man auch schnell, nö, zum Ertrinken fühlt man sich noch zu jung, und man will auch kein Surfbrett gegen die Stirn kriegen. Abtrocknen, aufwärmen und wieder eincremen und die Seite im Buch wiederfinden, aber jetzt auch Hunger, kommt vom Schwimmen, außerdem vergessen, ins Meer zu pissen, also jetzt pissen, wohin, die Dünen sind weit, das Strandrestaurant auch, außerdem so eklig da der Fußboden, also Schuhe an, Ah, du gehst zum Strandrestaurant, bringst du mir was mit, klasse, wenn du sowieso gehst – man nimmt also eine umfangreiche Bestelliste auf inkl. Alternativen, falls eine Eissorte aus sein sollte, dann ist man noch mal eine Viertelstunde damit beschäftigt, von jedem den passenden Geldbetrag einzusammeln, aber wer denkt schon an Kleingeld, leihst du mir was, ich kriege sowieso noch, ich zahl dann nachher – ach, könnte man sich nur wie in der Werbung eine Kreditkarte aus dem Arsch ziehen und auf die Palmholz-Theke flatschen lassen. Ist das Anmieten eines Strandkorbes die Lösung? Aber ganz und gar nicht! Zwar kann man sich vor Wind und Sonne schützen, aber wenn man einmal begonnen hat, die äußeren Bedingungen derart ernst zu nehmen, muß man den Strandkorb alle zwei Minuten neu ausrichten, und das ist nicht leicht, außerdem ist das Verletzungsrisiko hoch, die wiegen ja was, und hat man Schutzschuhe an, nein, man ist ja barfuß, wenn man noch ganz dicht ist. Ist man. Dann ist man nicht im Strandkorb. Denn es ist ja nicht mal erlaubt, ihn von der Kolonie und damit vom Lärm der anderen Urlauber wegzuziehen, probiert man das, gibt es sofort Ärger mit der DLRG. Sowieso: die DLRG-Schwimmer! Daran ist David Hasselhoff schuld, daß die nicht mehr in Notfällen zackig zur Stelle sind, sondern den ganzen Tag über laut um ihr Motorboot herummuskeln und alle akzeptablen Frauen am Strand für sich einnehmen. Kiss of life! Das heißt nicht Fick des Jahrzehnts, sondern Erste Hilfe, verdammt. Aber mach was. Genau: was machen! Man kommt an den Strand, um sich auszuruhen, und dieses Ausruhen ist anstrengender als ein beim Isostar-Preisausschreiben gewonnener Actionurlaub mit zwei sportbegeisterten Irren aus jedem Bundesland, das ist sicher. Das Beste am Strand ist der Moment, in dem man die Schuhe auszieht und in den Sand tritt, meist schon vor der letzten Düne, wenn die Holzbohlen zunehmend mit herbeigewehtem Sand bedeckt sind und man das Meer mit jedem Schritt lauter hört, wenn also aus dem GLEICH das JETZT wird, der Fuß in den warmen Sand stößt. Jetzt im Café weiß Randy nicht, was um Himmels willen er dort tun soll, er muß woandershin, das kann es nicht sein hier, das ist ja gar nichts, also weiter, nach Hause, vorher noch in den Supermarkt. Leider hat er vergessen, vor dem Weggehen die Vorräte zu sondieren und mit Karen ein informelles Gespräch über Einkaufs- und Eßgewohnheiten zu führen, morgens haben beide nur Nutellabrötchen gegessen, und weil unter Nutella keine Butter gehört und man Nutella zur Wahrung streichfähiger Konsistenz nicht im Kühlschrank aufbewahrt, hat er noch nicht in den Kühlschrank geguckt, weiß also nicht, was fehlt und was im Überfluß da ist. Also kauft er Sachen, die man immer braucht:

Buttermilch, Magerquark, Joghurts, Paprika, Äpfel, Bananen, Nutella, Kellogs Nutri Grain, Zwieback, jungen Goudakäse, ein Schwarzbrot und Milchschnitten. Und eine große Tüte, bitte.

Die neue Hausnummer ist leider ungerade. Aber die Bahn vom Hauptbahnhof, die Linie 7, auch, also addiert man sie zu einer geraden Zahl, ja, so geht es.

Er zieht am Knauf, die Tür ist nicht nur zu, sondern verschlossen, zweimal rum (merken! Sonst Ärger!), das heißt, Karen ist weg – und Randy allein zu Haus. Wenn er wüßte, wie lange sie fortbleibt, könnte er ihr Zimmer befragen, wie Karen so drauf ist, also, anders gesagt, rumspionieren, Schubladen öffnen, im Terminkalender blättern, an Kleidern riechen, Fotos angucken, Bücher- und Plattenbestand auswerten und so Rückschlüsse auf den Charakter und die Lebensgeschichte seiner Mitbewohnerin ziehen. Aber viel zu riskant noch, im Moment. Wenn sich irgendwann das Inventar der beiden durch Leihen, Liegenlassen und Verwechseln zu einer Art gemeinsamem Hausstand gemischt hat, kann man, beim Spionieren erwischt, glaubhaft versichern, man habe irgendwas gesucht, jetzt aber würde er günstigstenfalls als unverschämt und neugierig erscheinen, ungünstigstenfalls als Dieb.

Er setzt sich in die Küche, hört der Wanduhr zu und guckt sich um, ertappt sich dabei, eine Nachricht zu suchen, einen Gruß, eine Einladung, ein Carepaket, irgendwas, aber da ist nichts, vielleicht ist Karen auch nur kurz mal raus und gleich wieder da. Auf keinen Fall darf sie wissen, daß er außer ihr niemanden kennt in der Stadt, sonst empfindet sie ihn als Belastung und nimmt ihn aus Höflichkeit irgendwo mit hin und stellt ihn, heimlich augenrollend, ihren Freunden vor, und die flüstern dann, wenn er sich umdreht

– Arme Karen, da hat sie ja ne Null gezogen.

Randy stellt das Radio an und singt mit, hört aber gleich wieder auf, man kann nicht einfach in fremden Wohnungen rumsingen, da hört man sich selbst so laut. Und wenn dann jemand reinkommt und man ihn zu spät bemerkt, womöglich gerade noch Luftgitarre spielt, ist das so, als ob einen die Mutter beim Wichsen erwischt. Karen singt auch, ja, aber die wohnt hier schon länger.

Randy räumt seinen ersten, ziellosen Einkauf in den Kühlschrank und versucht anhand des vorgefundenen Bestands Karen ein bißchen zu enträtseln:

Bier, Hefebrühe, Senf, Hüttenkäse, probiotischer Fakeschleim, extrascharfer Senf, zwei Farbfilme, Buttermilch und Salami mit Pfefferrand. Und im Gemüsefach ein vergessener Chinakohl. Er löst sich eine von Karens Calciumbrausetabletten auf, das soll gut sein bei Hautgeschichten, hat er sich mal gemerkt, oder war es Magnesium? Schaden wird es nicht. Karen hat auch von seinem Tee genommen, das ist gut, es kaufen also beide ein und essen dann was da ist, das scheint geklärt, ist ihm sehr recht, es ohne Buchführung und Rechenschieber zu versuchen, zu zweit kann das klappen, sind ja alt genug, und Geiz ist ebenso hassenswert wie gedankenloses Dauerschnorren, das ist sowieso klar, also. Es juckt, es juckt. Wenn es morgen nicht besser ist, geht er zum Arzt. Zu welchem Arzt? Es wird morgen besser sein.

In seinem Zimmer findet er einen unter der Tür durchgeschobenen Zettel von Karen:

– Deine Mutter hat angerufen, viele Grüße.

Ja, so hat er sich das vorgestellt. Gleich am ersten Tag. Karen wird denken, seine Mutter ruft jetzt täglich an und fragt, ob er denn auch genug ißt, schläft und lernt, und ob er auch dran denkt, sich, wenn er abends noch rausgeht, einen Pullover mitzunehmen. Er hat seinen Eltern Karens Nummer gegeben, weil er ja drei Tage, bis er den Anschluß kriegt, nicht zu erreichen ist, hatte die Benutzung aber explizit ausschließlich für eventuelle Notfälle gestattet und dabei wieder einmal vergessen, daß man seinen Eltern bis zum Erreichen des vierzigsten Lebensjahres, mindestens, als permanenter Notfall gilt. Randy räumt sein Zimmer ein. Am Abend steht immerhin schon das gefüllte Bücherregal, und er kann die ersten wieder entfalteten Umzugskartons in den Keller (vierzehn Stufen) tragen. Im Keller haben Karen und er einen gemeinsamen

Käfig (Nummer fünf), der mit einem Zahlenschloß (Kombination: vier-zwei-acht – besser geht es nicht!) vor räuberischen Übergriffen der Nachbarn geschützt ist. Von Karen stehen in dem Käfig ein altes, plattes Klapprad, ein großer, gesprungener Spiegel, ein paar Kisten, ein ranziges Aboprämien-Kofferset, eine Stehlampe und ein Sessel. Auf einer Kiste steht: Andreas. Da wird Randy bei Gelegenheit mal reingucken.

Abends schläft er ein, bevor Karen nach Hause kommt, vielleicht schläft sie bei diesem Andreas. Am nächsten Morgen entdeckt Randy im Spiegel, daß sich der Ausschlag mittlerweile bis auf die Oberarme ausgebreitet hat, bald, so fürchtet er, kommen ihm die Pusteln aus dem Kragen heraus auf den Hals, und spätestens dann gilt es, etwas zu unternehmen, sonst wird es noch schwieriger, neue Freunde zu finden.

Neuer Tag und dieselbe Frage: Wie erkundet man eine Stadt? Man kann nicht jeden Tag in ein anderes Café gehen, sondern muß recht schnell eines finden, in das man immer geht, sonst wird man bescheuert. Gewöhnung entsteht durch das – zur Not bewußte – Setzen von Wiederholungen: Jeden Morgen am Kiosk eine Zeitung, eine Flasche Volvic und Kaugummis kaufen – nach dem dritten Tag, weiß Randy, wird er von MEINEM Kiosk sprechen. Die täglich zu fahrende S-Bahnstrecke zum Bahnhof, in dessen Fußwegnähe die meisten Ziele liegen, ist eine Bilderreihe, die durch Permanenz mittlerweile bei Randy das Gefühl bewirkt, nicht im Urlaub oder irgendwo zu Besuch zu sein. Zwei Stationen unter der Erde, dann raus, am Fluß vorbei, am Stadtwald, und dann an den Hochhäusern mit den Neonbuchstaben drauf, Deutsche Bank, Block House, die Digitaluhr, die im Zehnsekundentakt zu einem Digitalkalender und schließlich Digitalaußenthermometer wird, so daß man gut Bescheid weiß über die aktuellen Werte, wenn dann, Endstation, bitte alle aussteigen, die Bahnhofshalle den Zug aufißt. Dort geht man drei mal fünfzehn Stufen hoch und dann nicht nach links (Fernbahn), sondern nach rechts (Innenstadt).

Randy setzt sich an den Fluß, vielleicht passiert dort etwas Angenehmes. Er mag es, wenn Flüsse durch Städte fließen, groß genug, um nicht nur als Bierdosenauffänger genutzt zu werden, klein genug, um keine Binnenschiffahrt zu ermöglichen, denn man traut sich dann nicht, darin zu baden, und diese Containerschiffe, auf denen immer ein Mann mit Hund steht und auf dem Hinterdeck noch sein Auto spazierenfährt, geben einem das Gefühl, man urlaube in einem Industriegebiet. Es ist unwahrscheinlich, daß man gleich die richtige Flußstelle findet, an der nicht alle sitzen, sondern an der MAN sitzt. Die Freunde, die man noch nicht hat, die man aber dort unter anderem kennenlernt, beim zwanglosen Tagvergeuden. Man kriegt dreimal eine Frisbeescheibe ab, und beim vierten Mal wird man gefragt, ob man nicht mitspielen will. Man will, weil man besser keine Einladung ausschlägt, denn zu viele sind es ja bestimmt nicht in der ersten Zeit. Erst nennen sie einen immer WIEHEISSTDUNOCHMAL, und man selbst kann sich auch nur gerade so den Namen des Anführers merken (jede Gruppe hat einen, der Lauteste oder der Schönste – je älter sie sind, desto leiser sind die Schönen), aber ist ja egal, wie man heißt, und dann haben bald alle keine Lust mehr, und man darf mitkommen auf den nächsten Level, wenn man nicht völlig disintegrabel erscheint. Dort wird gegrillt oder sonstwas gemacht, trinken bietet sich meist an oder rauchen, so was eben, die Sachen, an die sich nach dem Studium immer alle ausschließlich erinnern, und wenn sie wirklich in diesem Verhältnis Raum eingenommen hätten, wie es die Erinnerung widerspiegelt, dann hätte man keine einzige Hausarbeit beendet, von der Examenszulassung ganz zu schweigen. Es ist ein bißchen anstrengend, der WIEHEISSTDUNOCHMAL zu sein, weil man nicht nerven, sich aber schon auch für weitere gemeinsame Aktivitäten empfehlen will. Grillen zum Beispiel findet Randy eigentlich blöd, Gemüsespieße können gut schmecken, wenn Paprika und Tomaten im Verhältnis zu Kohlrabi und Gurken deutlich dominieren, doch versteht es sich von selbst, daß man als Neuankömmling sich ziert, um dann jubelnd zu danken, wenn einem eine Wurst aus der JA!-Folie angeboten wird, und die dann nickend ins Senfglas taucht und auch beim Kauen nickt und immer weiter nickt, als wäre man bekloppt, nicken ist unerläßlich, schließlich kann auch Musik laufen, und, egal ob man die jetzt eher so mittel findet – NICKEN! Denn die Hauptaktivität ist es ja, fünf Leute gleichzeitig zu begreifen, während die nur einen zu bewältigen haben und auf den auch weiter nicht angewiesen sind, aber was solls, es ist alles neu, und jeder von denen war auch schon mal ein WIEHEISSTDUNOCHMAL, überhaupt ist das Studium die Zeit, in der man am schnellsten vom WIEHEISSTDUNOCHMAL zum MUSSAUCHKOMMEN wird. Da man ständig neuen Menschen gegenübersteht, installiert man sich schnell ein individuelles

Frühwarnsystem, lernt notgedrungen, Menschen schnell zu sortieren, ist zugleich aber, weil man alles mögliche hat kotzen sehen, gerade in dieser Zeit nicht böse, wenn einen jemand überrascht, das nennt man dann wohl
– Aufgeschlossenheit.

In der neuen Stadt ist Randy so aufgeschlossen, daß es schon weh tut. Wenn die Welt etwas nicht ist, dann doch wohl langweilig, denkt Randy, und wer die Welt langweilig findet, findet sich selbst unangemessen interessant. Randy nimmt jedes ihm in die Hand gedrückte Flugblatt freudig entgegen, bedankt sich sogar, und da gucken die einiges an Wirschheit gewöhnten Verteiler sehr erstaunt, schütteln den Kopf und fragen sich, wo sie den denn freigelassen haben. Jede Empfehlung nimmt er auf, da ein Licht, ein Geräusch, ein Signal – hin! Könnte was sein. Wie dann merken, daß es nichts ist? Schwierig, denn es könnte auch sein, daß nur er es nicht begreift. Den anderen zumindest scheint es zu gefallen.

Er kennt niemanden. Kann alles mögliche erzählen. Fühlt sich wie mit neuer Identität, die Terroristen angeboten wird, die als Kronzeugen auftraten. Neue Pässe! Hat Randy ja längst, wie er überhaupt alle offiziellen Dinge für seine Verhältnisse staunenswert vollständig und fristgerecht erledigt hat, doch ahnt er, daß diese Gewissenhaftigkeit kaum mehr ist als die Angst vor der Auseinandersetzung mit weniger reglementierten Herausforderungen.

Einer natürlich ist parat und steht Randy jeden Abend verläßlich zur Seite: Freund Bier. Eigentlich ein guter Typ. Nur auf die Dauer und als einziger wirklicher Freund kein guter Umgang. Aber sich die ersten paar Abende mit ihm zu verabreden, findet Randy verzeihlich. Karen, das beweist ja das Arsenal leerer Flaschen im Flur, trifft ihn ja auch hin und wieder. Freund Bier ist aber auch so ein Vereinfacher! Mit ihm zusammen geht es dann plötzlich. Man wird runtergedreht, setz dich erst mal, sagt Freund Bier, und dann hat man zu tun. Am Ende eines Abends mit Freund Bier kann man sogar gut schlafen, sofort, ohne Probleme. Am nächsten Tag ist es etwas anderes, da denkt man sich, ach, ich wollte Bier doch nicht mehr so oft treffen, oder wenn, dann nur kurz, jetzt aber mal Kontaktsperre, nicht daß das einreißt. Doch nichts ist schöner, als diesen Vorsatz gegen fünf Uhr nachmittags zu kippen.

– Nö, wieso?

Zeit hat Freund Bier immer. Und er ist ja überall anzutreffen. Sobald Freund Bier eintrifft, kann man sich auf weniger konzentrieren, darauf aber besser, man vergißt einfach alles andere und wendet sich einem Gedanken oder einer Tätigkeit ausschließlich zu, die Zeit vergeht, und man ist einverstanden. Bier versteht es, einem die Angst zu nehmen. Das kann auch fatal sein, denn viele verwechseln das Freund Bier anhängige Herabsinken durchaus gesunder Hemmschwellen mit einem Anstieg persönlicher Leistungsfähigkeit. Was sonst peinlich wäre, ist es immer noch, aber der Kumpel von Freund Bier denkt dann, mit einem Mal sei es statt peinlich lustig. Ist es aber nicht, es ist immer noch peinlich, sogar ein bißchen peinlicher.

Randy stellt laute, einfache Musik an und setzt sich an den Schreibtisch, um Briefe zu schreiben.

– Na los, sagt Freund Bier.

– An wen zuerst? fragt Randy.

– Wen liebst du?

– Ach, Freund Bier, das weißt du doch, das weiß ich nicht –

– An wen denkst du, wenn ich ganz lange da bin? Ah, na siehst du, schreibst ja schon. Darf ich mal sehen – ja, habe ich mir doch gedacht. Und das ist nur der erste Brief. Es ist wirklich an der Zeit, nicht länger den Beleidigten zu spielen. Zeit, es noch mal zu versuchen. Zeit, den ersten Schritt zu tun. Mit wem gibt es noch was zu klären, bei wem mußt du dich noch entschuldigen, wem schuldest du noch was, wer kann durchaus mal ein paar klare Worte vertragen – und WIE dir da jemand einfällt, was? Sag mal, mußt du immer die Musik so laut machen, wenn ich da bin? Mach sie doch kurz mal etwas leiser und ruf ergänzend zu den Briefen ruhig auch jemanden an aus der Liste. Natürlich! Drüber weg, drüber weg, immer wenn ich da bin, denkst du an sie, RUF DA AN!

– Und wenn –

– Und wenn nicht? Los, ich bin da, was soll schon passieren?

Die Abende mit Freund Bier sind schon fatal. Aber Randy mag ihn. Nur mit den Briefen, zu denen Bier ihm rät, ist er vorsichtig geworden, da verschätzt er sich oft, der Bier, da lohnt es sich, zweimal drüber nachzudenken. Freund Bier reicht ihm vorwiegend aussichtslose Adressen herüber, dabei nickt er aufmunternd, Randy glaubt ihm immer.

– Ja, genau jetzt ist der richtige Zeitpunkt, absolut, das muß dringend noch gesagt werden, du ärgerst dich sonst!

Und er rät auch immer, sich im Ton zu vergreifen, zu dramatisch, zu ausfallend, zu verliebt, zu fordernd zu formulieren. Die von Freund Bier diktierten Briefe sollte man dringend noch mal Korrektur lesen, wenn er fort ist! Eigentlich ist Freund Bier doch ein ziemlich übler Geselle, schwant Randy, man kann sich auf Bier einfach nicht verlassen. Die Abende mit ihm beginnen gut und vielversprechend, aber sie enden immer gleich enttäuschend. Am Ende will man, daß er einfach nur noch geht, doch dann bleibt Bier, und den ganzen nächsten Tag hängt der Abend einem nach, so nimmt er einen mit, der Bier.

Es juckt, es juckt. Einen Arzt aus den gelben Seiten einfach danach auszuwählen, wie nah seine Praxis an der eigenen Wohnung liegt, kommt nicht in Frage. Eigentlich müßten ja alle gleich qualifiziert und bemüht sein, aber so ist es nicht. Randy hat vor einigen Jahren zwei Weisheitszähne von zwei verschiedenen Zahnärzten entfernen lassen müssen, und beim ersten Mal konnte er abends fast schon wieder Vollkornbrot essen, und beim zweiten Mal hat er zwei Wochen lang nichts als Suppe essen können, Suppe mit Blut, denn die Wunde wollte nicht verheilen. Und ein Hautarzt hat ihm einmal verordnet, jeden Tag 600 verschiedene Tröpfchen und Kügelchen (das Diminutiv war entsprechend der Wirkung durchaus korrekt gewählt) zu nehmen und außerdem seine Mitte zu finden, dann würden seine Hautprobleme umgehend Historie. Randy fand seine Mitte nicht so schnell, wie er diese Placebochens wegwarf, denn um damit die Geranien auf dem Balkon zu düngen, war ihr Geruch zu streng.

Natürlich würde ihm Karen sofort einen guten Hautarzt empfehlen können, doch Randy glaubt, die Zeit für solch intime Dialoge sei noch nicht gekommen. Bislang verstehen sie sich ausgesprochen gut, doch ist es noch nicht soweit, daß sie beispielsweise voreinander popeln. Sie sind noch ein wenig förmlich, eine Spur zu höflich zueinander, doch ist das Randy ganz lieb, denn wenn man so dicht beieinander ist, summiert sich das Wissen über den anderen ohnehin viel zu schnell, und man lernt jemanden wirklich kennen. Erzählen können einem die Leute viel, müssen sie aber gar nicht mehr, wenn man mit ihnen ein Bad und eine Küche benutzt, wenn man ihre Schlaf-, Eß-, Fernsehgewohnheiten beobachtet, ihre Wäsche sieht, den Unterschied zwischen ihrer Imhaus- und Außerhaus-Aufmachung studiert, hört, wie oft sie besucht oder angerufen werden, beim Briefkastenleeren zur Kenntnis nimmt, in welchem Verhältnis private Briefe und Karten zu offiziellen Bescheiden, Erinnerungen etc. stehen, ihre Musik hört, ihr Verhältnis zu Betäubungsmitteln bemerkt, sieht, wie häufig sie das Handtuch (die Handtücher? Waschlappen? All das!) wechseln.

Da tut Distanz gut, meint Rücksicht und Selbsterhaltung zugleich, sonst ist das gemeinsame Leben wie tägliches Auslutschen des gemeinsam vollgehaarten Duschsiebs. Es ist zum Beispiel nett, die Laune kurz zu prüfen, bevor man sie dem anderen zugänglich macht. Der andere muß nicht jeden Liebesbrief laut vorgelesen kriegen (JUBEL!), aber auch nicht jede Mahnung (Scheiße, was soll ich denn jetzt machen?). Man muß sich nicht unbedingt Kopfhörer kaufen, aber man kann das Hören lauter Musik durchaus anpassen an die Heimarbeitszeiten des anderen.

Randy und Karen verhalten sich einander gegenüber zwar aufmerksam, aber nicht so anstrengend überdreht wie Amerikaner, die man im Urlaub kennenlernt. Diese passen ihre Begeisterung für ein Thema nicht etwa dem eigenen Interesse, sondern dem des Gegenübers an. Wenn der angetan berichtet von einem Sonnenaufgang (es kann auch ein Flohmarkt sein oder ein gutes Restaurant oder eine Begegnung mit einem wilden, aber netten Tier), dann kriegen die Amerikaner sich gar nicht wieder ein, kneten die Hände vor dem Mund, beugen sich vor und schreien wild durcheinander, wie sie den anderen beneiden, LUCKY YOU-HU!, ja, wie sie glauben, nachempfinden zu können, was da in ihm geschah, auch wenn er ihnen mit dieser Erfahrung so unendlich viel voraus hat – und so weiter. Die Amerikaner versichern dann, sie wollten auch versuchen, das zu sehen, das MÜSSE man ja wohl gesehen haben, ohne das gesehen zu haben, wollen sie das Land nicht verlassen, ach was, gleich sterben könnten sie dann, jawohl, sterben, sofort!

Es hat Randy immer Freude bereitet, solchen Amerikanern furchtbar langatmige Geschichten zu erzählen ohne jegliche Spannung oder Pointe, denn auch dann schrien die Amerikaner zuverlässig, wenn auch ein wenig verzweifelt tremolierend, weil sie die Kurve kriegen wollten. Ja, die Amerikaner. Wie sie dauernd marvellous, beautiful, gorgeous, absolutely fantastic, delicious schreien, so daß man denken könnte, sie hätten gerade im Radio von der Erfindung eines hochwirksamen Cellulite-Präparats oder von auf dem Mars georteten Trinkwasservorkommen gehört, wobei man ihnen lediglich ein bißchen Quarkspeise übriggelassen hat, oder sie oktaven sich durch Klagegesänge, die die Interpretation nahelegen, jemand hätte gerade FAST ihr Kind erdrosselt (are you CRAZY?), dabei hat man ihnen nur angeboten, die Quarkspeise bei Bedarf nachzusüßen. Nein, so überzüchtet ist die Höflichkeit zwischen Karen und Randy nicht, auch wird nicht jede langweilige Mitteilung durch gekünstelte Anteilnahme (oh my GO-HO-D!) in Höhen gehoben, in denen ihr das Atmen schwerfällt – die beiden können es gut aushalten, beim Frühstück nichts zu hören als Radio, Wasserkocher und Toaster (na ja: und Hauptstraße). Karen hat die Ellenbogen aufgestützt und den Kopf geduckt und nuckelt an ihrer Kaffeetasse, kaut dabei auf irgendeinem gerade zwischen den Zähnen gefundenen Restkorn herum und guckt wie ein Boxer, voll bei der Sache, aber angeschlagen, Augen nur halb geöffnet, mehr auf keinen Fall. Und Randy liest jeden Morgen wieder gerne die Rückseite der Cerealienverpackung. Es gibt immer was Neues zu entdecken, ein Gewinnspiel oder ein Fortsetzungsmärchen, und auch in die Standards vertieft er sich regelmäßig wieder, am meisten fesselt ihn die Nahrungspyramide mit oben Sahnetorte und Fett (wenig!) und unten (Breit, viel!) dann Brot, Nudeln, Reis, und natürlich Cerealien; die Zeichnungen der Lebensmittel sind Kinderschallplattencovern entnommen, ihre Emblematik wirkt auf Randy betörend. Da sitzen sie also und plappern nicht blindlings los, aber schweigen auch nicht programmatisch, meistens reden sie dann doch ein bißchen, weil es viel zu bereden gibt unter gemeinsam Wohnenden, und sie müssen keineswegs mehr nach Gesprächsthemen suchen, wenn ihre Küchenaufenthalte sich überschneiden. Die Themen sind da, weil sie vom anderen vieles mitkriegen, aber wenig miterleben. Da bleiben Fragen offen

– Wer war denn das
– Wann kommst du denn
– Wie lange wart ihr noch

– Ist am Wochenende wieder

Und dann die ständigen Abstimmungen für den gemeinsamen Haushalt

– Denkst du an
– Weißt du, wo
– Weißt du, wie
– Hilfst du mir mal bei
– Müssen wir nicht noch
– Wollen wir nicht endlich mal

Wenn eine Ehe in die Jahre kommt, sinkt das Interesse aneinander im selben Maße, in dem das Wissen um die Gewohnheiten des anderen anschwillt, weil die Wiederholungen stärker sind als die altersbedingte Vergeßlichkeit. Man kann dies in Restaurants beobachten, wenn die beiden eigentlich nur noch übers Essen reden.

Gut?
Gut. Deins?
Auch.
Die nehmen hier viel weniger Öl.
Was denn?
Öl! Weniger!
Oh, ja, weniger Öl, stimmt.
Was ist das denn hier?
Weiß nicht, legs doch beiseite.
Ich will aber wissen, was das ist.
Dann frag.
So wichtig ist es auch wieder nicht.
Na siehst du.
Willst du nicht mal probieren?
Erst mal mit meinem zu Rande kommen.
Würzen können ist auch Glückssache.

Salz? Pfeffer?
Nein, ich sags ja nur.
Nimm doch noch!
Danke, für mich nicht mehr.
Aber wir hatten doch kein Mittag!
Trotzdem.
Nachher hast du wieder Hunger.
Diese Dialoge sind wie atmen: langweilig, aber nötig, und man beherrscht sie im Schlaf. Was rechthaberisch erscheinen mag, ist eigentlich Fürsorge:
– Das magst du doch gar nicht!
Jede Veränderung muß angemeldet werden. Der Ehepartner: ein Stabilo Boss. Einer von beiden ist immer der Medizinbeauftragte, und der teilt dann zum Schluß die Pillen und Tropfen auf. Beiden ist klar, daß es jetzt nicht mehr lohnt, sich einen anderen zu suchen. Angenehm.

Noch erscheint es Randy komplett irrsinnig, aber irgendwann ist es wohl o.k., wenn man einfach so zusammensitzt, sich maßvoll betrinkt und Karten spielt. Also wirklich: Karten spielen! Mischen, sich die Dinger hinlegen, eins für dich, eins für mich, dann den Kopf nach hinten ziehen, die Hand gleichzeitig vom Körper weghalten und das aufgefächerte Blatt altersweitsichtig begutachten, dabei schicksalsgläubige Geräusche machen, die den Gegner verwirren sollen. Das wirklich auch ernst nehmen, nach drei Stunden ehrgeizigem Spiel dann auf die Uhr gucken, oh sagen und ab ins Bett –
Schlaf gut
Du auch
So wird es kommen, hoffentlich, denkt Randy, der das als Perspektive ganz gemütlich findet. Wenn da jemand

ist: prima. Man selbst reicht nicht auf die Dauer. Und wenn einer von beiden zu aufregend ist oder sich nur dafür hält, dann bleibt er nicht, so ist es. Zu wissen, was kommt, beruhigt doch ungemein. Noch ist Randy zu nervös, doch macht er Fortschritte. Wenn er Karen die Tür aufschließen hört und gerade im Bett lag, springt er mittlerweile schon nicht mehr auf und setzt sich schnell an den Schreibtisch, er findet, er kann sich seinen Tag eigenverantwortlich einteilen, selbst entscheiden, ob es angebracht ist, sich nachmittags mal für ein paar Stunden hinzulegen.

In der nächsten Nacht tritt Karen zum ersten Mal in einem seiner Träume auf (keine Liebesgeschichte!), und auch die Spielorte der Träume haben immer häufiger Kulissenähnlichkeit mit der neuen Stadt. Randy wählt, wenn er alte Freunde anruft, automatisch die Vorwahl der alten Stadt, es sind ja keine Ortsgespräche mehr, und überhaupt ruft er sie immer seltener an. Statt dessen guckt er jetzt abends auf der Wetterkarte am Ende der Tagesschau immer als erstes zur neuen Stadt und bei Tourneeplänen von Lieblingsbands und bei Last-Minute-Angeboten direkt nach umliegenden Großstädten.

Karen und Randy finden es miteinander bald so angenehm, daß sie glauben, es zwinge sie nicht nur die allein nicht aufzubringende Miete zum Zusammenleben. Sie nehmen Rücksicht, helfen sich hier und dort und bedenken einander beim Einkaufen und Kochen. Deshalb müssen sie nie etwas einfrieren: Auf einem Bauernhof kriegen es die Schweine, in einer WG der andere oder irgendwelcher Besuch.

Natürlich braucht Randy auch in der neuen Stadt mehr Geld als er hat, also sucht er sich einen Job. Es spricht nichts dagegen, und dafür nicht nur das Geld – wenn er zurückdenkt, fällt Randy auf, daß er viel mehr nette Menschen durch irgendwelche Jobs kennengelernt hat als durch sogenannte Freizeit, doch zum Zurückdenken hat Randy jetzt mal gerade gar keine Zeit, denn alles muß vorwärtsgehen, glaubt er, sonst ist ganz schnell alles zu spät. Ob er bald ein bißchen entspannter wird? Er will sich bemühen, nein, ganz falsch, er will es hoffen. Schluß mit dem dauernden Bemühen. Am liebsten würde er in einem Café arbeiten, einem nahe der Kunsthochschule gelegenen, in dem hübsche, gescheite Mädchen Milchkaffee bei ihm bestellen und er mit weißem Hemd und weißer Schürze dynamisch herumlaufen und manchmal, wenn gerade nichts los ist, eine rauchen, mit dem Barkeeper über Kinofilme reden und anderen Rauchern auf dem Weg zum Automaten Zehnmarkscheine kleinmachen kann. Weil auch dort manchmal Angebote aushängen, geht Randy zum ersten Mal zur Universität. Es kann, denkt er, ohnehin nicht schaden, dort schon vor dem Semesterstart mal zu gucken, wo was ist, wie es da riecht, wie die Menschen so aussehen, ob nicht vielleicht ganz viele so wie er da rumirren und ähnlich AUFGESCHLOSSEN sind, Menschen, die den netten Randy bitte sofort kennenlernen möchten. Vor Stundenplänen, Regalen, Wegweisern, Übersichtstafeln und Pinnwänden muß man sich nur minimal blöder stellen als man ist, schon bekommt man Hilfe angeboten, oder kann vielleicht selbst weiterhelfen, und schon ist eine Basis da aus gemeinsamen Zielen – und was sonst bitte grundiert eine

Ehe? Zumindest eine Freundschaft kann doch dabei herausspringen.

Die Stufen von der Mensa zur Bibliothek ergeben eine Primzahl. Die Frau, hinter der Randy dann herläuft, bleibt in Regalreihe Nummer sieben stehen. Nein, Juristinnen nie, aber die sieben wenigstens merkt er sich, addiert sie mit der Treppenstufenzahl und teilt die daraus sich ergebende Summe durch die Buslinie, mit der er wegfährt. Es geht. Es kommt eine natürliche Zahl heraus. Wo fährt der, SEIN Bus ihn hin? Zu SEINEM Haus.

Wie das juckt! Die Haut schon ganz dünn vom vielen Kratzen. Ausschlaggebend. Das kommt davon. Ja, natürlich, aber WOVON?

Vom Streß, vom anderen Leitungswasser, vom Autobahnraststättenketchup, von der Wandfarbe, von anderem Waschmittel, von zuviel Zigaretten, von zuwenig frischer Luft, vom unterdrückten Abschiedsschmerz – auf keinen Fall von ungefähr.

Die Haut ist unser größtes Organ, ist die Visitenkarte eines Menschen, ein Spiegel der Seele, sie hält den Laden zusammen, verzeiht nichts, merkt sich alles, ist empfindlich – die Haut ist gemein: man kann nicht raus aus ihr.

Ob die Summe der Pusteln im Moment eine gerade oder eine ungerade Zahl ergeben, fragt Randy sich nicht. Er fragt sich, wie er sie los wird, geht nach Hause, um endlich Karen nach einem Arzt zu fragen.

Er hört Stimmen in der Küche, wirft seinen Schlüssel auf das Gauloises-Tablett auf der Flurkommode, da drauf lagern Schlüssel, Haargummis, Kaugummis, Kleingeld und Post, ruft etwas Begrüßendes in Richtung Küche, aber weniger

Na?

als vielmehr

Na!, weil anstrengende Post dabei zu sein scheint, was ist das denn schon wieder, da ruft Karen

– Schatz, kommst du mal gerade?

Und meint wohl Randy. Was ist denn bitte jetzt los? Na ja, wahrscheinlich ist sie albern, hat irgendwen zu Besuch und will ihn ein bißchen vorführen, egal, er geht mal gukken. Am Tisch sitzt eine alte Dame, die das rechte Bein auf einen Hocker gelegt hat. Vor ihr auf dem Küchentisch liegt eine Menge offiziell aussehendes Papier ausgebreitet, und sie lächelt Randy froh an, Karen steht hinter ihr, wirkt nervös und gestikuliert wild, aber unentschlüsselbar. Randy wünscht allseits einen guten Tag und will der Dame die Hand schütteln, doch sie zieht die Hand weg und sagt

– Wollen Sie denn nicht erst Ihre Frau richtig begrüßen? Ich habe Zeit, ich bin doch zu alt, das Thema ist für mich gelaufen, aber Sie machen mal noch, solange Sie können und wollen, was?

Er versteht nicht, wer – außer Karen ist ja niemand im Raum – auf einmal seine Frau sein sollte, aber da hat er schon Karen buchstäblich am Hals, und sie sagt, er röche nach Rauch, wie denn die Arbeit gewesen sei, ob die neuen Schreibtische schon geliefert worden seien und ob er es bei all dem Streß geschafft hätte, beim Standesamt vorbeizugucken, wegen der Termine, wenn nicht, sei es aber auch nicht schlimm, sie wüßte ja, was er um die Ohren hätte, und man könne es auch übertreiben mit der langfristigen Planung – und so weiter schnattert sie, küßt ihn dabei immer wieder und zwickt ihn zugleich verschwörerisch am Rücken.

Arbeit, Schreibtische, Standesamt, Planung, denkt Randy. Fragezeichen, Fragezeichen, Fragezeichen, denkt er weiter. Aber sonst, fragt er sich, nicht die Damen, sonst gehts gut, ja?

Er begreift gar nichts, nur soviel, daß hier irgendwas gespielt wird und er dabei auch einen Part hat; leider kann er seinen Text nicht, denn er kennt ja nicht mal das Stück, sonst hätte er sich da schon reingeschlängelt – aber so? Rätsel.

– Ja, Karen-Schatz, ja, sagt er vorsichtig und streicht ihr ungelenk ein paar Haare übers Ohr.

– Nun setzen Sie sich doch erst mal! Karen, Sie dürfen ihn doch auch nicht so direkt unter Beschuß setzen, der ist ja noch ganz im Büro mit den Gedanken, was?

Im Büro. Im Büro. Im Büro? denkt Randy.

– Oh, jaja, das Büro, ja, das war wieder ein Tag, ich kann Ihnen sagen! kann Randy sagen.

Er kann jetzt nicht noch dreimal sagen, was für ein Tag, was für ein Büro, aber er merkt, daß die alte Dame irgend etwas von ihm hören will, sie guckt so erwartungsvoll, er muß sich etwas einfallen lassen.

– Die Schreibtische sind – na ja, Schwamm drüber, Feierabend. Bei uns endet das Büro Gott sei Dank kurz vor dem Schlafzimmer, was, Schatz?

Zum Erbrechen, was er da faselt, denkt er. Den Damen aber scheint es zu gefallen, keine Widerrede, statt dessen Vertiefung, o scheiße.

– Ich finde das toll, daß Sie den sicheren Job aufgegeben haben und es jetzt in der freien Wildbahn probieren. Noch dazu mit lauter schwer vermittelbaren Arbeitslosen, dazu gehört Courage, Sie könnten es leichter haben, bei Ihrer

Berufserfahrung und Ihren Referenzen. Aber wer immer nur nach dem schnellen Geld guckt, wird auch nicht glücklich, ich finde, Sie machen das ganz richtig. Und daß Sie Ihre Großmutter so großzügig unterstützen – mehr von Ihrer Sorte, und wir lebten in einem anderen Land.

Was, was, was? Karen stellt sich ans Fenster, so daß ihr Gesicht vorübergehend nicht einsehbar ist, Randy aber beugt sich zur Seite und sieht sofort: knallrot ist das Gesicht seiner Mitbewohnerin, die nun engagiert das Thema umzulenken beginnt.

– Ach, sagt sie, das ist ja witzig.

Und erzählt irgendwas von zwei Katzen, die aber, als die alte Dame den Kopf reckt, natürlich, schade, schade, gerade schon weg sind, über die Mauer, so klein waren die, so klein – und so süß, so ungeheuer süß. Ja, ist es denn die Möglichkeit? Es ist.

– Das mit der Mieterhöhung, das lassen wir dann mal. Ich will Ihnen da jetzt keine Steine in den Weg legen. Aber erzählen Sie es nicht im Haus rum, denn ich reiche ja nur die höheren Betriebskosten weiter, die sind ja explosionsartig nach oben gegangen. Doch in Ihrem Fall will ich da eine Ausnahme machen, Karen, ich bin froh, daß Sie so offen mit mir reden. Da kommt jetzt soviel auf Sie zu – und daß Sie auch nicht erst heiraten wollen, wenn Sie abgesichert sind, sondern jetzt schon ganz sicher sind, das finde ich romantisch und aufrichtig, da –

– Da trinken wir doch noch einen drauf, was? bot Karen, also Randys Frau, an.

– Einen noch, aber dann will ich Sie auch alleine lassen.

Jetzt erst bemerkt Randy die nur noch viertelvolle Flasche Wacholderschnaps auf dem Tisch, Karen hat die

Frau offenbar schon ziemlich abgefüllt. Warum? Wer ist diese Dame überhaupt? Und warum soll er Karen jetzt heiraten? Was für eine Firma bitte betreibt er mit schwer vermittelbaren Arbeitslosen, und womit unterstützt er seine längst verstorbene Großmutter so großzügig?

– Auf Sie beide.

Karen nimmt Randys Hand und schaut versonnen.

– Nein, auf SIE. Auf Ihre Großzügigkeit. Wir wissen das zu schätzen. Und wir werden Ihnen, sobald wir auf ETWAS sichereren Beinen stehen, natürlich sofort –

– Karen, ich will davon nichts mehr hören, die Sache ist vom Tisch!

Und die alte Dame liegt beinahe drunter. Karen und Randy sind ihr beim Aufstehen behilflich, Karen ruft etwas in ihr Zimmer, und von dort eilt ein Mann in Uniform herbei. Interessant, denkt Randy. Wer wohl gerade in seinem Zimmer, ob da schwer vermittelbare Arbeitslose oder gar seine exhumierte Großmutter –

– Dominic, wir fahren. Also: Sie fahren. Das wärs ja noch, wenn ich jetzt fahre, haha, brabbelt die alte Dame vergnügt, stützt sich auf ihren silbernen Gehstock und zeigt damit auf die Wasserflecken an der Decke

– Das lasse ich bald machen. Bis dahin zahlen Sie keinen Pfennig, hören Sie? Keinen einzigen Pfennig. Und ab dann wie gehabt, minus vierhundert. Dominic, los gehts!

– Aber, sagt Karen, und diese Art aber kennt Randy gut, das ist eins, dem nichts folgt, das darauf setzt, durch eine Unterbrechung des Dialogpartners abgelöst zu werden, ein formaler Einschub ist es, ein – wenn man es frei stellt – komplett verlogenes Nichts, dieses Aber ist sozusagen die FDP unter den Rhetoriktricks.

– Nichts aber, reagiert die alte Dame prompt wie vorgesehen auf Karens Discount-Finte.

– Und jetzt kümmern Sie sich um Ihren Mann, Bratkartoffeln! Das hat meinen auch immer wieder flottgemacht.

Karen und Randy stehen Arm in Arm im Treppenhaus, und die Dame sitzt bei ihrem Fahrer Dominic huckepack und ruft immer wieder

– Bratkartoffeln, Ihr zwei Täubchen.

Die beiden Täubchen winken, bis sie den schwer tragenden Dominic und seine Fracht nur noch hören, nicht mehr sehen, schließen dann die Tür hinter sich – und Randy ist gespannt.

– Guck nicht so, sagt Karen. Arm in Arm sind sie nun nicht mehr. Randy guckt aber weiterhin so und fragt

– Kann es sein, daß du diese nette alte Frau gerade belogen, betrogen, verarscht und –

– Und uns beiden den Arsch gerettet habe. Ja, das kann sein. Unsere Miete wird NICHT erhöht, sie wird sogar deutlich gesenkt. Bei allen anderen steigt sie. Sozialer Härtefall. Die ist so reich, die braucht es nicht. Wir aber. Oder?

– Schon. Stimmt.

– Und, ist das alles? Ey, wir sind nicht reich, aber jetzt weniger arm!

Sie reißen die Arme hoch, schreien kurz und umarmen sich. Bei dieser Umarmung wird Randy klar, daß sie ab sofort auch ohne umgewickeltes Handtuch den Flur entlanggehen können – ineinander verlieben werden sie sich nicht, aber sehr wohl sich anfreunden. Karen ist eine Frau, der er gehorchen wird, wenn sie den eigentlich blöden Frauensatz

– Lach mal!

sagt, weil sie es so meint, weil sie will, daß es ihren Freunden (er zählt sich ab sofort dazu) gutgeht. Freunde – sie sind nur Freunde: dieses NUR scheint ihm so falsch. Es meint ja, mehr LÄUFT da nicht, doch ist man ja mit denen, mit denen etwas LÄUFT, meistens wesentlich kürzer befreundet als mit den NUR-Freunden. Vielleicht sollte man statt nur besser SOGAR sagen. Ist wahrscheinlich besser so, ohne Liebe, zum Zusammenwohnen. Aber geklärt werden mußte es. Denn Karen sieht schon toll aus. Obwohl: so toll auch nicht. Eben. Er fragt sie nach einem guten Hautarzt, und sie schreibt ihm die Nummer auf ein Stück Zeitung; er zieht ohne die Muskeln anzuspannen sein Hemd hoch und zeigt ihr den Ausschlag, und Karen, diese wirklich angenehme Mitbewohnerin sagt nicht

– Iiih!

nein, Karen sagt

– Ooh.

Am selben Abend noch haben sie ihren ersten Streit, er entzündet sich an einer Kleinigkeit und ufert dann beängstigend aus. Alles scheint sich gut zu entwickeln.

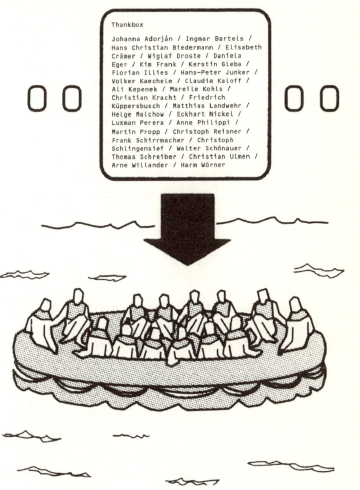

– – Benjamin v. Stuckrad-Barre – – –
Bootleg – – – – – – –MR 6005-2, Mundraub
(Vertrieb: Zomba) – – – Doppel-CD. CD1:
Bootleg. CD 2: Outtakes. – –

– – – – Aufnahmen aus Sälen in den Städten
Bonn, Hamburg, Berlin und Hannover. Dazu
Beiträge von Sensationsgästen: Es spricht Ulrich
Wickert eine Einführung, es liest Katja Kessler
ihre schönsten Nackedei-Poeme, es murmelt
Christian Kracht (animiert durch Gesprächsleiter
Florian Illies) einige Theoreme, es liest
Sibylle Berg in einen Telefonhörer hinein E. A.
von Hannover, und es covert Götz Alsmann einmal
beschwingt und einmal beschwipst Robbie Williams.
Doktor E. Nickel referiert in sein Diktaphon
hinein – dank aufwendiger Nachbearbeitung sind
einige Wörter davon sogar zu verstehen.
Obendrein zu hören sind eine Kartenlegerin
und diverser Radio-Trash. Es wird also einiges
geboten. – – – – – – –

Erhältlich im Buch- oder Plattenhandel oder,
nebst T-Shirts und anderen schönen Dingen, beim
FSR Mailorder – – – Postfach 110271 – 10832
Berlin – – –
oder FAX: 0180 – 530 53 00 *
Telefon Hotline: 0180 – 531 53 11 *
* 24 Pf./Min.

Oder gleich daheim beim Autor:
www.stuckradbarre.de

Benjamin v Stuckrad-Barre

BOOTLEG

**WEITERE TITEL VON
BENJAMIN V. STUCKRAD-BARRE
IM VERLAG KIEPENHEUER & WITSCH**

Soloalbum
KiWi 514

»Mit großen Augen betrachtet Stuckrad-Barre die Welt in genau der Oberflächlichkeit, in der sie sich präsentiert – und malt auf diese Weise ein umso schärferes Bild von Mode und Verzweiflung in den späten 90ern.« *Stern*

Livealbum
KiWi 546

»Ein gutes, lustiges, unterhaltsames Buch.« *Süddeutsche Zeitung*

Remix
KiWi 547

»Der begnadete Zeitungsschreiber hat es auf dem Feld des meinungsbetonten 100-Zeilers zu Ruhm gebracht (...). Für Journalistenschüler und ihre Lehrer lässt sich jedenfalls kein schöneres Geschenk denken als ›Remix‹, eine Sammlung der glanzvollsten Artikel Stuckrad-Barres.« *taz*

Transkript

»Die Collage aus Songs, eingespielten Zitatpassagen und eigenen Texten ergibt aber durchaus etwas Neues, nämlich so etwas wie Popfeuilleton, eine Art Melange, in der das ganze Kulturgerede so enthemmt zitiert und umgerührt wird, dass es schon wieder gut ist.« *Die Welt*

Deutsches Theater
KiWi 650

»Der Fotoroman einer Gesellschaft, die nur in der Öffentlichkeit und im Rollenspiel noch zu sich selbst zu kommen vermag.«
FAZ
»...sein bislang bestes Buch.« *taz*

www.kiwi-koeln.de					www.stuckradbarre.de

ELIZABETH GEORGE

»Elizabeth George übertrifft alles, ihr Stil ist großartig.«
Wall Street Journal
»Es ist fast unmöglich, Elizabeth Georges Erzählkunst zu widerstehen,
wenn man auch nur einen ihrer Romane gelesen hat.«
USA Today

43577

44982

42203

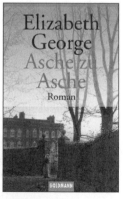

43771

GOLDMANN

BILL BRYSON

»Wer die Briten und ihr Land liebt,
muß dieses Buch lesen, und wer sie
erstmals kennenlernt, auch.«
Bücherpick

44279

GOLDMANN

*Das Gesamtverzeichnis aller lieferbaren Titel erhalten Sie
im Buchhandel oder direkt beim Verlag.
Nähere Informationen über unser Programm erhalten Sie auch im Internet unter:*
www.goldmann-verlag.de

★

Taschenbuch-Bestseller zu Taschenbuchpreisen
– Monat für Monat interessante und fesselnde Titel –

★

Literatur deutschsprachiger und internationaler Autoren

★

Unterhaltung, Kriminalromane, Thriller
und Historische Romane

★

Aktuelle Sachbücher, Ratgeber, Handbücher und
Nachschlagewerke

★

Bücher zu Politik, Gesellschaft, Naturwissenschaft und Umwelt

★

Das Neueste aus den Bereichen
Esoterik, Persönliches Wachstum und Ganzheitliches Heilen

★

Klassiker mit Anmerkungen, Anthologien und Lesebücher

★

Kalender und Popbiographien

★

Die ganze Welt des Taschenbuchs

★

Goldmann Verlag • Neumarkter Str. 18 • 81673 München

Bitte senden Sie mir das neue kostenlose Gesamtverzeichnis

Name: _____

Straße: _____

PLZ / Ort: _____